随风而播

Je sème à tout vent

卢岚 著

人民文学出版社

图书在版编目（CIP）数据

随风而播 / 卢岚著. -- 北京：人民文学出版社，2025. -- ISBN 978-7-02-019126-0
Ⅰ．I267
中国国家版本馆 CIP 数据核字第 2025JX7591 号

责任编辑　李　娜　何炜宏
封面设计　朱晓吟

出版发行　人民文学出版社
社　　址　北京市朝内大街166号
邮政编码　100705

印　　刷　山东临沂新华印刷物流集团有限责任公司
经　　销　全国新华书店等

字　　数　220千字
开　　本　890毫米×1240毫米　1/32
印　　张　10.375　插页5
版　　次　2025年1月北京第1版
印　　次　2025年1月第1次印刷

书　　号　978-7-02-019126-0
定　　价　69.00元

如有印装质量问题，请与本社图书销售中心调换。电话：010-65233595

目录

序言 　1

汉文化与藏经洞 　1

百年汉学春与秋 　3
道学及马伯乐谈道教 　23
沙畹的译事内外 　36
秉烛藏经洞 　57
敦煌劫经后 　76
洋眼看神州 　111
Kan Gao，圭亚那的中国人 　131
俞第德的浪漫中国 　149

亦师　亦友 　169

莽莽昆仑　天路驮行 　171
傅雷的欧洲照影 　190
徐志摩与曼斯菲尔德 　201
一生如诉 　212
苏雪林：辞章华茂或思维失控 　224
姚雪垠的巴黎留影 　238
十年乱世逐水流 　247

巨擎的人生   259
  直向天命   261
  边缘人的艺术   278
  是，或不是，不再是个问题   283
  布拉格的不眠人   308

序 言

这部文集的命题《随风而播》,取自法国《拉罗斯大字典》扉页上的一幅图案。图中少女手拈一朵蒲公英,仰首吹向花球,纤细如丝绒的花絮随风四散:"Je sème à tout vent"(我随风而播),象征"文化"与"传播"两者的关系:传播使文化得到弘扬。

多年来的写读文字,涉及的是西方文学。数年前,《作家》杂志总编宗仁发先生来信,给我一下子开出三位汉学家的名字:马伯乐、沙畹、伯希和,要我写写他们。这就触及汉学这门大学问了。我家离吉美博物馆不远,是进出最频繁的博物馆,里头收藏着许多价值不菲的中国文物:古董铜器、瓷器、玉器、石雕、佛头;伯希和在敦煌发现的经卷、文书、丝绸画、断头折臂的菩萨像、还愿旗等。还愿旗是丝绸之路上的信徒来到敦煌献给菩萨的礼物,以感谢诸神一路保平安的恩典。这些古物在国内看不到,在这里看到了。本无意为它们留下文字,话题敏感,必须考虑角度问题,尤其是如何定位伯希和这位汉学家。中国人给他的评价近百年来因时而异,最初议论的主流是正面的:"遗书窃取,颇留都市""使古籍复得流传天壤皆先生之功"。但前人的称许,不妨碍后人的愤慨之思。随后有数十年时间出现激烈的文字:"奇耻大辱""敦煌之劫""汉学之痛"。法国人因伯希和被冠上"窃贼"之名深感不平,作家弗朗德兰因此为伯希和写了一部传记《法国清官的七命》。当我到吉美博物馆查阅资料时，一位图书管理员对笔者说："伯希和是中国人的好朋友呀！"我有话不敢说，怕说不好，漫而应之。今回主编来了"订单"，落笔就成了一件顺理成章的事。吉美离家很近，而伯希和与吉美关系密切，有近水楼台的方便，何不再到那里搜索一下，或可追索到最原始的文献中去，对一些争论至今的话题，为自己讨个看法。一切都讲求科学与实证的今天，研究汉学的学者已经有可能使用第一手材料，通过以物质和实证的方法来研究，汉学也成了一门科学。你在博物馆，亲手触摸了有关人物来往的亲笔书信、日记、书写手迹、照片、图片、手写文献，以及当时的杂志、报刊的相关报道，这些原始材料就像开口跟你说话。这道门一经打开，就回溯到百多年前的世界。

你一贯置身于汉学主流以外，让人推一把，竟成了一种动力。举起手来敲敲芝麻就给你开了门。电脑搜索已成了弹指间的事，许多原始材料也对外开放了。你东翻西搜，就从伯希和开始，再回头去找找汉学的奠基人雷慕沙，汉学产生之前耶稣会的传教士对汉文化的研究等，这一切就从旧纸堆中翻了出来，让你在旧事物中提炼新信息，就以到手的资料写了一组有关汉学和中法文化交流的文章。这组文字成了这本集子第一部分的编目。

在研读过程中，意外的开拓给你带来了喜悦和新视野，使你得到智慧和精神的锤炼，一再感到中国文化的张力及其凌驾的优势。无论在思想、文化、科学领域，直至对宇宙起源的思考上头，都曾经是先驱者。你就不难明白，为什么有这么多优秀的外国学者对汉学着迷，将汉学研究作为终身事业。可惜后人没有将前人的研究成果加以完善发挥，令人不胜欷歔。

你到博物馆去翻阅原始资料，看到百多年前以毛笔写成的书信，手写文献、图片等，心里不平静，书信的署名你也认识：王国维、罗振玉、陈垣、董康、伯希和称之为"澜国公"的辅国公载澜等，那些或长或短的书信，像艺术品那样呈现在你眼前，给你美感经验和想象空间，使你产生情绪和冲动。这些书信的落笔不会无缘无故，内容关系到发生过的史实，或学术探讨，字里行间没有透出敌意，有的是学人间的真切、诚恳、以礼自律、以德纳谏，就有学术上的"如砌如磋，如琢如磨"。

伯希和在六国饭店出示经卷后，中国学人一定经历过一场自身的拷问、探究、反思。那个年代东方知识界对古卷、古物的发掘还未有深入认识，不知道那些破烂的东西有何用处。忽然面对伯希和的意外得宝，才有所冲击。于是痛定思痛，亡羊补牢，采取措施为日后的研究工作铺路。从那时候开始，双方在理智的基础上建立友谊，在平和而热情洋溢的气氛中交往。知识人所追求的，基本上不就是精神价值吗？相互间的仰慕、切磋，成为他们日后相处的主旋律。一种文化不能将自己孤立起来，单凭自给自足而存在，而必须向外开放，向外传播，才能够变得更加强劲，成为与人类整体文化融合在一起的有机体的一部分。

乐莫乐兮的境外知交，给文坛带来一片祥和气氛。伯希和每逢到访中国，文化界就热闹不过，参观，访问，讲演会，大小宴会没完没了。他任法国驻华使馆武官期间，曾到上海张元济家去看他的"涵芬楼"藏书，从"日落宴饮至三更"；第一次欧战爆发，伯氏应征入伍，罗振玉的忧虑出自内心的真诚，1917年6月给他写信："前闻先生从事疆场，苦不得消息，然方固无日不神驰于左右也……"朋友间真情的牵挂直扑人心。战事结束后，他到上海与罗振玉见面："乱世重逢，相得益欢，畅谈两时许，户外大雨如注，若弗闻也。"自古以来中国的文人，更乐于追求的不就是这种境界吗？

  长期或短期生活在法国的中国知识人，在中法文化交流史中，与法国人有过密切交往的人真不少，他们或多或少留下一些文化绩业。早期有黄嘉略与孟德斯鸠、丁敦龄与俞第德、李少白与德理文；近代有戴望野、梁宗岱、傅雷、李治华、程抱一等。青年时代的傅雷在法国的文化活动、改革开放时期姚雪垠访问法国等，是较少人提及的旧事，笔者就通过述往使之成为新事。

  既然身在法国，最先的书话是绕着法国兜圈子，随着旅游活动的频繁，圈子越兜越大，再没有了地域和话题的藩篱，文字的活动空间开阔了。你在地域与时间的跨度中来回走动，乐此不倦。但一天早晨，你忽然将远处的目光收回，放到近在身边的人与事上头。原来你乐于探讨的人物，也存在你的身边，你这就试着写写老师和朋友。当我发现陆振轩老师的勤行精进、敢于作为而又甘于埋没的一生，沉樱女士性情品格的深厚宁静，以自己的艺术来写自己的故事，都抵得上一个名篇，却鲜为人所知。我就试着谈谈他们的旧事，希望浮光掠影的描述，能够使平凡却使人感念的人生本色重现。这是第二部分编目的组成部分。

  读陀思妥耶夫斯基的作品，你不能以欣赏托尔斯泰的眼光来对待。托尔斯泰以典丽之词描绘了一个同样典丽却充满动荡的盛世，而陀氏给你展示的是恐惧笼罩下的俄罗斯，他本人亲身经历过那个世界。

序言

他与卡夫卡处境不同,却有类似的心路历程,所写的都是他们不得不写的问题小说,以使人难忘的逆耳之言,向我们提出警告:极端官僚制度下的荒谬,有可能落到每一个人的头上。他们的作品之所以被当代人欢迎,皆因能够提供发人思考的功效。

将三部分内容连成一体的是个人的视野,是对外界事物透视的角度。书稿寄出之前,你反复揣摩这些让别人或自我督促写成的文字,它们曾经挑战过你的内心,落笔前总觉得有许多话可以说,也有太多话不好说。心思不自由,意向或思路被围困,内心也会吆五喝六。但你总不忘记将烦躁、固守或偏执的文字去掉。眼看在幸存的文字当中出现过的大杠、小杠、大叉、小叉,就像看到自己的手纹,只有自己才能够从纵横交错的纹路中,看到犹豫、烦躁、苦思、琢磨。其实并没有手纹的神秘,有的只是写作愿望。写,只为使心灵解冻,使生活的路子变得宽阔些,存在变得奢侈一点而已。

二〇二三年十二月

"我随风而播"
法国《拉罗斯大字典》传统标志

汉文化与藏经洞

百年汉学春与秋

2015年是法国汉学研究中心创建两百周年，为纪念这件中法文化交流史上的大事，法兰西公学院于2014年在巴黎举办了全球规模的研讨会。雷慕沙（J.P. Abel-Rémusat，1788—1832）是欧洲汉学的创始人，对欧洲汉学的启蒙、东方学和中国科学史研究的兴起以及中医的研究等，所起的作用和贡献，都是当下学者们探讨的课题。两百年时间不长也不短，但一切都在改变，汉学研究的发展也不例外。从研究中心在法国诞生，雷慕沙在空白的学术领域中披荆斩棘，到沙畹的科学考据，马伯乐史无前例的道教研究，伯希和的敦煌研究，敦煌学的世界性传播，直至目前研究中心转移到美国，凡此种种，中外学者们的研究成果蔚为丰盛。汉学主流以外的笔者，就凭近水楼台的方便，捡拾一两个被遗忘或半遗忘的故事，来凑个热闹。

汉学研究中心的诞生

1814年4月6日，拿破仑大败莫斯科后，在枫丹白露签署退位书，被流放到厄尔巴岛；同年5月3日，波旁王朝复辟，流亡英国二十三年的路易十八进入巴黎。十个月之后，轮到拿破仑复辟："不能将法国交给路易十八这个蠢货！"1815年3月1日，他带兵秘密离开厄尔巴岛北上，20日抵达枫丹白露王宫，路易十八得到消息，不知该何去何从。自诩为"文化界拿破仑"的夏多布里昂，劝他继续留在杜热丽宫，看拿破仑"是否会将掐死一个老家伙作为他最后的功业"。老家伙还是决定走为上着，3月20日下午在战神广场上阅兵，午夜11时摸黑离开巴黎，直奔里尔城，再次流亡国外。复辟时间只持续了十个月。十个月，还不足够历史老人眨一下眼，但路易十八除了应付盟军对法国的瓜分，还颁布了宪章，恢复波旁王朝秩序的各种法令。其中一道法令与中国有关，就是1814年11月29日，宣布在"皇家学院"（Collège Royal）——后来改为"法兰西公学院"（Collège de France）——创建汉学研究科目。从此，汉学就不是法国人茶余饭后的清谈，也非路易十四时代葡萄牙人将中国瓷器引入欧洲，因而产生的"中国风尚"，而是在法律效力底下，对中国文化进行的系统研究。所以，两百多年前汉学研究中心就产生在法国。

1814年之前的百年，法国正处于启蒙时代，一个承上启下，寻找哲学与文明思想支柱的时代。伏尔泰、狄德罗等启蒙大师，致力于在不同的文化领域中寻找文明的宝藏，对法国以外国家的历史、文化，一如对本国的历史、文化，给予同样的关注。如雷慕沙所说："我们从远东所有区域的古代世界，及其地理、历史来寻找启蒙。"所以，孟德斯鸠在《论法的精神》中，对中国、西班牙等国家的宗教、法律、风俗、道德、礼教等指手画脚一番，颐指气使，批评中国统治者利用礼教统治，批评中国人的贪欲等。一经批评，中国和中国文化，反而引起欧洲人的注意；就像瓷器和工艺品进入欧洲引起注意那样。伏尔泰的戏剧《中国孤儿》，1755 年 8 月在法兰西剧院第一次上演，盛况空前，也掀起了一股中国热，中国文化越发成了文化沙龙和民间茶余饭后的热门话题。

《中国孤儿》改编自十三世纪的元朝杂剧《赵氏孤儿》，作者纪君祥，由耶稣会教士普雷马尔（J. de Prémare）翻译成法文。故事背景是春秋战国，但伏尔泰把故事放在成吉思汗时代。剧本改编得很成功，对程婴的凛然大义极度赞扬，流露出伏尔泰对理想人格的追求。当时有一位观众撰文，认为这出戏很动人，尤其第二幕。1812 年，画家勒莫尼耶（A. Lemonnier）接到德·博阿尔内（J. de Beauharmais）夫人的订单，请画家以这个文化事件为题材制作一幅画，大型画作《中国孤儿悲剧故事的朗读》就这样产生了。作品完成后，于 1814 年展出。画面是 1755 年的一个晚会，背景是若弗兰（Geoffrin）夫人的文化沙龙，由著名演员勒昂（Lehaim）担任《中国孤儿》的第一次公开朗读。虚构的画面集中了那个时代不少著名人物，文化人、政治人物、公侯、贵族，如孟德斯鸠、狄德罗、卢梭、布封、达朗贝尔（D'Alembert），朱西厄（Jussieu），黎希留公爵（Duc Richelieu），等等，画面中心上方，是伏尔泰的塑像。这幅画作成为反映启蒙时代巴黎文化生活最著名的作品，目前收藏在马里美松宫（Malmaison）。这股热潮蔓延到欧洲其他国家，如英国、德国等也"中国"起来了。所以，路易十八颁布这道法令，并非无的放矢，而是在一个时代的风气下，根据需要而采取的对中国文化进行深入研究的措施。汉学研究中心就这样产生了，于法国人可谓顺理成章。

但从历史角度来看，因着时空的差距，传媒不发达，当时法国

《中国孤儿》悲剧故事的朗读 （法）勒莫尼耶（油画 1812年）
法国马里美松宫博物馆收藏

发生的事情，中国人肯定不知道。这道不起眼的、在一闪而过的历史阶段中出现的法令，后来也极少被提及。一百年、两百年后，逐渐被遗忘，连法国人也不例外。只有到某个整数年份，有关部门或许会翻出来纪念一下，看情况而定。从二十世纪开始，中国学者为"痛失"汉学研究中心而"焦虑"，而耿耿于怀。傅斯年说："睹异国之典型，惭中土之摇落，并汉地之历史语言材料亦为西方旅行者窃之夺之""我们要科学的东方学之正统在中国"，陈垣说："现在中外学者谈中国，不是说巴黎如何，就是说东京如何，没有人提中国，我们应当把汉学中心夺回中国，夺回北京"。1922年，沈兼士、胡适等发起"整理国故运动"，要"于世界学术界中争一立脚地"。陈垣与胡适为研究中心问题相对叹气，"盼望十年之后也许可以在北京了"。几位国学的中流砥柱，出于对文化遗产的高度珍惜，不希望自身的学术被西洋同行超过，都有着共同的焦虑，怀着共同的目标，立意与国际汉学界，与巴黎学派争一高下，是可敬而端正严肃的敬业精神。这种不服气，与外人争胜的自尊心，成了一股推动国内汉学研究的力量。

自从该机构成立以来，法国将汉学研究作为自己文化的一部分，骨子里头是一门法国学科。学者们追随当时西方大行其道的科学精神，采取科学方法进行研究。从假设开始，进行求证，最后通过与物质相连的渠道，以达到实证，就有以沙畹为首的，以考古作为支柱的汉学研究。而中国学者们，承继了重文史而轻技术的传统，"纵巧何益于修身养性"，而更着重于体现精神的领域。由于东西方汉学家的研究方法迥然不同，并非所有中国学者都担心"外人越俎代庖来替我们整理"。各有方法，各有成就，不同的方法只会给汉学研究带来更丰富、更全面的成果。法国汉学中心创建后，开始了欧洲汉学的专业化、系统化和科学化，使它作为一门学科，正式进入法国和欧洲的高等学府。

雷慕沙，西方汉学研究的开山宗师

年仅二十六岁的雷慕沙，被国家以第二十六号法令，任命为法兰西公学院的教授，主讲中国语言文学、鞑靼语和满语。1815 年 1 月 16 日，第一次登坛讲学，这一天就作为汉学研究中心诞生的日期，他也成了西方文化史上第一位汉学教授。雷慕沙原来就读于医学院，如果说他想多挖一个藏身之洞，是因为他对中国文化产生了兴趣，也出于求知欲望和好奇心，想使视野变得更开阔。1811 年，

雷慕沙 （法）德维利亚（版画）
原载《法兰西公学 1530—1930》

雷慕沙《汉文启蒙》(1820年)
扉页中文署名阿伯儿／序言末页中文印章
法国国家图书馆藏书

才二十三岁的雷慕沙就发表了一本札记《中国语言文学随笔》，内文包括汉语文章及其翻译、文学和语法评论，成为第一位通晓汉语的法国人。他锐意进取，次年编成《汉文-拉丁文词典》，同时着眼于中医研究，1813年以《中医舌诊》为题写毕业论文，取得了医学博士学位。他对中医医理问学不辍，研究颇具心得，是最早研究中医的汉学家。汉学和中医两种学问的耕耘，像握着一双中国筷子，同时并用，开启了法国研究中医的先例，对欧洲汉学和中国科学史研究的兴起，起了重大作用。

作为第一位经院汉学家、欧洲汉学奠基人，雷慕沙走过的道路十分艰苦，是一个拓荒者孤独无援的旅程。每一条新路的开辟，都必须披荆斩棘，是任何一位汉学家都不曾遇到过的。那个时代，西方对中国的认识，大抵从马可·波罗的《寰宇记》中得来，中国于欧洲人，是一个梦中的国度。地域遥远，交通不便，信息不灵，从中国到欧洲，一趟水路动辄一年或一年以上，能到法国的中国人寥若晨星。怀着宗教精神的传教士的活动，才开始不久。1687年，一位大名沈福宗（Michel Chin Fo Tsoung），三十岁的南京人，跟随比利时传教士柏应理（P. Couplet）来到法国，在巴黎只住了几个月；到1706年，才来了福建人黄嘉略（Hoang Arcade），是跟随主教梁弦仁（Rosalie）到法国的。两位中国人于欧洲简直是外星人，很稀罕，学者们希望从他们身上得到研究汉语的帮助，效果甚微，他们的文化程度太低。黄嘉略编过《汉语语法》《汉语字典》，但被认为不成器。所以，雷慕沙学习汉语，既没有中国老师，没有汉法或法汉字典，也没有任何翻译书籍或文章可供参考。最大的幸运莫如找到一本满文书，几篇满文的神学译文，一本《汉文-满文辞典》。学生时代他到图书馆搜查资料，被拒绝。其实当时图书馆的资料肯定不多，管理员甚至不知道是否有这种资料存在。拓荒于几近空白的环境里，工作起来就像捉迷藏。不屈不挠的好奇心、好胜心，成了救助力；作为公学院一门学科的主讲，也必须恪尽职守，排除种种困难，拿出成果来。他以逻辑学家的头脑来猜谜，在正误、错漏、断裂中不断徘徊，这里刨刨，那里挖挖，逐渐磨炼出真功夫。他进入汉学，像鱼儿进入了水，再也离不开了。

雷慕沙的父亲是王室的六位御医之一，家境不俗。小时候不慎栽倒，眼睛受过伤，带有残疾，没有上中学，没有成为寄宿生。家就是学校，父亲是教师，比起正式入学，知识上不欠缺什么，且掌握了多种语言：拉丁语、意大利语、西班牙语，他一头栽进汉语之后，多种语言就来给他助力，提供参考。尤其拉丁语，口头笔头皆达到母语水平。那个年代，他超人的天才、博学、创造性、特强的理解力记忆力，在邻里陌巷间流传，成为大家喜闻乐道的故事。投入研究工作之后，他很快走出了闭门造车阶段，跟印度和中国广东的传教士建立了联系，紧跟着马士曼（Marshman）、马礼逊（Morrison）等教士的汉语研究工作。当时耶稣会的传教士，是通过满文来理解和学习汉文的，因为满文的语法和多音节，与欧洲语言比较接近。不得不采用前所未有的方法来学习最困难的语言，谈何容易，成功了，就是奇迹。虽然省去了大量时间来学习方块字——一种与拼音脱节的文字——但这种不得已的方法，必然有它的难处和纰漏，要弄清一个字或一个句子的含义，必须一再猜谜；一个单字在句子中的不同位置，可以有不同意义；同音字和四声也是问题；也可能将错误从另一种文字移译过来。千难万难，加上没有中国人提供活生生的语言，更是难上加难。从书本到书本，从笔头到笔头，语言的不断演变，就无暇顾及了。

长路漫漫，却一心要成为这门学问的主人，让一切来自他本人。雷慕沙创造了独特的学习方法，就像梵高创造了向日葵。他在自己的学问里摸索，在自己的王国里奔跑或迷路，不时地抬头看看外边，留意所有东方国家：日本、埃及，阅读有关的报告和书籍，比如商博良的《法老治下的埃及》（*L'Égypte sous les Pharaons*）。明晰的智慧告诉他，文明是一个不可分割的整体，可以根据不同信息，进行比较、推理。

雷慕沙对东方语言特别敏感，先后学过的语言，除了拉丁文、意大利、西班牙语之外，还接触过土耳其语、阿拉伯语、波斯语、梵文等。他将研究的领域开拓得十分宽广，像一个扩张领土的侵略者，充满野心，打着一面独特的旗帜，上头写着中文字"阿伯儿"，让自己的马蹄踏遍语法、医学、科学、考古、宗教、艺术史、丝绸之路上的万千事物、中国与中亚的关系、异族皇朝，等等。就职公学院教授以来，他的著作和译作源源不断。1816年他翻译了道教劝善书《太上感应篇》。当时欧洲人基本上不知道《道德经》的存在，因着耶稣会传教士的介绍，才仅仅认识孔夫子。但雷慕沙率先选择老子，写了《老子生平及其学说》(*Mémoire sur la vie et les opinions de Lao-Tseu*)。这部著作的发表，以及《道德经》的译介、诠释，及其部分翻译，在欧洲汉学史上成为重要事件，使咱们的老子得到广泛传播，产生了深远影响。之前，传教士对《道德经》和道教的初步介绍，大多站在基督教立场上，利用它来发挥教理，求证《圣经》和《道德经》的共通之处。雷慕沙有生之年没有最后完成《道德经》的翻译和出版，太不容易理解了。他企图以一种学说来阐释其内容，姑且将"道"赋予三种涵义：最高的存在（即上帝）、理性及体现。工程虽然未能最后完成，但他以一位经院教授、第一位职业汉学家的姿态，拉开了中国古代一部重要的经典在欧洲传播的序幕，方便了后来人的研究。

雷慕沙，在著述《汉文启蒙》中署名"阿伯儿"，也有的作品署名"明可子"，他前期的翻译以及中国著作的介绍，可谓成绩彪炳。1817年翻译了《论语》《大学》《中庸》《书经》，1822年的《汉文启蒙》(*Élémens de la grammaire chinoise*)从欧洲的语法体系出发，对汉语语法进行尝试性的剖释，取得了巨大的突破。在一系列的作品和译介中，以1826年出版的《玉娇梨》(*Iu-Kian-Li*，副题"两位表姐妹")的翻译，成效最显著，一经刊出，马上引起公众注意。这部明末清初的才子佳人小说，作者姓名、生平不详。尽管鲁迅在《中国小说史略》中提及，但读过著作的人不多，到底是主流以外的、不那么整洁的作品。试想男主角苏友白，一位青年才子，表示宁可追求才貌双全又钟情于他的佳人，而放弃仕途；宦家小姐白红玉，在父母之命媒妁之言的社会风气中，企图自家找老公；卢梦梨更加了不起，女扮男装去私订终身。故事以曲折的情节，漫不经心地反映了人性，追求婚姻自主，甚至性自由。小说尽管也写活了江南生活、社会风俗习惯与人情，但于当时的社会风气，到底不合时宜，难怪作者隐去身份，署名"荑荻散人"；他更不知道作品出来效果如何，只将希望寄托给后人，等待后人知情着意的理解和评说："更有子云千载后，生生死死谢知音。"一如福楼拜所说："我的作品是写给后人看的。"他们相信后人有别于前人，生活门路会越来越宽。事实上，万般事物都在不断地调弦正柱，《玉娇梨》拿到现代社会来，连流行小说还未必够得上。雷慕沙在长达数十页的序言中，谈中国小说的产生和发展概况，对作品本身，表示了忐忑心情。他说有这样的"不时发生的事，描绘了可靠的事实，却被认为肤浅乏味；而企图写得轻快的文字被认作浅薄无聊。而这部作品兼有两种性质，会面临双重的危险。如果严肃的人认为它肤浅无聊，但，作者给他们提交的只是一部小说，浅薄的作品没有被深入研究的荣誉；如果它让大家品尝得勉强，请他们留意，这只是一部异国情调的作品，是从一种非常困难的巧妙的语言中翻译过来的。译者在尝试中所遇到的困难，给予他请他们宽容的莫大权利"。

　　雷慕沙对自己的译作表示怀疑，序言正好披露出他心思忐忑。

但出乎预料之外，译作一经面世，读者即时表现出高度热忱，连巴黎上流社会也不例外，将其引入文化沙龙这种高雅场合。热潮一直蔓延到欧洲其他国家，1827年翻译成英语，跟着是德语。司汤达在《新月刊》杂志（*New Monthly Magazine*）上，向英国读者说："我不固执于我听到读过这本书的人，向我描绘关于《玉娇梨》的几个人物的印象，依我看来，这部小说中肯地描绘了一幅中国风俗图，就像琼斯（Tom Jones）所描绘英国的风俗图。"歌德在他的《对话录》中好几次提及："这几天，我读了一部中国小说，我还在继续阅读，它显得特别稀奇。"

传教士到中国，始于十六世纪末。到十八世纪的两个世纪之间，有关中国的资料通常以通信形式抵达法国。从路易十四开始，法国人就有意辑录一本汉文-拉丁文，或汉法字典，在黄杨木上刻上中国字来进行印刷，但没有实现。1808年拿破仑一世远征意大利，带回一本汉文-拉丁文的手抄字典，那是十七世纪末意大利一位方济各会的传教士在南京逗留期间编写的，经过整理后，并注入新词，准备付印，最终也没有印成。雷慕沙着手汉学研究之后，将两个多世纪以来，传教士所出版的汉语和语法方面的书籍，以系统的方法，科学严谨地整理了所积累的研究成果。雷氏的学术研究，是建立在传教士的汉学研究基础上的。欧洲传教士的汉学，到雷慕沙手里就成为专业汉学，为后来的汉学研究安置了稳固的基石。

中法第一次文化交流

1829年，中法文化交流出现了一件大事。有四名中国神学士，到巴黎神学院完成最后的课程，5月12日，他们在修院的住持带领下到皇家印刷厂参观。主管部门趁机安排了一个机会，让他们在皇家图书馆与雷慕沙和他的学生，以及一些学者会面。消息一经传出，轰动巴黎。参加会面的人，除了学者、学生之外，艺术家、优雅的女士、大小报纸的编辑，闻声纷纷而至。对这次会面，巴黎人好奇的焦点是：中国人究竟是怎样的？他们从来没有见过。而那个雷慕沙，在睡梦中跟《玉娇梨》学汉语然后来教学生的雷慕沙，当真懂得汉语？一个只从书本到书本、嘴巴从来不曾吐出过半句中国话的人，能够与神学士交谈吗？鸡与鸭对话，能够谈出什么东西？等待见识这次会面的人各怀心态——好奇、怀疑，还有用意不良的挑衅——就等好戏开场吧！

次日，即1829年5月13日，《世界通报》(*L'Universel*)——一份以文学、科学和艺术为主题的日报——刊登了一篇关于这次会面的报道。中国人与法国人的第一次文化交流，被正式记载了。轰动一时的文化事件，报道相当详细，却不是怀疑者预料中的事，全文如下：

> 目前在巴黎的四位中国青年，由修院住持带领去参观皇家印刷厂。这个部门的主管前一晚得到通知后，邀请雷慕沙先生和几位研究中国语言文学的学者，前来一起接待这些外国人。中国青年身穿春季服装，一件宽阔的黑色棉质上衣，下垂至半腿，一条同样质地的蓝色长裤，一顶普通的黑色圆锥形扁平软帽，顶上一束红色的丝穗子，下垂到圆帽上。
>
> 他们首先被带到铸字车间参观，他们很欣赏我们复制印刷用字母的方法。然后又让他们逐一参观其他车间，他们仔细审

视所有东西，非常用心观察欧洲的印刷术。据他们说，尽管同是活字印刷，但跟他们的方法完全不同。他们非常留意各种演示的机械。

转到另一个房间，那里保存着几乎所有已知文字的字模。阿伯儿-雷慕沙先生就在那里，在他的学生克拉博罗特（Klaproth）和圣马尔丹（Saint Martin）以及其他学者当中。大家知道，中国各个省份的发音大有区别，中国人经常不得不借助笔谈进行交流，整个帝国使用相同的书写文字。雷慕沙先生采取了同样的方法。室内放置了一张黑色的桌子，他在桌子上首先勾勒了向中国青年致意的字样。大家都看到他们脸上显出极度的惊讶。他们眼看着这位学者教授快速而有规则地描画出他们的语言的复杂文字。雷慕沙先生询问他们的姓名和出生地点，他们立刻轮流回答了。最有学问的一位叫约瑟夫·李（Joseph Li），他也说得一口过得去的拉丁文，他出生于汉阳府——湖北省的省会，位于中国中部。

雷慕沙先生告诉他们，他是法国皇家学院的满文和中文教授，他请他们高声朗读中文，让在场的人对他们的语言的特殊音调有一个概念。约瑟夫朗读了哲学家孟子著作的几个段落，以及中文"天主经"，最年轻那一位朗读了同样翻译成中文的"圣母经"，声音更响亮，但很羞怯。这些新颖的语调引起大家极为强烈的兴趣。

雷慕沙先生的学生中，有几位特别出众——儒莲（Stanislas Julien）、库尔茨（Kurz）、勒华瑟尔（Levasseur）、奈曼（Neimann）教授和小安培（Ampère），他们与每位中国人进行个别的笔头交谈。中国人显得开心极了，在离开自己国家这么远的地方，居然遇到这么多读书人熟悉他们的表意文字的秘密。

中国人对印刷厂的中国铅字及其复制方法很感兴趣，这些字是在雷慕沙和克拉博罗特先生指导下铸造的。在此之后，雷慕沙先生请他们朗读拉丁文，约瑟夫·李的发音清晰而准确，大家鼓掌赞好。

有些人请他们按照传统以毛笔题字，他们欣然应命，一一照办。根据中国的习惯，请客人写一句隽语或美言留念，我们留意到约瑟夫·李为雷慕沙写的句子："先生们，请向天主祈祷，让基督教传播到远方的中国。"

告别的时候，他们非常礼貌地向主管、雷慕沙先生以及他的学生表示感谢。他们一起交谈了近两个小时。

还得补充一下，修院住持希望找一位艺术家，为他们画像，然后以石板印刷，连同更全面的个人简历，在这个星期内出版。这些肖像更加使人感兴趣。因为过几天，他们就要脱下中国服装，穿上教士袍了。

最早到法国的四个中国神学士（1829 年）
弗朗西斯科·乔／若望·程／约瑟夫·李／马蒂厄·吕
原载《天主教中国》／法国国家图书馆藏书

雷慕沙终于跟中国人见面，进行了文化交流，第一次文化交流，很独特的笔头交流。一切在静默中进行，无言在说话，且说得很多；毛笔在说话，大家用眼睛来听。方式出人意表，但谁敢说这不是文化交流？谁敢？你要挑剔什么，就挑吧，挑不出，就让这令人心悦诚服的一幕留下来，永远留下来！

但会面之前，情况完全不一样。雷氏的学术成就斐然，学者地位已经得到肯定，唯是……唯是，这种一万里以外的语言，从来不曾从你雷慕沙的嘴巴吐出过半句，你的眼睛从来没有见过说这种语言的人，耳朵从来没有听过这种语音。无师自通？自学成功？除非是自欺欺人！再说，千辛万苦去啃一种图案似的方块字，值得吗？某些报纸，总有本事找到机会对他冷嘲热讽。1829年3月30日，《费加罗报》甚至嘲讽他的法兰西学院院士的身份："阿伯儿-雷慕沙先生在想象中跟'玉娇梨'聊天，然后就来教你汉语啦！"与中国神学士即将会面之前，刻薄话越发变本加厉，趁机出笼。1829年4月19日和20日，《费加罗报》刊出一篇文章：

> 四个中国人刚到法国，来学我们的语言，他们拜阿伯儿-雷慕沙先生为师。但愿这些善良的北京人，对他们的学者老师不会感到失望，就像可尊敬的马穆特跟沙布罗尔先生那样啦。

沙布罗尔（Chabrol）是当时的塞纳省省督，一位东方学学者，曾经在埃及逗留过，自称精通阿拉伯语。有一回，他接待从埃及来的贵宾马穆特（Sidi Mamouth），用阿拉伯语对贵宾大肆恭维。事后翻译对他说，马穆特先生说他一个字也没听懂，完全不知道你说了些什么。

5月5日，还是《费加罗报》，刊出一篇小说《中国人》，对雷慕沙含沙射影。小说背景在遣使会修道院门前，那天来了各阶层人士，都想见识一下几位中国青年，难得的机会呀！有人嚷道："是否要收门票的呀？不认识主教能看到他们吗？"一位侯爵夫人在一位先生陪同下，刚从修道院出来，伯爵夫人上前打招呼，问道：你看见那些中国人了吗？跟你说话了吗？他们是怎样的呀？回答说，他们都挺可爱的，当初还以为他们很丑、很怪，但不是这么回事，四个人都不缺少魅力，有礼貌，不抽烟。那位先生补充说，他们都很像我们见识过的雕刻。侯爵夫人还带了一把小扇来呢，上头就画着中国人，以便跟真实的中国人对照一下，因为她从来没有见过中国人。哟，真是像得紧呢！伯爵夫人又问侯爵夫人，他们跟你说了什么呀？回答说，他们把我恭维了一番，最后还说 dominus vobiscum！雷慕沙替他们翻译说："我们感谢你的友好来访。"先生说，这是自由发挥的翻译吧？啊不，翻译得很恰当的呢，法国传教士们都这么说，没有比这更适当的翻译了！

会面数天前的5月8日，再刊出一篇重磅文章：

> 提起那些中国人，就有很多关于雷慕沙先生的说法。据说遣使会进修生的原文文件和护照，是这位学者读懂的；据说他跟那几位文人交谈过；甚至据说，他听不懂他们说什么，他们也听不懂他说什么……但雷慕沙先生对这些说法都有解答，他回答了。

> 雷慕沙先生回答了什么？他说他不认识那些中国人，他从来没有见过他们，因为他完全没有获得遣使会的邀请去看他们。他承认，希望有一天在皇家图书馆和法兰西学院跟他们会面。

最后，这是来信的要点。"因为个人的理由"，他宁愿第一次会面"能够在一个公共场合进行"。

我们感觉到雷慕沙先生很重视纠正损害他的个人特色和博学声誉的错误，但我们看不出这位学者同胞的个人动机是什么，令他非要在公共场合跟中国人打交道不可。

雷慕沙先生与中国皇帝子民的交谈，不会让任何人更加了解这位可尊敬的法国学者的学识，这完全是一场善意的笑剧。谁来当评判？帕尔德叙（Pardessus）先生（按：当时一位著名的学者政客）通晓希腊文，但不会说中国话。

让阿伯儿先生去见中国人，让他跟他们谈话，让他告诉我们交谈的内容，我们听之信之。所有报纸不都礼貌地表示《两位表姐妹》是中文小说，雷慕沙先生翻译得非常好吗？在公众场合的翻译，结果不会更成功。

原来人最可怕的敌人是人。那些劈头而来的文字，可是促使5月12日公开会面的原因？可能不是，只是一种巧合。四位青年神学士，是偶然被带到法国来的。他们原是澳门天主教遣使会的学生，该会由神父拉美奥（J.P. Lamiot）主理，因传教问题与朝廷关系恶化，学校被关闭，为避免他们受迫害，神父匆忙地将他们带到法国来。总之，与中国人公开会面的消息一经传出，大家都拥着来看热闹。雷慕沙面对学者、名流，带着世俗的小器大器的小报大报的编辑们，能够没有心理压力？但生活永远是一场仗，只要犹豫一分钟，就会兵败如山倒。其实他大可以反诘，你们有谁见过中国人吗？有谁听过他们说话吗？有谁看过中文书吗？但他选择了沉默，像一只牡蛎那样将自己关闭起来，在一个被方块字、拼音字、语法、医理、地理、历史包围着的世界中，孤独地掂量自己的功夫。他相信自己的功夫过硬，才敢于举行这次史无前例的纸上文化交流。那些戴着有色眼镜而来的人，一心只等着好戏出场，大做文章，但失望得很，奇迹意外地出现了。从皇家图书馆走出来的时候，谁还敢说雷慕沙先生不懂中文？《世界通报》刊出正面的评论不奇怪，因为他本人是该报创办人之一。但《费加罗报》则不一样，一开始就紧盯着雷慕沙，这回就是要看好戏怎样开始，怎样收场。岂料雷慕沙在各怀心态的众目之下，大笔一挥，一笔封口，扭转了乾坤。《费加罗报》能不口服心服？第二天就刊登了一篇文章：

> 昨天下午二时，中国人参观了皇家图书馆，为数不少的女士和好奇者在雷慕沙接见他们的大堂里等着。他们进场的时候，引起了一阵惊讶的轰动，我们见到面孔、衣着和语言不同于我们的外国人时，总会这样的。看到约瑟夫·李（Joseph Ly）、若望·程（Jean Tching）、马蒂厄·吕（Mathieu Lu）和弗朗西斯科·乔（Francisco Kiou），我们这些巴黎人更加感兴趣，因为除了极少例外，无不是从绘画、折扇、屏风和瓷器去想象他们的特征和外形。对那些没有像我们那样有福气靠近他们、触摸他们、听他们说话的人，我们可以证实，经过与真正的中国人比较后，普通人的看法不无道理。
>
> 四位先生中等身材，眼睛小而灵活，眼角翘起，鼻扁平，脸颊和下颚的延伸类似卷尾猴面孔的形态，皮肤呈铜色，肤色不带任何白色、红色、蓝色的变化，头顶一半剃光，另一半留着亮丽的黑发，编成辫子，垂至半腰背，形成一条奇妙的尾，相比起来，拿破仑近卫军掷弹兵帽子的尾翎就像一根水彩画笔

了。他们的衣着雅致而不奢华，一件哔叽蓝布宽袖长外衣，前面扣着四颗金属纽，露出光溜溜的脖子。头上一个黑色丝质头箍，上边盖着一顶教士的小圆毡帽，边缘很像法官的圆帽子。

中国人温和顺从地接受了大家对他们外表的评头品足，然后成功通过几次测验。雷慕沙先生手持一管毛笔，蘸上中国墨汁，以绝妙的快速写下好几个问题，外国人一一作答，他们的书写速度慢一点。几位雷慕沙先生培养出来的学生，跟他们以口头或笔头进行交谈。最持怀疑态度的人都不得不承认，学生们从雷慕沙学到的知识，完全没有臆测和模棱两可的成分。

在各种各样的讨论中，所有人都竖起耳朵认真细听，从题字或写字中收集几个字，请这几位法国新客人解释。使人开怀的是，有好几个观众挤在他们身边，拿出在中学时期学的已经生了锈的拉丁文，向他们提出无数问题，用词和句法错误百出，这些外国人立即指出来，他们精通拉丁文的句法和用法。Guot numeras annoos? Habes ne frigorem in Frencia? Dicmihi tuum nomen? 就是这么样的拉丁文，竟然拿来奉客，简直就是《无病呻吟》的大结局场面。

在这些问题中，最不寻常的一个引起最辛辣的回答，那是向约瑟夫·李提出的，为了女士们能够理解，我们翻译出来。问题是这样的："中国女人和法国女人之间有什么区别？"回答："中国女人的脚和舌头都受到束缚，而法国女人的脚和舌头都是自由的。"约瑟夫·李是个很细心的观察家。

记者在文中录下听来的几句拉丁文，都不正确，勉强可以猜测为"你几岁？""你在法国冷吗？""贵姓？"他因此想起莫里哀的喜剧《无病呻吟》。该剧主人公阿尔冈无病呻吟，家人最后找到的解决办法是让他自己当医生，爱怎么医就怎么医。他们安排了一个虚假的盛大典礼，医学院院长向阿尔冈颁发医生证书。莫里哀趁机讽刺医学界不学无术的现象，这一场对话全部以乱七八糟的拉丁文写成，该剧也就在令人发笑的热闹场面中结束。

　　这篇报道生动地记录了在公众面前进行的第一次中法文化交流的场面，距离我们几近两百年，至今依然一尘不染，读起来如闻其声，如见其影，如历其境。

　　雷慕沙，世界汉学研究的开山鼻祖，就是这样在孤独中走完被嘲讽的路，最后落笔生花，一个大动作，把成功定格在众目睽睽之下。这是雷慕沙的名字以大写字母写成的时刻。爱丽丝穿透了镜子。雷慕沙从自己的猜谜困境中走了出来，从外界的疑窦中走了出来。一条前人从未走过的路，他走了，走通了。汉学史上唯一的个案。独特的汉语学习与研究之路成了传奇之路。尽管他英年早逝，四十四岁死于时疫虎列拉，但欧洲汉学拓荒者的事业已经完成，未来的研究工作，就让后来者去薪火传递，就有儒莲、沙畹、马伯乐、伯希和等在汉学研究上的卓绝贡献。

二〇一七年十一日

道学及马伯乐谈道教

子承父业　问学不辍

2015年4月13日，《世界报》刊登了一篇纪念弗朗索瓦·马伯乐（François Maspero）的文章，他前两天刚去世，享年八十三。消息引人注目，并非完全因为他是出版家、书店老板兼作家，也因为他是著名的法国汉学家亨利·马伯乐（Henri Maspero，1883—1945）的儿子，他目睹了父母兄长在惨酷的战争年代里的遭遇。他父亲马伯乐，一辈子置身于研究工作的法国汉学家，除了进入法兰西学院时，配备了一把装饰性的剑，手里没有任何武器，但1944年7月28日遭纳粹逮捕，因为他的长子若望（Jean Maspero）从事抵抗运动，被追捕，逃脱了，但住址被发现，父母亲即遭逮捕。最初被关进巴黎一所监狱，马伯乐自知情况严重，不抱生还希望，与妻子在狱中见面时表示，只希望她一人能够逃出死神的手。稍后他被转送到德国布痕瓦尔德集中营，七个月后病倒，1945年3月中旬死在了那里，距离美军抵达时间只有一个月。参加了美国志愿军第三军的若望，1944年9月在战斗中牺牲，年仅十九岁。那时候，弗朗索瓦只有十三岁，先后才几个月时间，这个家就被兜底打翻了。幸好他

随风而播

母亲最后从集中营活着回来。1957年，弗朗索瓦经营了一间书店"读书乐"，两年后创建了"马伯乐出版社"，1984年出版了第一部小说：《猫的微笑》(*Le Sourire du chat*)。他一生操持过数种文化事业，都是走在同一条路上：子承父业，坚守一个文化人的正直。

马伯乐这个名字，使人想起谚语"伯乐相马"，取这样一个名字的洋人，正好道出了他的中国文化底蕴。马伯乐在东方学和汉学研究上，成就举世瞩目，是真正的骏马飞奔。他在中国历史地理学上，比如秦汉时代象郡的地理位置及其领域范围的考证，所作出的重大贡献，无人能出其右。该郡的地理位置，典籍记载互相矛盾，在中国的历史地理图中，象郡一时出现在越南，一时出现在广东广西之间。他敢于走出定论，将史料互相印证，指出秦汉两个时代都存在象郡，但与越南无关。结论后来得到中国学者的肯定。他的原创性的观点，成为这门学问的重要里程碑。他将历史学变成一门科学。他在东南亚的地理、历史、民俗

马伯乐的集中营画像　（法）法维耶（素描1945年）
法维耶是照相制板技工，因参加抵抗运动被囚，在此期间秘密画下一批营内生活素描，成为珍贵的历史见证

https://asso-buchenwald-dora.com
德国集中营被囚人士协会藏品

和方言方面的研究，也取得了丰硕的成果。被关进德国集中营期间，他留下了堆积如山的汉学研究手稿，其中只有部分文字刊发过。后来吉美博物馆为他结了三个文集，由所属的图书馆出版发行。他的汉学研究领域非常宽广——历史地理学、古代政治地理学、古代天文学、宗教、哲学、神话、小说、方言、白话——没有学术范围之分。作为沙畹的学生，他承继了老师的治学之风，以精确代替猜测，熟读和精通古代文献，从典籍和实地考古，或从考古文献出发，参阅新发现的材料，重新探讨历史的真面目。他的学问宽广无边，在专门课题研究上又极度深入细致，可从中看到他做学问的缜密精神。他还是一位多产的学者，据戴密微（P. Demiéville）所编的《马伯乐著述年表》，著述达一百八十种，尚有十数种未结集付印。逝世后，他的弟子和同业整理繁浩的遗稿，因工程复杂，技术性的学科，只能分门别类出版。1971年伽利玛出版社出版的《道教与中国宗教》（Le Taoisme et les religions chinoises），由他的弟子康德谟（Max Kaltenmark）作序，一部以小号字体印成的六百六十页的作品，就以戴密微整理、1950年出版的两本遗著为基础，加上巴黎第七大学东亚研究所的一个研究小组的协助，经过长时间的运作，才最后编纂完成。

马伯乐的父亲加斯东·马伯乐（Gaston Maspero）是著名的埃及学者，曾在法兰西公学院任教，先后数次到埃及考古挖掘。1905年父子俩一起到埃及进行考察，同年马伯乐写成硕士论文，题目是《埃及托勒密王朝的财政》。后来他忽然改修中文和越南语，因为他一开始就不固守学科的界线，日后就在东方学这个大范围内得其所以，驰骋自如。他先到法国东方语言学院学习中文，1908年到河内法国远东学院实习，在越南和柬埔寨研究东南亚语系各种方言——印支的语言、风俗，尤其是泰语。他搜集了大量的原始资料，日后进行研究工作，就有丰富的信息可使用。1911年，被任命为法国远东学院的教授。1914年，他参加一个考古团到中国，这是他唯一的一次访华，在浙江工作了六个月。1918年返回法国，接替沙畹在法兰西公学院的中国学教席。东南亚的长期居留，使他有机会接触到原始村落的节日活动，日后，他对中国的《诗经》，尤其是情歌部分，就有更为深入和形象的理解。

在前无古人、可能后无来者的几位法国汉学家当中，标志沙畹的是《史记》的注译，标志伯希和的是敦煌学，标志马伯乐的则是关于道教的论述。马伯乐十分看重老子的《道德经》，认为它是"中国哲学体系中最完善和严密的一支"。只有五千字左右的小书的出

台州真如寺门前石柱　马伯乐／摄　（1914年）

此为历史照片，该寺已于20世纪50年代最后拆毁
巴黎吉美博物馆藏品

现,一开始就引起大众的注意。它神秘、虚玄,透露出前所未有的哲学思想。但小书身世不明,它何时产生?公元前四世纪?可能更早,公元前五世纪已经出现。作者是谁?其姓名、籍贯、生活大体不为人所知,只能从第二十章以"我"字出现的自画像中了解:"众人皆有余,而我独若遗","俗人察察,我独闷闷","众人皆有以,而我独顽似鄙"。它最先以《老子》之名面世,甚至传说黄帝本人曾经亲自参与编写,就有"黄老道德之术"之说,干脆将老学托之于黄帝。在许多不明因素中,太史公的《老子传》就来拨开云雾:"老子者,楚苦县厉乡曲仁里人也,姓李氏,名耳,字聃,周守藏室之史也。"太史公之说根据什么?根据楚国国都保存的档案记载?也有人说他在周国沛地过隐居生活,并创立了道家学院。但无论古人今人,直至近代的梁启超,依然从多种角度上提出疑点,可谓众议纷纷。小书身世不明,却令整个时代瞩目,成为思想缜密,唯一能够与儒家并驾齐驱的哲学流派,从古到今,在中国的哲学领域中扮演重要角色,并引起外国学者的重视。但有别于宣扬忠孝、道之以德、齐之以礼的儒家思想,它是建立在神秘主义的基础上的。

道学非道教

道教一出现,道学与道教就是两码事,不能混为一谈。道教与道学唯一关系,是道教从道学的气化宇宙论中得到启发,为养生之道创立了气功实践法,黄老学逐渐发展成为黄老道,并加入了自我暗示式的修行、炼丹求仙、巫术式的神秘、符水念咒、请神消灾,成了吸引民众的因素。还有长生、养性、养形的修炼,宣扬积德行善,黄老道就成为从帝王直至普罗大众所一致接受的宗教。论注老子的哲学著作，也难以不涉及道教，明太祖的《御注道德真经》等，皆有所涉及。

西方人普遍承认《道德经》的伟大。中国学者极少从事道教的研究，既然老子的思想精华不在道教只在道学。于马伯乐而言，这个学说和宗教使他感到陌生，却使他产生兴趣，一头栽进了道教的研究，一个学术上从未开发过的领域。他以极致而缜密的博学，以一个拓荒者的精神，建立起一项庞大的工程，使道教成为汉学中的一个项目。他首先探讨了中国上古时期的各种最古老的宗教，认为道教的起源，是因为围绕着土地而产生的原始宗教，不能再满足诸侯割据的新局面的精神需要。东汉末年，社会处于政治和宗教的动荡时期，与《道德经》扯上关系的道教，就从一个社会事件中破壳而出。黄老教借助黄老学之名，以阴阳五行、符咒消灾、广嗣之术、顺应天道之说写成的道书，广泛流传于民间。宗教团体也组织起来了，自称为大贤良师的张角，自诩事奉黄老道，以道教化天下，十数年间聚众三十六万，为一种朴素的政治理想，也为个人的政治野心，导致了一场动乱的产生。这就是历史上的黄巾起义，企图利用宗教达到政治目的。不到一年，即被荡平，但被广为利用的黄老道，汇合了张鲁的鬼神巫术之道，就演变成道教，流传于民间。黄老学就这样在平民中演变成黄老教，六朝时代，道教的繁荣达到顶峰状态。

马伯乐研究道教，主要是从文献入手。最重要的道教资料是《道藏》，由于历代中国文人只看重道学，不屑于道教，故少人研究，大部分文献处于死物状态。《道藏》是道教经书经过规模化，规范化整理后的总集，囊括了大量道教经典以及相关书籍，有介绍性质的，也有评论，是历代道士和道家人士的收藏，以及朝廷的有识之士不断的积累。这些文献既无作者姓名，也没有日期，但以一定的意图编纂起来，共收道书一千四百七十六种，合五千余卷，集道教文献之大成，奉李耳即老聃为教主，《道德经》成为道教人士重要的经典理论依据。当年马伯乐能够接触到的，只是沙畹、伯希和从中国携回的部分材料，大多是明代的印刷品。这部分材料于1926年在北平摄影制版印刷。马伯乐的《道教与中国宗教》，大抵是根据这部分材料写成。在这部作品里，他企图解释这个难以理解的宗教，探讨它的起源和发展，它的内部体系、祭拜仪式、各种道术、经济来源，然后，如何在唐朝的和平时期致命地走了下坡路。主要原因是朝廷以行政手段，在精神上和行政上钦定了孔子思想的统治地位，排斥其他哲学和宗教思想，道教因此失去广大信徒。汉明帝时代传入中原的佛教，最初依附在道教身上生存，随后发展起来，成为它的竞争对手。马伯乐参阅的文献中，就有佛教对道教抨击的文章。道士的活动范围逐渐退入道观，与外界的接触日渐减少，经过长期的下坡路，到今天，道教在大众眼里，则属于神仙方术的宗教。

马伯乐是著作等身的大学者，作品从数量到质量皆蔚为可观。他写《道教与中国宗教》，虽然只接触到部分《道藏》材料，但其信息量极大，被西方誉为权威著作。马氏成为唯一通晓这门学问的人，是道教研究最优秀的先行者。在《道教的神仙——如何与神交感》《古代道教中的养生法》《老子和庄子以及圣人的生的神秘体验》等名篇中，皆着重于神仙、神秘、交感、养生等问题，可见道教的神秘及其道术，是马伯乐孜孜不倦地进行剖析的。而事实上，道士和信徒的神秘生活，被认为是得道的唯一实践途径。要了解道教，就得从化恶念为正念的"入静"，永葆青春的"调息"，延年益寿的"养神"等活动入手，这一切都是道教机制中的重要因素。道教宣称可以将忠诚的信徒带向永生，永生并非不死，也非精神不朽，而是延长寿命，使肉体变成金刚不坏之身。道教认为人有三魂七魄，生前死后都需要一个肉体把它们集中起来。人不能不死，但如果生前经过长期、严酷而繁复的"养身"修炼，死，只是假死，经过祭礼仪式后放进棺木的，只是一具假尸，真正的肉身从尸身脱出，去跟神仙会合，使三魂七魄继续有地方栖息。据司马迁记载，公元前133年吴王时代，一位古道教的道士李少君，炼丹术士，生前辟谷，得长生不老和脱离尸体之术，死后按照民间习俗入土，数载后打开他的坟墓，不见尸身，只见他的道帽和道袍。汉高祖的将领张良，也曾企图修炼成仙，但失败了，后来只修炼"导引"，只求达到轻身。所谓"养身"，是要将导致肉身衰老败坏的因素先除掉，制造不朽的因素，使身体轻盈纤瘦，主要在饮食和呼吸上下功夫，戒酒、肉、洋葱、大蒜，排除正常饮食，直至辟谷，以练气功来"服气"。

  老子的气化宇宙论认为，宇宙的原始物质是气，道教就根据这个观点演化成自己的宗教观念。根据马伯乐接触到的道教文献，道家人士认为，宇宙洪荒时代，天地混沌、黯黑，诸神和世界是从混沌中出现的，诸神并没有参与创造。经过七千年后，明暗开始分明，混沌逐渐分离，形成九股气体，每一股气之间距离九万九千九百九十九年。轻而清的气上升，重而浊的气下沉，圣帝和太始天帝就在气中自动出现，由气体凝聚而成；九股气神秘地部署了九天，太阳、月亮、星球、银河开始发光。男神女神相继出现，每一位神为自己建造一座天宫，神仙们就在里面办公。第一座天宫共五万五千五百五十五层，天宫同样产生于气体，八十一重天上，有无数天宫。神和物质世界皆产生于气体。没有凝聚成物的气体，则继续在宇宙间流动，不断赋宇宙予生机。道士们就以流动的气体来养生，以"服气"来代替世俗的食物和谷物。如果同时服用金、玉、丹珠等，可能练就不坏之身，轻盈的身体使他们有可能飞升上天，跟神仙会合。"服气"的方法是，以食道而非气管吸气，先从肚脐后边的命门进入，直抵下丹田，到气海，通过脊椎进入脑袋，从脑部回落到肺部，经过上中下三个丹田后，从嘴巴轻轻呼出。如果要治病，则要将气带到患病部位。调整和锻炼呼吸是主要的修炼手法。所谓"养神"，是通过默念加强与神仙的交感，加强体内的超验本质，体内有无数超验物质存在。但练功时间以数十年计，生命太短，成仙路长。不死是不可能的事，但可以求长生，即长寿，以不死的身体组织来代替可死的身体组织。如果修炼功夫到家，精神因高度集中而产生心醉神迷，仿如魂魄脱离身体，五官感觉模糊不清，"不觉形之所倚"，"竟不知风乘我耶，我乘风乎"。仿佛与"道"有了交感，神秘的精神之旅的乐趣，比起成仙更容易得到，因此感兴趣的人更多，愿意下功夫去追求。

仪式中驱魔赶邪的舞蹈、护身符、符水、念咒，使道教比佛教、孔教更有趣味。还有春分、秋分、夏至、冬至各种活动。关于"符水"的使用，马伯乐记录了文献中的一段话："大师手持一根九个结节的竹竿（意为九重天），一边念咒，一边背诵经文（向着水）。他让病人匍伏在祭坛前，头碰到地上，让他们忏悔罪过，然后在大师手上饮下符水。"像所有宗教一样，道教也推崇行善。信徒在修炼同时，必需以行善一千两百次来达到永生。即使已经行善一千一百九十九次，只要有一次恶行，则前功尽弃，必须从头开始。善举包括济饥、供寒衣、照顾病人。据公元四世纪的《紫阳真人内传》记载，一个大名周义山的人，每月的第一天到市集、街道、广场去周游，遇见穷苦人和饥饿者，即脱下衣服赠送给他们。有一年发生了旱灾，陈留出现大饥荒，米价高涨，遍地饥民，他散尽家财用作赈灾，还隐姓埋名，不让别人知道他的善举。一位神仙得悉后，特地前来授他以成仙之道。马伯乐把中国人不尽知的修炼细节和故事，向西方人作了详尽的介绍。

道学演变成道教，是老子不幸伯乐幸，有了道教，就有马伯乐的道教研究和论述，独创一家的学说。道教学问无可承继，绝对是从零出发。从二十世纪二十年代开始，他在法兰西公学院主讲的课程之一，就是《道教的起源》。作为一个汉学家，他毕生研究贡献良多，当以中国宗教的研究贡献最大。在《道教与中国宗教》这部论述中，他对古代中国的神话、民间宗教、道教、佛教、伊斯兰教、基督教等作了深入的探讨。中国人是泛神论者，除了各种宗教以外，还礼拜祖先，历史人物如关公、张飞、刘备，直至《西游记》中的猴王孙大圣。农村还有门官、土神、灶神、各种职业的保护神，如鲁班等。他把中国所出现的宗教，整理出一个完整的系统。后来继续发现的新资料，可以作为补充，但不影响其研究成果的基本价值。

嵇康　一曲度高风

在这部权威论著中，其中一章谈及魏晋时期的"竹林七贤"，嵇康、阮籍、山涛、刘伶、向秀、阮咸、王戎等七位文学家和思想家，是魏晋风度的代表人物。精神领袖嵇康是黄老道中人，潜心于道教的修炼。他是个奇才，精于玄学，有着神仙的外貌与风度。祖上无朝廷高官，但家资斐然，拥有广阔的土地。因与魏室联姻，娶曹操的曾孙女长乐亭主为妻，曹氏当政时，官拜中散大夫，人称"嵇中散"。虽受儒家教育，却主张"越名教而任自然"，更崇尚道家精神和老庄哲学："老庄，吾之师也！"他才思敏捷，性情耿直而锋芒外露，生活旷达不羁，尚清静无为，在竹林下肆意纵歌畅饮。尤其厌恶仕途，向往出世生活，热心道家的养生服食之道，相信万物禀受元气产生，"元气陶铄，众生禀焉"，他写下了《养生篇》。像当时的富家子弟一样，爱好旅行，走访名山大川，寻仙访道，在河北邯郸遇上王烈，后者自称已经二百多岁，将气功法传授给他；又到河南北部汲郡山，拜访了隐士孙登。他原来就有道家的隐世意图，欲成其弟子，未遂，却在那段时间结识了山涛，成为挚友，后来成为竹林七贤之一。他对道术十分投入，练功，静坐，上山采药制药，一旦兴来，得意忘形，在大自然中乐而忘返。夏天在院子一棵柳树下，安置一个铁砧，坐地捶捶打打，忙个不亦乐乎。

有一天，大将军司马昭的宠信钟会来访。钟会，山阳县炙手可热的人物。惯于不拘礼节的嵇康，态度傲慢，没有站起来接待。因为身高一米九，不太方便？还是"诗万首，酒千觞，几曾着眼看王侯"？难免礼貌不周了。他坐地伸长了腿，继续在铁砧上捶打，忙于制药。作为山阳县的司棣校尉钟会，这个官儿就很大了，架子也必须搭得很大。但架子再大，也只是一条得势的狗，可以使某些人唯命是从，但决非嵇康。盛怒的校尉正要离去，嵇康冲着他问："何所闻而来，何所见而去？"钟会回答："闻所闻而来，见所见而去！"从此衔恨，常怀报复之心；嵇康只看重知识人的高傲与风骨，不知道已经种下了祸根。后来在友人吕安之妻被其庶兄吕巽迷奸的案件中，吕安被庶兄反诬"不孝"，不孝在当时是大罪，因而锒铛入狱。平日只管修炼养生、服食内丹、抚琴自娱的嵇康，仗义为朋友出庭作证，钟会趁机抓紧机会报复，在司马昭跟前，极尽诬陷之能事，把嵇康牵连进这件是非颠倒的冤案中，往死罪里整治。欲加之罪何患无辞，遑论嵇康曾经发表过"非汤武而薄周孔"，反对儒家提倡的礼教和道德规范，这已经开罪了司马昭。常言"司马昭之心，路人皆知"，已道尽这个小人的阴险。在他眼里，手中的权力就是一切。他以"乱群惑众"之罪判嵇康死刑，与吕安同赴刑场。虽三千学士求情，拜嵇康为师，愿代其一死，而不获准。鄙劣的统治者，习惯以不公道来显示自己的权力。嵇康不向权贵低头，在命运前巍然挺立。他昂首向天，庄重而从容，最后一次弹奏他喜爱的古乐《广陵散》，优雅地带着一种精神死去。一曲度高风，他的卓绝人格被推上了绝对的高度。老子有谓："不失其所者久，死而不亡者寿"，是说，不失本性的人，恒久存在，身死而道不朽者，长寿。嵇康的高大形象，越过千秋万载时空，出现在每一代知识人的脑子里，跟西方的苏格拉底一样，成了知识界的太白星。而道家人士则相信，嵇康借助刽子手中的武器，从肉身解脱，得到了永生，真正的肉身升天跟神仙会合去了。他成了仙。据说事后司马昭后悔了，但后悔何补于事？无非是作恶者给自己留的一条退路。也许直至那时候司马昭才明白，逞凶肆虐只图得一时之快，身败名裂是千载万载的事。

一个醉心于老庄的哲学、向往出世生活、在修炼上身体力行的道家人士，却为世所不容，马伯乐走笔至此，可谓感慨万千："一个生活在隐世中的人，无意于仕途，只希望无灾无难走过动荡不安的年代而已。尽管他经济富裕，家庭地位不俗，但对他全无帮助，嵇康还是于262年被公开处死。"马伯乐何曾想到，近两千年后，他的命运跟嵇康大同小异。为荒谬的种族迫害，他被抓进纳粹的集中营，在苦役和饥寒交迫折磨下，七个月后死在了那里。从古代嵇康到当代马伯乐，这类知识人循规蹈矩做人行事，端肃问学不惹世事，却被统治者的违法乱纪置于死地。他们大权在握，暴戾恣睢，习惯以手中的权力来戕害无辜的人。"侯王能守之，万物将自化，万民将自正""大盈若虚，其用不穷"，能够指望侯王自守，虚怀若谷吗？这只是老聃对统治者的寄望，是他心目中的理想政治。当然，作为两千五百年前的思想家，思想再先进，也不会跟你谈法治，谈权力制衡。但人与自然的关系他谈得很多，一再向我们提出"师自然"，第二十五章："王法地，地法天，天法道，道法自然"。事实上人类的实践，无论人生、社会、科学、艺术，从古到今无不以自然为师。飞机的产生取法于飞鸟，潜艇的制造取法于鱼类，坦克的制造取法于节足动物。文学艺术更加不用说了。总之，"天之道，利而不害"。老子的"法自然"，不妨借用《吕氏春秋·去私篇》中一段形象而浅白的文字来作注释："天无私覆也，地无私载也，日月无私烛也，四时无私行也。行其德，而万物遂得长焉。"效法自然，循道以行，人以自然法则来修养自己，当政者也循道以治，以自然之道来治理人事和社会，那么，理想世界庶几近矣！

二〇一六年七月

沙畹的译事内外

沙畹（Édouard Chavannes，1865—1918）以法国驻华使团自由工作人员的身份第一次到中国时，年仅二十四。抵达伊始，连"对不起"也不说一声，一步就闯进了《史记》，这座古代中国通史大楼，一点也不见外，在数千年以来积聚的家私杂物当中，翻箱倒柜，像私占人家空屋者，不再出来了。他要翻译《史记》。不，是注译《史记》。按照东汉史学家班固的说法，《史记》是一部"涉猎广博，贯穿经传，驰骋古今上下数千年间"的史书，小伙子可曾自问能否挑得起重担？他在巴黎高等师范学院主修的是康德的哲学，是院长佩罗（G. Perrot）让他转向中国领域的。屈指细算，他跟老师考狄（H. Cordier）学过多少天中文？方块字跟欧洲的拼音文字有极大差别，没有词根变化，没有时态，没有单复数，跟口语脱节，因为没有拼音。欧洲人学汉语谈何容易。长久以来外国人研究中国问题，语言是第一障碍。即使于中国人，要看懂《史记》，哪怕一个故事，也要翻上好几回《辞海》，毕竟是两千多年前的古文。"天其素王之乎"？你想明白，就得去查阅资料。据沙畹说，当年他就某一个问题去请教中国人，几乎每个人的答案都不一样。

但小伙子对文字迷宫感兴趣，对埋在地下的历史感兴趣，一种偶然性把他推入汉学，但没有谁能够再把他推出来。他迫不及待地开始工作，在清朝驻法使馆参赞唐夏礼协助下，从中国的古老祭礼"封禅书"开始。翻译是两种文字的转换，而沙畹的翻译首先是探索，一边翻译，一边研究作者曾经参考过什么文献，利用过什么资料，其可靠性如何，然后再去追踪那些文献，探讨其真实性，再将各种线路重新连接。难得的是在追索过程中，他不用砸门撬锁，轻易将所有大门都打开了，所搜索出的资料，其数量、宽广度、事无巨细，皆令人吃惊。四年后他已经注译了全书的一半，由基督教会主办的北堂印刷厂出版了。从1895年以后的十年间，也陆续在法国的勒鲁（Ernest Leroux）出版社出版。注释的详尽，考据的广泛严谨，有理有据，超出所有人的想象。你看他的译作，就得左三页、右三页地翻着看，因为译作由译文和附录两个部分组成，看过附录才更加明白原文。他对中国古代文献的熟悉，求证资料的复杂繁多，你没法理解，就像对伯希和的语言能力没法理解一样。外国人从此读到一部有年份、有故事、有声、有色的最古老的中国故事：《史记》。君臣、父子、长幼、夫妇间的次序，明主、贤君、忠臣、义士的礼义廉耻，帝王的暴虐，或人神之间的感应，就在千年的律法底下，以立体面貌，扮演着自己的角色粉墨登场。在距离、时间、精神上都显得遥远的东方世界，被推到西方人的眼前。

从利玛窦以来，每一代传教士对汉学的涉猎大体琐碎，着眼点大多是近期文学，着重于翻译或改写，是业余爱好者的研究方法，洋人从他们笔下认识的中国不多。而沙畹《史记》注译的出现，于译者而言，是探讨了中国上古历史和文化源头，客观效果是促进外国人对中国的认识，汉学研究也被推动起来了。他的注译本事，可以把翻译家冯承钧对他的《中国之旅行家》的评述作为总体评述："初阅时觉多为我国旧籍中之记载，经外国人所译述者，不肖终读也。近检藏书复见之，重读一过，见中有若干材料，为余穷年累月所难解决之问题，今皆不难按图索骥。是此书不特为翻译之品，且兼有考据之功。中有数事，均足以补我史籍之缺。"

日后沙畹继续扩展学术领域。非凡的智力，超人的工作能力，使他从一门学问到另一门，就像一连串活动着的镜头。你忙着看他的《史记》，他已经到了《中国两汉时期石刻》《华北考古记》《邦宁拓片之中亚的十种汉文碑铭》《汉文大藏经中的五百故事和寓言》……考古、历史、地理、语史、碑铭、简牍、民族、宗教，直至中国古代石刻，既无国界线，也无学科之分。他读遍中国古籍书：《周易》《诗经》《尚书》《书经》《礼记》《前汉书》《后汉书》。于你陌生的还有《独断》《白虎通》《公羊传》《穀梁传》。然后左一把、右一把给你引述，千页万页文字向你撒过来。他把中国的文化兜底翻，有谁找出过他的岔子？没有。再说人家还谦逊得紧，一早声言："我只是尽我的所能，我为所有的批评指正感到高兴。"都说《史记》注译是西方汉学界整理中国史学的一部严谨而精细的著作，最优秀的范本，是沙畹学术成就的一张王牌。其实他的考据、解读、辑纂史料的新方法，也是他的王牌。他手中有多张王牌。第一次来华，四年后奉命回国，接替德理文侯爵在法兰西公学院的职位，主讲"汉语、满语和文学"讲座，才二十八岁。但考古学和史学研究已经硕果累累，成为法国汉学研究的生力军，及时成为法国汉学研究的接棒人。他到中国，冥冥中就是为了《史记》。这项工程成为施展神迹般的智慧，并以现代手法来对付一门最古老学问的阵地。从此《史记》与

沙畹在阅读中国古籍

沙畹紧密地连在一起。

　　沙畹沉浸在这部通史中，乐此不倦地漫游在这个远去了的古代世界里，却没有迷路。从序言和著名的长篇导论中可以看到，他以旁观者的目光，对这部通史进行了全面思考。他强调《史记》是司马谈和司马迁父子两人的手笔，属于司马迁的文字不会多。司马谈在宫廷主管星相学部门，相信天象直接影响到大地的生活，而这种观念也产生于古罗马时代，同样有过记载。因此，司马谈在工作过程中，必然紧盯着从古到今在地上发生的事件，尤其有系统地记载日食、月食、地震、水灾及其相关大事。他的职务容许他接触宫廷收藏的最古老的档案资料，工作就不只是星相学范围，同时也着手历史记载，如他所说："掌握秘籍，职司记载"。且不只是编纂历史，他的博学，精天文，熟史事，对诸子学术的思考和研究，使他有可能像一位真正的史学家那样去记载。所以沙畹认为，司马谈可能一早就起草了部分《史记》，且正式付诸文字。后来司马迁在《史记》中很多段落以"太史公曰"为开头，有些人认为这是议论史事的写作方法，沙畹却认为可以相信这段文字是司马谈本人所写。最后一章《太史公自序》明确指出，公元前110年，汉武帝到泰山举行封禅大典，而司马谈滞留洛阳，"发愤且卒"，为不能参与大典而遗憾终身。去世前，"太史公执迁手而泣曰：'余先周室之太史也，自上世尝显功名于虞夏，典天官事……余死，汝必为太史，为太史，无忘吾所欲论著矣。'"司马迁俯首流涕承诺完成其未竟之业。但某些段落的"太史公曰"则指司马迁本人："七年，而太史公遭李陵之祸，幽于缧绁"，"太史公曰先人有言：'自周公卒，五百岁而有孔子'"，但指司马迁的情况不太多。怎样区别父子的笔墨？从篇章上无法辨别，若从观点或精神着眼，尚可分辨其中差异。司马谈研究过墨家、儒家、法家、道家等诸子学派后，倾向于道家，一种比较自由的思想，司马迁说其父"崇黄老"，老子被称为"黄老道德之术"。而他本人则倾向儒家，崇拜孔子。他拜访过孔子故乡，礼拜过孔庙，孔子世家篇写得非常详尽。

太史公笔触冷漠，沙畹如是认为。写吕后对戚夫人母子的极度凶残，也像叙述普通事情，不流露个人情绪，一种无人称的零度风格。作为时代发言人就够了，不必道出个人的观点和思考。沙畹认为这是太史公独特的文字技巧。西方有些历史学家，将个人倾向介入历史，以个人的观点、志趣来再创造，如古罗马历史学家提特·李维（Tite Live），就给严酷的古代世界滚上太多美丽花边。司马迁父子则无意留下个人印记，把收集到的各个时期的文字记载，进行辑录、筛选，再把它们镶嵌和连接起来，使其成为连续的历史故事，依然保持历史事实的原貌。"余所述故事，整齐世传，非所谓作也。"之前，历史只是地方性的编年史，《史记》开创了有完整故事的历史。没有它，后人对古代中国的认识只能限于不肯定的片断。沙畹认为，陈胜、吴广的起义，没有必要写进历史，他们只是冒险家，抓住一个时机起事，六个月就被镇压下去，没有值得称颂的史迹留下。相反，把孔子这个道德伦理学家放进诸皇贵胄之列，是司马迁的首创。但孔子并非"有圣智而无位"，因为"昭王将以书社地七百里封孔子"，孔子实际上已成为贵族，但没有参与统治，只为世人提供了思想和言行的准则。通史里还收录了诗歌、论述、诉状、民歌、著名的语录等，因为写著名文化人的时候，必然牵涉他们的作品。作品被收录下来，避免被遗忘，满足了希望了解过去的人的好奇心。《史记》因题材的伟大而伟大，"历史学之父"的美名，唯司马迁当之无愧。

史料的来源是历史学家面对的最大难题。沙畹认为《史记》的史料有亲自经历的，有从当代人获悉的，也有从典籍文献中得到的。重要的是如何判断史料的伪真，又必须从史料中走出来，客观地给它一种形式，根据不同时代复活过去，给事件以合理的连续性，因为信息往往是以片断传递而来。史料的来源既是历史学家的着眼点，也是读史者的着眼点。《史记》的史源一直有争论。沙畹认为除《楚汉春秋》外，《书经》是重要的来源之一，因为《史记》中引述了其中许多语录。这部最古老的中国文学巨制，收录了不同时代的作品，所覆盖的时间从尧、舜，直至公元前 2000 年。但沙畹认为《史记》内容的比例不合理，目录中有一半篇幅是写秦朝之后发生的事，换句话说，最后一百三十年的历史，比起从远古至公元前 221 年那部分的篇幅要长。这种比例是失调的。原因何在？发生于公元前 213 年的焚书事件，司马迁写得很多，但该事件持续时间不长，三年后暴君就死了，文化局面很快得到恢复。在焚书过程中，数量少的典籍永远消失了，数量多的，因着广泛流传在民间而得到保存。另一方面，不少历史事件和某些作品的内容，还保留在精英的脑袋里，就有恢复原状的可能性，比起秦朝之前发生的事，司马迁能够找到的史料会更多。《书经》在秦始皇的焚书中被毁了四十二章，留下来的只有五十八章，经过不断恢复，内容难免"现代"化，甚至是毫无根据的编造。如果作者选择经过恢复的文字，读者就不知道是哪一个时期恢复的。《楚汉春秋》也有同样情况。沙畹就从《史记》的内文求证，发现司马迁参考的《楚汉春秋》是近史，参考的《书经》有九篇都是新本，而非旧文。

作为法国人，考据的是中国文化，思考的是中国文化，以中国文化著书立说，他很中国了？当年利玛窦穿儒服，戴儒帽，出口道德文章，之乎者也，比起中国人还要中国，但沙畹决非如此。他以中国古代世界来做学问，却以社会学家的立场，对现代中国有所思考，提出尖锐的批评。他发现他所研究的事物很陌生。"这个辽阔的帝国人口众多……它的人民一生中都恪守我们所陌生的原则。"他读中国古书的过程中发现，"孝"字是最重要的思想，也是最重要的道德表现,"百行孝为先"。最早的文学作品《诗经》曰:"哀哀父母,生我劬劳","欲报之德,昊天罔极"。没有给父母尽孝是一件大事,要天罚的。君臣、父子间的忠孝情结,更难以理解。他还发现,文学作品把这种思想反复加强传递。"时至今日,这些基本思想依然是中国人生活观念的组成部分。"又指出,书本没有教会中国人运用理性,也不引导发展个性和个人品质,"中国人在任何情况下都注意本分,不依据自己的意愿行事,而是屈从于外界强加的规则"。上层社会的人只沉迷于文学和文学知识,为求一官半职而参加科举考试,文科是考试的唯一科目,"排除了数学、实验科学等所有学科"。他以1889年考试题目为例,三篇作文题目皆取材于古文:《论语》《中庸》《孟子》。如果文章阐扬道德规范,提出政治见解,辞藻讲究,就有入选当官的可能,因为他们理解祖先的教导,日后才能掌管国家大事,成为传统的卫道者。而学校培养人才,也只是推崇记忆力,忽略准确的观察和推理智慧的训练,导致书本知识扼杀了思想。"结果很自然,在那些源于科学的应用并改变世界面貌的发现中,没有一个是中国人的成果。"所以,近代科学不产生于中国,中国人甚至没有将祖先的发明加以完善。又说:"中国人从未在他们的研究院的大门上写过:'非数学家莫入',他们既没有自己的笛卡尔,也没有自己的培根。"沙畹这就从汉学转到社会学。他认为,要更好地跟中国人打交道,必须认识这个轻理性的古老民族,研究汉学就有其必要性。

都说沙畹为当代汉学研究确立了专业化、科学化的规范。他像同时代的人,深受笛卡尔的机械唯理论影响,认为世界是均质均等的,是几何学般精确的空间,万事万物就在机械规律底下运转,包括人体的内循环。所以，物质世界的科学，必须以绝对的确实性为基础，要像数学那样可以运算，将"可能""好像"的因素摒弃。要一加一等于二。沙畹拒绝权威性的教条，只接受理性的科学，要精密严谨，经得起解释。相信一连串几何学般精确的推理，可以认识一切事物，最后找到谜底。他研究汉学的方法是精密的考据，要将古代中国从地底翻出来。沙畹一丝不苟的准确、缜密精神，不只表现在思辨能力和研究方法上，也表现在考古跋涉的行动上。他翻译《史记》，研究两汉时期的浅浮雕、石刻，在百多年前匪夷所想的艰苦条件下，跑遍半个中国，将中国的历史一直翻到鹤嘴锄能抵达的最深处。笛卡尔的学说为他照亮了最阴暗的洞穴。

沙畹所推崇的培根，将世俗的学问以记忆、想象和推理三种能力，分别划为历史、诗歌和哲学三个领域。中国有二十四史，有被誉为世界历史学典范的《史记》，有被称为"历史学之父"的太史公司马迁，历史这个学科中国领先了，拥有数千年历史的埃及，就没有系统的历史记载。中国也被誉为诗歌的国度，《诗经》的时代涵括了从上古时期直至春秋中叶。从古到今，记忆和想象在中国得到很好的发展。唯有哲学领域有所欠缺。在沙畹眼里，无论仁义道德的儒家，以推理作为认识手段的墨家，以处罚作为教化方法的法家，"深乎！为万物宗"的道家，都没有哪一家的思想对科学发展有所启发和贡献。谈到中国的社神，他说："今天，人们不再把土地神尊崇为自然界的万能，而是保佑人们发财致富的神灵。"礼拜社神也是从实用价值出发。至于民间艺术和装饰物，都具有象征意义和表达心愿之用。"生活幸福和长命百岁不是中国人的唯一愿望，他们还希望多子多孙。"他认为中国人的难处不在于思想含糊，而在于是个现实主义者。

沙畹开始翻译《史记》时,到山东搜集了武梁祠和考堂山石室的碑文,参照饰有图像的纪念碑文来帮助译事,同时加以阐释,汇编为《中国两汉时代的石刻》(1898)。注释《封禅书》过程中所遇到的问题,引发了他对泰山实地考察的念头,1891年1月24日,他第一次登上泰山。1907年他第二次访华,走遍了中国的千山万水。第一部分旅程从东北向东走,在辽宁考察了清帝祖先的陵墓,到鸭绿江畔看了刻于414年的高丽"好太王碑"。第二部分旅程持续五个月,从北京到泰安,到孔子故乡曲阜、开封、洛阳,再折回西安,到乾州、太原、五台山、大同。他所选择的路线,无论在东北或华北,都是留下许多古迹的荒山野地,他对那些古迹了如指掌。但要抵达那些地方谈何容易,在那个年代,且莫说交通工具,就连公路也不存在,更加没有卷籍记载过,沙畹只凭自己的知识去翻山越岭,有时必须放弃畜力车,骑马过溪涧。山东中部山石嶙峋,连畜力车也不容易走,山路只能让一辆独轮车通过,或骑马走过,一旦遇上方向相反的过客,谁也不让谁,直至骡子嘴碰嘴。最后只好一方将畜力车依附在斜坡上,让对方走过。一不小心,就会连人带车栽筋斗掉落深谷,再无生还的可能。路上也可能遇上强盗、土匪,伯希和的西域探险,就请了哥萨克的护卫队。即使旅程顺利,也有无数生活上的不便。有一回,在西安府的黄土高原上,日暮他乡,黄土漫漫,像经历着一场梦境,最后找到一间窑洞客栈投宿。一行人与十头骡子、五辆畜力车,同时挤进一个窑洞。里面已经有住客,再加上老板和仆役,天气炎热,窑洞不通风,人畜挤作一团。这种旅程于谁都不容易，何况他从小养尊处优。千辛万苦去追踪、拾遗，携回的拓片和壁画，整理的文物，都不是他们的老祖宗的东西。整理、注释、研究得再好，也是中国的文化。但沙畹不会这样想，他心无旁骛地去经历拼老命的旅程。

这片古老崎岖的土地对他充满诱惑，时空上带他走得很远。他去到孔子故乡，看，耶稣诞生前551年，中国一位大哲人就诞生在这里。但他眼里的孔子，绝非司马迁眼里的孔子。司马迁是"余读孔氏书，想见其为人"，二十岁开始游历名山大川，来到孔子故乡，

沙畹在曲阜孔子墓留影
(1907年 局部)
沙畹在中国考古一直西式穿戴，只有这一天中式穿戴，脚蹬布鞋，裤脚束带，全副中国当时老百姓打扮
巴黎吉美博物馆藏品

"观仲尼庙堂,车服礼器,余低回留之,不能去"。此行对他的精神有极重要的造就,越发成为儒家的卫道者。但在沙畹眼里:"孔子说自己'述而不作',他自比为使者,四处敲钟游说,宣传君主的明智指令",因有助于封建社会秩序,被"历代皇帝尊崇为万代师表"。中国人说:"天不生仲尼,万古如长夜",沙畹会同意吗?他对孔子的评价是:"孔子之所以流芳百世,主要是因为他修订了经典作品,'中国最伟大的古籍整理者'是他首要的荣誉称号。"他整理了《书经》和《春秋》等,整理过程中特别着重道德价值。孔庙宏伟了些,沙畹更喜欢藏在密林深处的简朴陵墓。就在一个香炉、一块石头打成的祭台旁边,他中式穿戴,脚蹬布鞋,全副中国老百姓装扮拍了一张照片。

1907年6月21日,他第二次登上泰山——中国最古老的世界,秦汉以来历代皇帝祭天地的东方之巅。他以一个西方人,同时是汉学家的文化视角,以近代的学术研究方法来使历史张嘴说话。他把山头、刻石、庙宇、寺院进行梳理,他将自己的智慧与灵性变成摄影镜头,准确地对准这个世界,不能走出理性所容许的哪怕一步。泰山极顶的"玉皇上帝大天尊"的庙旁,立有一块大石碑,无字,后人称之为"无字碑"。沙畹立马记下数字,高4.85米,上阔1.10米,下阔1.25米,厚度上85厘米,下90厘米。要准确数字,不要印象。都说该碑是公元前219年秦始皇第二次出巡时登山所立。司马迁在《史记·秦始皇本纪》中记载过碑文:"皇帝临位,作制明法,臣下修饬,二十有六年,初并天下,罔不宾服,亲巡远方黎民,登兹泰山,周览东极……"眼下大家对"无字"的结论是:经历两千多年时间的溶蚀,文字被风雨磨掉了。沙畹不相信。他更相信成化年间（1465—1487）《岱览》的说法，石碑表面平滑，没有刻字的痕迹，跟周围石碑的状况大有差距，相信是汉武帝于公元前110年举行封禅大典时所立，从来没有刻字。

他要把山上的满天神佛说出个所以然来，将我们带去看他的泰山，他所抵达的泰山，沙畹的泰山。你说，这座东岳之峰很高，历代帝王来"封禅"，是要在高峰上，以地帝的身份跟天帝交个朋友，比个高下，较量一下腕力，就有"仁圣天齐皇""天齐仁圣帝"的说法，沙畹说不够；你说，山上充满自然力量，是生命的无尽泉源，那里有"送子娘娘""催生娘娘"，也不够；你说神佛在那里逍遥快乐，能兴云致雨，可以跟天帝直接沟通，地上的人通过祈祷、献祭，可以请他们作"中介"，将自己跟神签订的合同转交天帝，请他履行合约，也不够。沙畹的泰山是他脚板底下的泰山。他参照两张地图，一张是1830年的，另一张是1902年的，都是外国游客制作的简单地图，从最高峰往下走，一路描绘山势，标出山峰、封祀坛、庙宇、刻石、祭坛、亭台、殿堂、观、寺、祠、坊的名称。就从三尖峰开始，一路下来，有上桃峪、望吴迹、碧霞宫、桃花洞、玉皇阁、灵应宫、五松树、王母池、普济堂、魁星楼……直至第二百五十二号的关帝庙。他给每座建筑物加上或长或短的注释，搜索出相关的典故。望吴迹由一个哭泣妇人的故事，引出孔子的"苛政猛于虎"。乾坤亭附近的废墟有一石碑："孔子小天下处"，那是1837年，一位大名颜继祖的人士所立。孔子当年登泰山，脚下的鲁国变小，再向上攀升到此处，天下变小了。多少典故，就来自那座古老的山头。他述说自如，就像叙述他从小熟悉的故事。我们的泰山是精神和愿望的泰山，沙畹的泰山是一碑一石、一寺一楼的泰山。

泰山是个鬼神世界,悠长的岁月使它失忆,一切都不肯定。沙畹就在神祇中,在寺庙楼阁中,在颂扬道德、评判善恶的碑文中,发挥自己的智慧和推理。他为泰山的地理环境、地貌、历史、庙宇、刻石等作详尽描绘后,再加上考据、典故,直至近期庙宇的修葺,都以细微繁复的文字写了下来。当他全面而系统地描写过,就是对泰山整体文物作了记录、整理、注释和研究。封禅仪式也没有被忽略。历代帝王的"封禅"是向天地日月拜祭,好给他们带来好处,不会是别的。《诗经》有谓:"以为酒食,以享其祀,以妥以侑,以介景福。"从公元前219年秦始皇开始,历朝帝王,都举办过耗资巨大的封禅大典,上山筑坛以祭天地,报天地之功。祭祀至高无上的神灵,却不妨碍他们对民众施行暴政。武则天这位女帝也不甘落后,公元695年也登上了泰山。帝王们上山向天地禀告皇朝在战争中的得胜,颂扬自己的功业与光荣,自称"天齐大生仁圣帝","峻极于天",祈求避免地震、水灾、赐予风调雨顺、农业丰收、子孙昌盛、长生不老。然后将告天地书刻在一块玉板上,放进一个玉盒,再将玉盒放进一个石箱,四角以倒角石槽固定,不能再开启,最后将底座深深埋入地下,帝王们向神索取好处的合约就这样坐实了。如果鬼神单方面毁约,谁也没有办法。

各朝皇帝的祷文,他都给作了详细记录,如魏孝文帝的《祭岱岳文》、唐高宗的《封泰山玉牒文》、明太祖的《洪武二十八年讨广西蛮酋告泰山文》、明成祖的《永乐五年征安南告泰山文》、神宗的《万历元年即位告泰山文》等,再加上碑铭、碑记的翻译、民间的祭神活动等。他还考证了社神石敢当的来源,引证1366年《辍耕录》的记述:"当住宅的主门面向一条小街、一条曲径、一座桥、一个十字路口，会竖立起一个小石将军，或者将一块石头埋入土里，写上'石敢当'几个字。"又说，该风俗起源于战国时期，有一石姓家族，他们敢于面对和克服一切困难，"石敢当"就是从这个家族的故事而来。立个石将军，就让他来担当或抵挡所遇到的困境。

沙畹的注意力特别放在秦始皇出巡时代的秦代石刻上，但当时只剩下"泰山刻石""琅琊刻石"两种残石，以及宋朝的摹刻"峄山刻石"。后来他把记录在《史记》中的八种石刻加上注译，收在第二章的附录中，与《泰山——中国祭礼专论》一起，洋洋数十万言，成书六百页，成为泰山的百科全书，也是一部中国古代史，1910年出版。他的考据成果至今依然拥有使用价值，泰山从此成为古代中国信息的宝藏。

沙畹两次考古考察，收集了大批拓片、铭文、山东的汉代纪念碑、唐朝帝王陵的非佛教雕刻、龙门石刻的佛教雕刻、一批碑铭、壁画等文物。1891年登泰山时，他还从碑贾手里购得武氏墓刻石拓片。后来他撰写《华北考古考察图谱》，四卷图文并茂的考察记，都拥有丰富的第一手资料。他把山东武梁祠的画像以及有关的碑铭，收录在《武梁祠画像》中。沙畹这方面的成就，给西方汉学界提供了泰山信仰文化的研究资料，他也成了欧洲研究中国古代艺术的先驱。他来到中国，就要做到事无巨细地了解中国，扬子江中的钝吻鳄他知道，象征喜事成双的一种蜘蛛蟢子，他也知道。他去到泰山，就像泰山人那样了解泰山，"天子之宗社曰泰社"，"天子之社曰王社"。如果我们惊诧于沙畹从古物中提炼出许多新信息，皆因那个古老世界于他是新事物。

沙畹的考据就是拿把鹤嘴锄，一锄一锄往下挖；做学问的审慎缜密，近乎自我苛求："我可以只刊出确凿的文献资料，舍弃可疑的章节或猜测性的译文。"资料的来源绝对要第一手。1894年他着手研究古代印度和伊拉克使徒的行传，就跟着当年修士行脚的路线，一站接一站，一间接一间修道院走访，不管是否白费工夫，路上有什么危险。当他搜得原始材料时，就开动具有哲学思想的脑筋，向事物的深广度进行考究。他的译作《中国五百寓言》，其中大部分篇章从印度移译过来，如《国王的五百匹马》《无花果树下得道的释迦牟尼》等，都是纯粹的印度故事。就像基督教的《圣经》，带有劝诫意图，教人如何向善，避开邪道，如何面对人世间的阴暗和动荡。长久以来，普通人直至专家，都认为这两部寓言是民间创作，经过世代加工而成。但沙畹一步步追索，看故事最初出自哪些人，由哪些人传递，以怎样的途径传递，在哪些地区发生。探索过程中，他推翻一些现成的理论，去掉夸张部分，最后得出结论是：故事并非来自民间的民间故事，而是出自精英的脑袋。因为这些故事关系到道德、劝诫、隐喻，甚至策略，都是形而上的东西，只有精英的脑袋才能产生。是他们在沉思默想的过程中，在热切的祈祷中，在充满智慧和慈悲的心愿中产生的，属于文学创作范围。这些精英大抵信仰印度教或出身哲学学校，已经成为教士，受过良好的思想和教育训练。这类学校是产生最热切思想的地方。一般民间艺术，大抵肤浅、贫乏、简单、零碎。《木兰辞》《孔雀东南飞》《阿诗玛》，我们一贯认为是民间创作的叙事诗，也相信《诗经》《书经》是经过长期加工的民间创作，但沙畹的看法是："这些作品的最终状态不是逐渐形成的，应该是某个改编或整理的人，在一定时候对手中资料进行筛选，并按一种顺序整理出来。"

沙畹是一位全才的汉学家，研究范围宽广，对文学艺术同样感兴趣。在《史记》译文的《乐部歌曲》中，加入了他的论文《希腊音乐与中国音乐的关系》。他考察龙门石窟时，对公元五世纪北魏艺术的细腻典雅称赞不已，这个在黄河隘口上、离司马迁的故乡韩城四十公里的石窟，从此成为外国游客观光的目标。在《史记》的导言中，他赞扬司马迁没有忽略在非常时期产生的著名诗歌，如垓下之围的项羽英雄没路时的感慨："力拔山兮气盖世，时不利兮骓不逝，骓不逝兮可奈何，虞兮虞兮奈若何！"汉高祖的《大风歌》也收录了。在《泰山》专论中，也饶有趣味地收集了一些传说。齐王攻打宋国时，经过泰山脚下的小镇泰安时，梦见两个人对他怒目而视，因为"师过泰山而不用事，故泰山之神怒也"。泰山有五棵松树进入传奇，因为秦始皇封禅登山途中，风雨大作，到五松树下躲避，为感恩，把它们册封为"五大夫"。考察的丰富经历，使他联想起出生于龙门山下的司马迁，尽管游历广泛，但"博学抹灭了独到的观察和广搜资料，以致没有通过描写史实发生之地的环境还原为历史的生动，自然环境在书中完全不存在"。泰山也使沙畹想起西方的香榭丽舍（Champs-Elysées），古希腊人想象中的灵魂聚集处，一个死者的王国。死去的人在那里继续生活，就像生前在世上生活那样。泰山的地底，则是中国人的另一个世界，死者也在那里继续生活。既然先人的满意或不满直接影响到后人，活人就必须到那里去拜祭，跟他们沟通，保持死者和生者的和谐与幸福。从古到今，泰山成为一个香火鼎盛的地方。

都说沙畹为二十世纪法国汉学的繁荣开创了局面，法国远东学院院长戴仁（J.P. Drège）说他是"同时代汉学研究第一人"，美国学者劳费尔（B. Laufer）说他是"前无古人，后无来者"。每一顶桂冠都金光闪闪。他全心指导学生，为其弟子伯希和、葛兰言、马伯乐、戴密微开拓了道路。他将自己大开门户，等着需要他的人走进来。马伯乐说："任何对远东感兴趣的人，都似乎由此而获得了对他个人及其知识提出要求的权利。所有人都被他的已成为其性格基础的善良本性接待，有些人又过分地利用了他。"英国人斯坦因1900—1901年的新疆之行中，携回大批汉文文献；1907年从敦煌的藏经洞也带走了一批，数量不亚于伯希和带走的。后来斯坦因将汉晋简牍和唐代文书交给沙畹考释，沙畹接受了。但浩繁的工作毕竟损害了他的健康。他在《斯坦因在新疆沙漠中发现的汉文文献》的序言中写道："不久我就意识到，当我把两千多份文献摆在面前时，首先要做的是用放大镜一片一片地检查、筛选，哪些无法使用，哪些可以破译。一大堆文献中大约有一半被筛选掉。我阅读了剩余部分，分类后进行了翻译。"当罗振玉得知斯坦因将这批在木简上篆刻的关于贸易的汉文文书交给了沙畹考释时，马上给沙畹写信，希望获得这批材料，沙畹慷慨地把刚完成、尚未发表的成果，全部寄给了罗振玉。后来罗振玉与王国维一起分类考证，编成《流沙缀简》。沙畹给人伸出的友谊之手不是一只，而是一双。

提起汉学研究，中国文人耿耿于怀的是，中国一直不曾成为研究中心，要将这个中心夺回来。二十世纪三十年代，史学家洪业说："我们一定要争口气，把汉学中心抢回我们北京来。"六十年代，蒙古学家韩儒林说:"十九世纪以来,元蒙史研究中心不在中国,而在巴黎,其后转到日本、苏联。"陈寅恪则为士夫的面子伤神:"群趋东邻受国史,神州士夫羞欲死。"就连汉语音韵学研究也不在中国,而在瑞典或巴黎。这门学问有本事在国外吸引大批世纪天才,在不同国家形成一个个国际汉学中心,中国人希望它出现在北京,却夙愿难偿,为什么?如果人家更接受沙畹式的与时俱进,吸纳新发现的资料,采用以考古考察为支柱的研究方法呢?如果这门庞大学问的研究,需要强大的财力来支撑呢?"入芝兰之室,久而不闻其香",这门古老的学问,对西方学者比起对中国学者更具吸引力呢?什么灶神、土神、门官、石敢当到处皆是,南方人家床底下还立个"姑婆",专保幼儿,这些风俗于我们太琐碎,于沙畹却是一门学问。戴仁说:"十九世纪时候,汉学是西方的发明物,依据欧洲范例谈论中国。"原来他们是以欧洲范例来谈中国的,将汉学视为欧洲文化的一部分。

  从十九世纪初的雷慕沙到儒莲,学术上各有突破。他们编写了法语与汉语、满语对照词典。儒莲之后,汉学研究经历了一段沉寂时期,沙畹及时成为接棒人。他既采用新方法研究,也参照西方古典旧学的研究方法,开创了以第一手资料着手研究的范例。他的考据严格、精确、详尽,总有一个谜底可揭晓。重要的是走出前人的窠臼,以精密取代猜测,谜底就在深海般的典籍中,也在脚踏的泥土下。《史记》给他提供了科学考据的实验空间,他以前无古人后无来者的成就,将《史记》变成了他头顶上的一片天,谈《史记》就必须提及沙畹。

  经过二十世纪欧洲汉学研究的高峰,伯希和一早预感它会走下坡路。据民族学家王静如回忆，1936年回国前见伯希和，伯对他说："君来时法国汉学可谓极盛，君去后恐未必如此矣，华人知此者固少，即吾法国青年习此者亦日渐微。"1945年后，葛兰言、马伯乐、伯希和相继谢世，欧洲汉学的辉灿年代一去不回。到去年纪念沙畹诞生一百五十周年，汉学研究中心已转到美国。

自从1967年在法国万松纳夫（Maisonneuve）出版社出版了沙畹《史记》一百三十卷中前四十七卷译作，去年夏天终于在巴黎友丰书店出版了全套的法译本。据书店老板潘先生答记者问，当年沙畹的部分翻译作品在万松纳夫出版时，他就觉得有必要将尚未翻译的《史记·列传》这部分译出，以便给法国读者一个完整的史记版本。2009年，他为法国当代汉学家班巴诺（J. Pimpaneau）出版了部分《史记·列传》的翻译版后，向班巴诺表示，希望他继续将这部分的翻译全部完成。他得到肯定的答复后，也取得有关部门的资助，就有去年夏天全套史记法译本的出版。全书分九卷，前五卷为沙畹的注译，后四卷为班巴诺、康德谟的补译，班巴诺续译《列传》部分，康德谟补译《荆燕世家》《齐悼惠王》，全书总共四千二百多页，版式基本按照万松纳夫出版社原来的设计。

沙畹逝世近一百年以来，其伟大学人的形象从未离开过我们。都说沙畹的学问宽广无边，他却谦虚谨慎，不自以为是。他的私生活我们一无所知，只知道一战期间，他的儿子尚未到服役年龄，却应召投入空军，他为此大为憔悴。幸好孩子平安无事，还得了枚十字勋章。沙畹从开始工作到最后一天，都带着同样的热忱，将历史扔在古海中的瓶子逐一打捞起来，提取信息，再将千页万页白纸涂黑，转交给我们。唯一的社会新闻还是伯希和为他打抱不平闹出来的。可惜的是，得年五十二就溘然去世。大家为他的早逝叹息，因为我们继续需要他。但他的贡献已经很多，所取得的成绩，是我等活一二百年都没法取得的，还能要求他什么呢？

二〇一六年三月

秉烛藏经洞

既逢乱世亦逢时

去年初,志侠从巴黎友丰书店携回四大本画册,精装,散页,每一册以三个布质蝴蝶结封口。打开来看,是敦煌摄影册。第一册命名《伯希和在中亚的考察》(*Mission Pelliot en Asie centrale*),六十四幅摄影中,有敦煌周围的环境、地貌,从一号到三十号的岩窟,窟内的布局、壁画、菩萨的塑像等,所覆盖的时间是魏、唐、宋三个朝代。这套影册出版于1920年,由热特内(Paul Geuthner)书店出版。由于收藏得好,经历了一个世纪,状态还显得簇新。然则,当你翻看的时候,首先联想起的是岁月、烟尘。一如画面中敦煌世界的沙尘滚滚。

这套画册总共有六册,携回的画册中缺了第二、三册。据书店老板潘先生说,热特内出版社易手已久,要将历来的书籍存货清理,创办人的亲属保罗先生请潘先生到他家去,看看有哪些书籍适合他的书店销售。潘先生拣了个吉日,亲自驾车到外省,到他的古堡去搜罗,携回一批书籍,这四本册子,就这样被携带回来。画册虽不齐全,却已绝版多年,价值不菲,潘先生一时高兴,连个朋友价格也免去，送给他的老顾客免费带回家。于笔者来说，原来可以为小篇小章找个话题，唯是伯希和、敦煌、莫高窟，这个话题太大、太学术、太复杂，要板起面孔来写文章，就不好玩了。不好玩就不写。罢了，于是将沉甸甸的四册缺卷放到一堆杂物旁边，等候书柜腾出空位来，再把它们作为"二等公民"处置。谁知今年夏天，当笔者准备出发度假的前夕，得到总编宗仁发的隔洋指令，要笔者写写伯希和等三位汉学家。命中注定，避也避不开。试试看吧。

伯希和（Paul Pelliot，1878—1945）被奉为考古学、语史学、历史学、文献学的大学者，洋人治中国学的泰斗，这种大能人，一个世纪出得了几个？他的才智、灵活、记忆力、分析判断、活动能力、驾驭语言的特殊才能，都超出了常人的极限。二十二岁之前，不曾到过中国，却说得一口流利的中国话；二十九岁到敦煌的时候，他的汉学和对东方文物的研究，已经声名鹊起。他的老师沙畹对他如是评述：

> 大家都钦佩伯希和，对于一大堆确实令人生畏的文献他运用自如。深邃的学问使他对于有关中国、印度支那、印度的地理历史的所有出版物均了如指掌。此外，还有他确有把握的主宰番字汉译之语音法则的严谨态度，在广征博引史料时，一定要指出它们的时代及其使用的版本之准确性，对那些往往是几乎无法解决的问题，他的论证具有高度清晰性，在最困难的情况下，这种清晰性启发他作出正确的判断，为他找到最有可能的解决方法。

沙畹着眼的是他的学术研究，对一个学人的治学能耐，评价不可能更高了。而你觉得沙畹也有必要大书特书他的语言的特殊才能，这是助他一辈子成功的重要工具，它像楔子，一下子就助他切入他想到达的世界。如果说他在俄国人、英国人、中国人当中很有"面子"，全凭他的语言能力和渊博的学识。他对语言的敏感，一经接触就能上口的能力，是一种奇迹，你没法理解。试想，到西域探险前，到俄罗斯逗留了数月，已经操得一口流利的俄语；在塔什干，跟当地翻译接触了两个月，学会了乌兹别克语。而他那口地道的中国话，为他拉开了丰富、浓郁、喧闹的人生序幕。但他到中国不逢时，遇上 1900 年的义和团运动。那时候他以法兰西远东学院学生的身份，在法国驻北京使馆当见习生和翻译。当时外国使馆被包围，在 7 月 11 日的一次冲突中，荣禄的军队在使馆前面的街垒上插了一面白色的信号旗，旗上有一个红色的"李"字。伯希和在两名水手的协助下，在街垒上放起了火，趁中国士兵忙着灭火，他以一根带钩的长篙，将那面白旗夺了过来，使馆上下一时兴高采烈，举杯祝贺。他被奉为英雄，获得了骑士勋章，才二十二岁。他把这面旗委托英国使节带回法国，现在收藏在荣誉军人院。一般人认为是义和团的旗，实际是荣禄军队的信号旗。荣禄表面上站在义和团一边，内里大有文章。事后使馆遭到报复，但不算强烈。慈禧太后正在耍两面手法，企图以义和团制洋人，又以洋人制义和团。外间传说荣禄的军队包围使馆，实际上是保护使馆。又说慈禧给外国使团送食物和用品，以示"友好"和"慰问"，更非谣传。

7 月 17 日，紫禁城发出停火信号，荣禄的士兵出现在法国使馆前，并带来了西瓜、蜜桃等，向使馆人员发话。上校温特哈尔特（Winterhalter）、使馆卫队指挥官达尔西（Eugène Darcy）与伯希和一起走到街垒上,中方向他们打出友谊的手势。伯希和的机会来了,他以一口地道的中国话与中方交谈,并与伸过手来的中国人握手,不知怎的,他一个箭步就跳过街垒,钻进中国士兵当中。他们没有向他动武,而是以一支十五人的队伍,护卫着他穿过市区,进入到一个衙门。三个官员坐镇在那里,其中两人的衣钮是蓝色的,另一个是珊瑚钮。他们向伯希和询问使馆武器的装置状况,有什么打算,还表示,如果他们愿意离开,可以在中国士兵的保护下撤离。他避免正面答复,说没有资格作任何决定。他们领他去见大统领荣禄。那时候,一个中国人给他送来一封信,是法国卫队指挥官的信,信里非常焦急,命令他立刻返回使馆。伯希和以中国话向信使说,他正在荣禄身边,跟荣禄一起喝茶,吃水果。说大统领对他非常友好,他决定继续留下来。见面过程中,荣禄对操得一口漂亮中国话的法国青年大为惊奇,表示了好感。他们之间谈了些什么?下午一时他被带离使馆,晚上六时才返回原地。回来后,他对这件事不大谈及,只给公使皮雄(Stephen Pichon)写了一份报告,而皮雄后来对这件事也守口如瓶,显然,他与荣禄谈话的内容,成为皮雄与他共同决定保守的秘密。伯希和的第三个记事本对这个问题也只字不提。即使对达尔西也只说:"被带去见荣禄将军有点身不由己,他长久地询问我们的防守方法、我们的对策、我们的粮食、我们的军需品,等等。"后来中方以一队人马护送他返回法国使馆,保护他不受义和团的袭击。奇怪的是,他的记事簿的记录,到那一天,也就是1900年7月17日就停止了,以后再没有任何记载。后来八国联军进入北京,都与他无关了。他回到任务上头去,继续在中国为法兰西远东学院的图书馆和博物馆购买书籍和文物。1901年初,他返回西贡,不久后再次到北京，搜购了一批釉器、绘画、青铜器、珐琅器等，以及一批汉文、藏文、蒙文的珍本携回河内。同年受聘为法兰西远东学院的教授。

乌鲁木齐的重遇

伯希和走上了学者之路，但学者身份以外的传奇也开始了，就开始于中国，中国话是成就他的重要工具。所有人都知道这个勇气十足充满激情的青年，从义和团手里夺了一面旗；在非常时期与慈禧太后的心腹荣禄有过接触，或者说交过手。1905年，"中亚与远东历史、考古、语言及人种学考察国际协会"法国分会会长瑟纳尔（Emile Sénart），有感于法国对西域的科学考察和探险落后于其他国家，很多考古挖掘地点，如喀什、敦煌、吐鲁番等都被英国、俄国专家捷足先登了，遂委任伯希和为法国中亚探险队队长，瓦扬（Louis Vaillant）为测量师，他原职军医，加上摄影师努埃特（Charles

法国中亚考察队巴黎留影 （法）努埃特/摄
瓦扬，伯希和，努埃特
（1906 年）
法国国家图书馆藏品

随风而播

考察队在中国西域 （法）努埃特/摄
瓦扬，伯希和，努埃特，丁姓厨子（前坐）
（1907年 局部）
巴黎吉美博物馆藏品

Nouette）一起组成考察团，还有一位丁姓的中国厨子，1900年为参加世界博览会来巴黎，从事过各种职业，最后成为作家施俄布（M. Schwob）的管家。作家逝世后，他想返回中国，伯希和把他作为厨师雇用到考察团里。探险队的资金由法国科学院、公共教育部、法国地理学会以及奥尔良基金会赞助。

委任未满二十八岁的伯希和为队长，是因为他拥有丰富的东方学知识，精通中国语言，也因为他在法国使馆那段经历，中国方面对他不陌生，容易得到入境签证。清政府也同时发出一张标示明确路线的纸头，准许他沿途进行各种考古挖掘，没有限定挖掘地点，即准许他随便挖掘。他学识丰富而精深，却不打无准备之仗，出发之前，利用一年多时间做准备工作，到图书馆详细研究了先行者和竞争者所作的报告和东方各种写本。那时候英国的考古挖掘专家斯坦因（Aurel Stein）已经到过西域，从敦煌带走了一批手抄本和绘画。伯希和把他作为自己最大的劲敌，紧密监视他的行动，一心要超越他。1906年6月15日，伯希和刚庆祝过生日，一行人就在巴黎东站登上火车，开始了近三年的中亚考古探险。那时候，斯坦因也在西域活动，正向着罗布泊走去。考察团穿过德国后，发现华沙和莫斯科都处于动荡局势中，俄国人不可能给他们提供补给，也不可能有任何帮助了，遂转乘火车到奥伦堡和塔什干去。1906年9月1日到达喀什，这里是他们勘探挖掘的第一站，据瓦扬的记载，伯希和渊博的学识和运用语言的能力，无论在俄国人、英国人、中国人当中，总是一下子就赢得了荣誉，给考察团带来方便。喀什第一站的考古，就得到俄国和英国驻喀什领事的大力帮助。他们先在图木舒克发现一群佛教的大型遗址，后来又在库车绿洲的千佛洞附近，发现了几座露天的寺院废墟，出土了一大批木雕、钱币、印鉴等。到他们离开库车，向新疆的行政和文化中心乌鲁木齐行进时，勘探和考古挖掘已经进行了一年。到乌鲁木齐目的是要将俄国钱币换成中国钱币，谁知1907年10月9日去到那里，一留就是两个半月。

那时候义和团运动尚未平息，但慈禧太后已从西安返回北京，重掌大权，康有为的改革派、光绪的拥护者、政府官员的主战派受到刑杀、收监、放逐的惩罚。被放逐到乌鲁木齐的人当中，不乏文化修养甚高的文人，如翰林进士宋伯鲁、绘画收藏家裴景福等。伯希和逗留期间，与这些文人官员和上层社会人士的交往频繁，总是以博学和一口漂亮的中国话使他们折服，在他们当中赢足了威望。瓦扬写道：

> 毫无疑问，他们是第一次遇上一个欧洲人，对他们的古代学问如此精通，可以比得上他们当中最有学问的文人。

随风而播

伯希和跟当地的抚台、蒙古的绥台交往不俗，货币的找换得到藩台王树楠的大力帮助。瓦扬对藩台如是记载：

> 最后这位是卓越的文人，特别有好奇心。他为他的同胞们写了一部古希腊史，一本罗马史，一本从查理曼大帝开始直至三十年之战的欧洲战争史，自然还有一本拿破仑史；……整个知识界都觉得伯希和是个非常机智的交谈者；毫不犹豫地向他

伯希和拜访西域地方官 （法）努埃特/摄
（1907年 局部）
伯希和在西域，遍访当地方官员与文人，每次都郑重其事，
全套西式礼服
巴黎吉美博物馆藏品

提出一大堆问题和咨询。有人请他以几页纸来概括两个世纪以来欧洲哲学的进展。这些文人不会不知道笛卡尔、培根、莱布尼茨、康德……去参观乌鲁木齐高等学府时，在那间学府受教育的乌孜别克人和汉人同样多，当他们看到伯希和在俄语课、英语课中，很自然地使用东突厥语或汉语向他们提问时，他们设想，一个能够同时连续地使用四种语言的人，应该是什么都懂的。

然而，他在乌鲁木齐最具戏剧性的一幕，是他跟光绪的堂兄载澜、伯希和称之为"澜国公"的见面。载澜曾经力主借助义和团抵抗洋人。1900年7月17日，伯希和越过街垒，被一群士兵带入衙门所见到的三位中国官员，其中之一就是载澜，他被八国联军指为祸首之一，《辛丑和约》明文指定："端郡王载漪，辅国公载澜，均定斩监候罪名，又约定如皇上以为应加恩贷其一死，即发往新疆，永久监禁，永不减免。"1901年，在列强的要求下，载澜被永远放逐到新疆，但依然保留他的小朝廷，在一帮官员围绕当中生活。根据伯希和的日记，载澜每月从藩台接受八百两白银，每年九千六百两，连同日常接受的所谓礼品，年入约两万五千两，相当于九万法郎。伯希和去到乌鲁木齐，载澜不会不知道，对当年

光绪堂兄载澜
流放新疆时期历史照片

随风而播

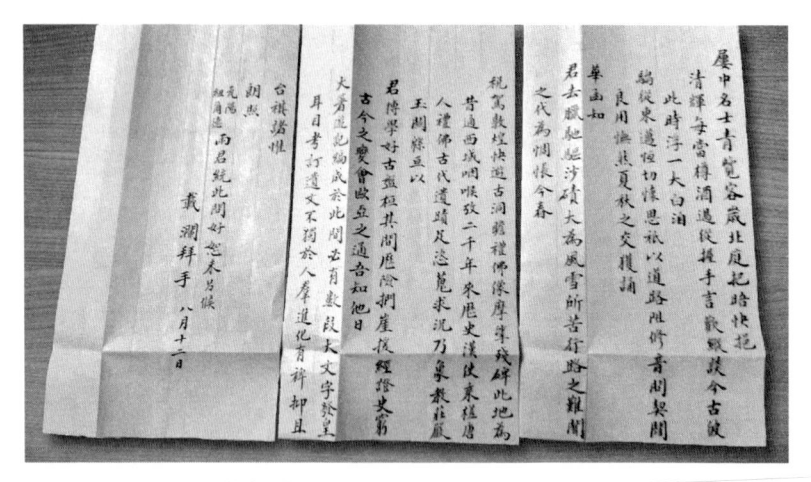

载澜戊申年八月十二日致伯希和信（1908年）
巴黎吉美博物馆藏品　卢岚/摄

接见过、询问过的年轻洋鬼子不会不感兴趣。是载澜以地主身份主动宴请？总之，两人见面了，一见面就搂抱在一起！显然，双方对第一次见面记忆犹新，现在时移势易，敌对关系已经转化，两人都在不同情况下从台上走到台下，以朋友关系见面。那时载澜五十一岁，伯希和才二十九岁，他感喟人事沧桑："时间颇使这个义和团的首领变得明智，我们以大杯香槟酒来庆祝我们的和解。"日后但凡有饮宴，载澜都把他邀请到家里，安置到主家席上，让他坐在自己身边。努埃特也成了载澜的顾问、常客，因为他对摄影感兴趣。伯希和询问载澜，1900年一位道士在千佛洞附近发现了一个洞穴，问他是否知道。回答说，这个敦煌他到过，就是那位道士将一个卷子送给他的。伯希和说在乌鲁木齐第一次听说敦煌藏经洞。分别时载澜把那个卷子转送给客人，作为友谊的信物。中国运气再次落到伯希和头上，原来这件礼物远远超过所谓朋友信物的价值，他喜出望外："一眼看过去，我马上断定这是公元七世纪的写本。"敦煌，他去定了。

秉烛三周藏经洞

斯坦因1907年5月已经到过敦煌，逗留了三天，王道士给他出示了一批佛经，其中有玄奘翻译的从印度携回的佛经。据伯希和1908年3月3日记载："斯坦因给了道士二百两白银，经县长同意，允许他带走相当数量的写本；又送道士本人五十两，以便带走更多东西，大约五六十件卷子和单页写本。"斯坦因是印度考古学会成员，对佛经特别感兴趣，从藏经洞带走的手稿大多是佛经，其中最有价值的是《金刚经》，一本在唐朝以最早的印刷术印成的刊本。因为不懂中文，中国知识有限，助手蒋孝琬对古文字一无所知，斯坦因的选择就不是最好的。他进入藏经室后，也不做任何研究工作，将"买来"的手抄本、画卷，趁夜摸黑带离敦煌，秘密运回伦敦，算大功告成。

伯希和的西域考察团就不一样，一行人于1908年2月25日去到莫高窟，抵达伊始，马上对千佛洞的所有洞窟进行编号、统计，点滴不漏，连墙壁上各种文字的题记也一并抄录下来，对每个洞窟作简单或详细的文字记录。他估计大约有五百个洞窟，对一百六十三号窟印象特深，记录相当详细。负责地理测量的瓦扬着手制图，努埃特拍摄照片，对莫高窟进行了有史以来全面而又详细的考察，内外景第一次被系统地拍摄记录。几经周折终于遇上王道士，这个穿着道袍的小个子，笑吟吟地告诉他说，是神向他报梦而发现藏经洞的。事实是1900年时候，负责修理窟洞的工人，将当年堵塞洞口的碎石去掉，将进口挖出来的。洞口一经打开，可以看到里面一个个上了颜色的卷状物。这件事官方是得到通知的。但里面没有金没有银，没有贵重物品，甘肃一位亲王给敦煌政府下令，让物件原封不动放着，将石窟锁起来，让道士王圆箓负责看守。

你再次打开手头上的四册残卷，逐一翻看。敦煌周围的沙石，外围大漠的烟尘弥漫，石窟的破败，缺乏维修的寺院，一切都使你再次想起岁月，烟尘。你也看到王道士的全身像，身材矮小，瘦削，身上的道袍空荡荡的，看来他从小营养欠缺，发育不良，在艰苦环境中长大。身上的道袍亦已陈旧，可能打过补丁，且脏兮兮的。据说他原籍湖北，因避难走到山西，再转到甘肃，为挣一口饭吃成了道士，生活也艰苦。王道士是疲劳的，就像周围的环境，就像数千年的历史，脸上那撮笑容真难为了他，算是出家人的豁达。他文化水平低，能认得几个字？古物落到他手里成了破烂，将文献当成任由他支配的私产，左一把右一把送给甘肃的官员，包括载澜在内，他可意识到自己做了错事？收受的官员有谁指出他的过错？千载的文明记录，为了避劫藏到密室里，封闭起来，拜托沙漠的空气干燥，得到较好的保存，是一种幸运。偏是一室故纸落到王道士手里，天意？人意？这个传奇故事该怎样来写？伯希和看在眼里，就有他的算盘子好打，他与敦煌的故事开始了。

在《敦煌藏经洞访书记》一文中，伯希和记载了不寻常的一天：

3月3日，钥匙终于到了，这是天主教封斋前的星期二（狂欢节最后一天），我得以进入到"至圣所"。我简直惊呆了。这个藏经洞八年以来被人一淘再淘，我曾经认为藏经已经大大减少。当我置身于一个在各个方向都只有约2.5米的小洞窟中，三侧均布满了一人多高、两层或三层厚的卷子的小室中，你可以想象我的惊讶……

伯希和以他的渊博学识和清醒头脑，一下子就断定这个密室是十一世纪上半叶封闭的，大概发生于1035年西夏入侵的时代，里面有公元一千年之前的手抄本和汉文刊本卷子，堪称一个中国古代图书馆。他意识到自己正面对着一个古老文化的深海，但没有胆战心惊，因而却步，拔腿就跑，他肯定没有读过雨果的诗："当一个入睡的大洋铺开在你跟前／你就在水面上游泳／或在岸边玩耍吧"，但不要潜入到水底，因为精神的海洋是深沉的，如果你不顾一切往下走，"回来时候你会脸色发白"。这个二十九岁的小伙子胆大包天，面对着古老的龙的文化深海，没有脸色发白。"我迅速地作出了决定，至少简单地研究一下全部藏书。"要将一万五千至两万个卷子全部打

伯希和秉烛藏经洞 （法）努埃特／摄
（1908年）
原载《敦煌石窟图录》／作者藏书

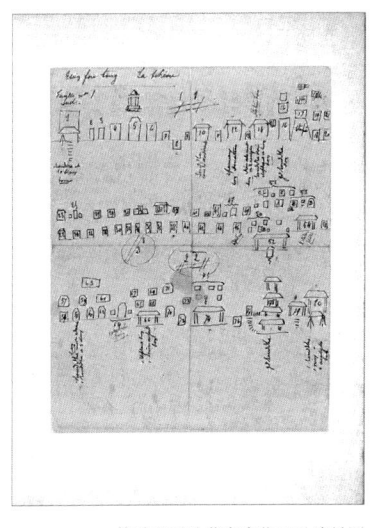

伯希和手绘莫高窟位置及编号图
（1908年）
巴黎吉美博物馆藏品

开。斯坦因到过不碍事，他早有挑选计划，重要部分绝不放过，次要的也尽量争取，不惜代价弄到手，点滴不留。他在当天日记中写道："我更愿意收购全部窟藏，可以出价三千两白银，并答应送他们一套完整的日本版《三藏经》(东京版)。"在这个黝黑的小窟洞里，在晃动的烛光下，在从卷子抖出来的呛喉尘埃中，在缺氧空气包围下，他以每小时打开一百个卷子的速度，在里面逗留了三个星期。

斯坦因取走的佛经以汉语的为主。伯希和精通汉语，深谙中国古籍文献，出发前到图书馆详细研究东方手稿的功夫没有白费，他选取的是少数民族的文字，粟特文、回鹘文、藏文、希伯来文、龟兹文、东伊朗文、突厥文、婆罗米文，直至未知的文字，内容是宗教和世俗文献，古代汉文著作的最古老刊本，敦煌全盛时期当地民间档案、借据、书信、经文、各种手抄本、诗歌抄页，直至绘画。唐朝留下的文物极少，他一下子就淘到千余件。还有圣若望写本，一个预料之外令人惊喜的收获。他来自一个比中国年轻几千岁的国家，知识丰富，浑身活力，且莫说疲劳的王道士不是他的对手，就连斯坦因这个西方的考古学家精英，曾经组织过一次丝绸之路探险的老狐狸，也不是他的对手。捷足先登的俄国人、德国人、日本人，全不在他眼内，他相信自己的目光比猫爪还锋利。他逗留至5月27日才离开莫高窟和敦煌，带走六千多种文卷和绢画。没有做到"点滴不留"，是唯恐过于引人注目。

永远的中国文化

古代时候，敦煌曾经是中国文化走向西方的前哨，是亚洲与西方文化交流的链接点。打从公元前139年张骞出使西域，首次打开了通往西方的道路以来,在七千公里长的尘埃弥漫的丝绸之路上,来往着波斯、印度、土耳其、蒙古、意大利等二十七个国家的商队。他们把丝绸、陶瓷、青铜器、漆器贩运到西方各国,同时也将活字版、罗盘、纸张、火药带到那里。这条路将中国与印度、波斯、希腊、罗马、埃及等文明古国联系起来,在交流意义上,敦煌一度成为世界中心。自从葡萄牙人的海路运输兴起,代替了丝绸之路,敦煌才开始走向没落,逐渐被世人遗忘,直至人迹稀罕。

伯希和带走的敦煌经卷在西方一露面,立即震动全世界,包括中国在内,吸引了一代又一代学者研究,不但产生了敦煌学,革新了传统的西方汉学,敦煌也从泥尘中再生,重新闻名于世,成为旅游热点和学术研究目标。而在这个过程中,伯希和起了关键的作用。

伯希和对东方知识全面、广博、精深、无止境的进入,对中国文献的熟悉,有本事将国画的根源一直追踪到波斯,有本事流畅地读出和解释挂在中国客厅里的长联,可谓无人能企及。他抵达了知识上难以抵达的极限以及运用知识的高度才智,使他的识货本事令人吃惊。他使大家知道敦煌的卷子是好东西,《柳公权楷书金刚经》《老子西升化胡经》既是好东西,墙壁上的题记、租约、借据也是好东西,为什么只有他一个人想到?稀有文献遇上伯希和,就像掉到地上遇上牛顿那只苹果,只有让牛顿看到,才产生了最大的作用,使他发现了地心吸力,否则,唯一的出路是在地上烂掉。当然,不是所有掉到地上的苹果,都有运气遇上牛顿。

从藏经洞搬走文物的,除了英国人,还有日本人、美国人、俄国人，斯坦因掠走的数量不会少于伯希和。伯希和将文物运回法国后，随即组织了一批汉学家、突厥学家、伊朗学家、印度学家、希伯来学家进行研究，一个汉学国际研究中心在巴黎建立起来了。他努力促进学术界利用他所提供的资料，数代人的研究也没法利用得完的资料，来进行研究。他本人则在法兰西公学院设立了"西域语言、历史和考古"讲座。

躺在密室里的文献是沉睡着的，文化的记载是死物，如果不把它翻出来研究、传播、弘扬，永远是一室死物。英国人、俄国人将文献带走，不见得有什么作为，没有什么研究成果，继续让死物成为死物，又何必多此一掠！伯希和在石窟里，在北凉、北魏、元朝的历史的长流中，在佛教、道教、密宗中，在回鹘、粟特、突厥、婆罗米文等文字当中，在当地的民间档案、租约、布施账单等纸堆当中，魂游了三个星期，以他二十九岁所能做过的东方长梦，在那里梦想成真，敦煌学与伯希和这个名字从此在世界各地传播。"我当时该有一种怎么样的令人心醉的激动心情涌遍了全身！"恐怕还不止这个，他一定惊诧得眼睛放光！欧洲国家大抵年轻，这个时代的欧洲还没有古写本。日后汉学成了他最大的兴趣，一生的荣誉也跟敦煌、跟汉学分不开。他创建了敦煌学，敦煌造就了他的传奇。后来除了主持法兰西公学院的"西域语言、历史和考古"讲座以外，他还诠释了于阗文文献，译注了十三世纪末周达观的文献《真腊风土记》，研究中国上古时代的青铜器、玉器，考究摩尼教在中国的流行，辑录印度支那编年史、安南史，对中国学人陆心源、王国维的研究，晚年还注释马可·波罗的《寰宇记》。他的学术研究超越了国界线，也无学科范围之分，但大多与中国有关。谢阁兰唯一要量度的世界是他自己,而伯希和是以自己的知识去量度世界的。

无论过去或现在,敦煌研究不会给任何人带来经济利益,于伯希和也一样。他一头栽到里边去,人家看着他头头是道,样样在行,事事成功,"堆高于岸",反而成了众矢之的。像他这样一个专业、敬业、乐业的工作狂,在西域考古期间,每到一站落脚,都工作至凌晨;在藏经洞三周,"我对全部藏书都编了简目";逗留中国期间,大家都知道他曾经以打扑克牌赢钱,来为法国国家图书馆多购一些汉文书籍。但他让中国人揪着不放,也让法国人、欧洲人揪着不放。德国汉学家冯佐奇(Von Zach)指他细致得像研究病理学,又表面又钻牛角尖;比利时汉学家肯特兹(Carl Hentze)指他只知书本知识,幼稚无知。甚至有人怀疑他挖掘回来的文物都是赝品。何况作为天主教徒、共济会的会员(franc-maçon),怎可以入屋为盗贼?而斯坦因、日本的橘瑞超、德国的勒柯克(Albert von Le Coq)也入室为盗贼,但有了伯希和成为众矢之的,他们反而站在干岸儿上逍遥自在。大家为他们鼓掌,立传。即使在后来的日子中,为伯希和立传的人也不多。当然,像他这样一个大学问家,任谁俯视、仰视、侧视,都没法把他看得完整,没法拥抱得了他的全部学问。有谁敢于随便为他落笔?

你再走了一趟吉美博物馆,想见识一下那批还愿幡旗,听说收藏在那里的幡旗达两百面。当年走在丝绸之路上的商旅,必须通过戈壁沙漠、喜马拉雅山,还要穿过今天的阿富汗、伊朗、伊拉克、叙利亚和土耳其;气候也恶劣,掺上石块的沙粒会突然向旅客和牲口袭击。有时人和牲口必须卧倒数小时,等待风暴过去。那一千公

随风而播

巴黎吉美博物馆(十九世纪版画)
1889年建成,现为欧洲最重要的亚洲博物馆,其中以伯希和敦煌藏品闻名世界
巴黎吉美博物馆藏品

里长的戈壁沙漠,也会被风暴改变位置,使路人失去标识,在沙漠中迷路打转。还可能受到路匪或强盗的袭击掠夺。有幸抵达国门的人,便凿山开建佛洞还愿,以幡旗表达对神的恩典。上下四层的博物馆大楼,展出的是柬埔寨、印度、越南、阿富汗、乌兹别克斯坦、老挝、缅甸、巴基斯坦、朝鲜、日本等亚洲国家的艺术品。中国艺术品方面,有从莫高窟携回的佛像、画在丝绸上的观音、铜器等。数量最多的是眼睛半开半闭、慈眉善目的菩萨、观音、破破烂烂的佛头像,或断头折臂或坐或立的全身佛像、祭坛或祭坛壁画的残块。

丝绸上画的莲花观音、骑象观音、铜器等都是些祭神仪式的用品。林林总总，大多与神有关。人为神创造比为自己创造来得更起劲。如果说基督教繁荣了欧洲的文化，那么佛教也繁荣了东方国家的文化。在这个文化领域里，有的是共同的心愿、共同的价值观、共通的文化艺术语言。而各国的文化就以不可混淆的特色，存在于这个共同的领域中。印度的文化永远是印度的文化，中国的文化也永远是中国的文化。敦煌文物来到法国，也永远是中国的文化。

现在敦煌所有石窟的照片都放到网络上了，只要打开荧光屏，就可以看得到，这就回应了蒲公英说的话："我随风而播"。

二〇一五年十月
二〇二三年十二月修订

敦煌劫经后

敦煌经卷被"劫"这桩公案，百多年后，依然是学界的经常话题。一旦触及，依旧情绪复杂，或喜或悲，或庆幸或羞愤，总之，不会无动于衷。然则，一个"劫"字，或一个"耻"字，不能说尽一切，不能说尽卷子、古物流失的偶然或必然，及其终极效果。它在国与国之间、大学问家之间引发的关系，研究方法的革新，学术上的梳理、扩展、交流，丰富的学术成果，使从小小洞穴走出来的零星卷子，变成一门独立的大学问——敦煌学，并立足于世界。然而，正面或反面的话题从未中断过。反因正果，正因反果，恶因善果未了，这桩公案已经上升到传奇的高度，比起神话故事绝不逊色。敦煌自古以来就满天神佛，没有一个洞窟没有天帝、神仙、佛祖、观音、菩萨在里头嘀嘀咕咕，或摩拳擦掌，一似凡人世界。

藏经洞故事开头已见传奇。试想在沙尘滚滚、人烟兽迹稀罕的大漠中，从西方来了个十杆子打不上的洋小子保禄·伯希和，像赶赴一个千年约会，领着一小队人马，直闯敦煌藏经洞。从满布尘埃的经书、古代写本、残缺的卷子和卷轴画中，进入到古代东方世界，忘乎所以地魂游了三周。回程时候，就将中国千载文明的物质证据放上他的驮队，辇归巴黎。当事件炸开，一方是"可喜，可恨，可悲"；另一方是沾沾自喜与满门官司。就在被摇撼了一下的局面中，一门全新的学问出现了，一股国际性的使用实证的科学方法研究汉学的潮流开始了。不够传奇吗？但，这个传奇故事不会将具体现实抹掉，所有事实皆有凭有据保留下来，混迹于手稿、记事本、通信、图片以及报章杂志当中。然而这个量大而充沛的存在，在历史的波涛逆折中或走样，或遗漏，或淡忘。如果想将印象刷新，不妨溯流而上走一遭，边走边看边究其所以然，真实的风景会透过尘封的岁月冒出。

梁思成唐式建筑实例的假设

打开《梁思成全集》，有一篇文章：《伯希和先生关于敦煌建筑的一封信》。产生这封信的原因是，建筑学家梁思成看到敦煌图片中的第七图，照片的檐廊、斗拱、角形柱、窗槛、楞木窗等，都具有唐代建筑特征，但不敢肯定是唐代建筑，当时已是北宋时期。图片朦胧不清，角度不完整，无法辨认其究竟，而现实中再也找不到唐代建筑实例，遂去信请教伯希和，向他要一张比较清晰的第二七六图的照片，及其有关史料，并请他准许在文章中刊出该照片。五月去信，"八月间接到先生七月三十日自巴黎的复信，惠然不惮繁屑指导我们，以极可珍贵的资料见赐"。并引述伯氏复信："我当然极愿意将我的材料供你研究中国建筑之用，我付与你翻印第七图及第二七六图之权。关于第一百三十窟的照片，不幸我只有第二七六图一张，它内部的结构是唐式建筑重要的实例。第七图檐廊的照片也只有那一张。不过我可以供给你两点资料，你一定认为有趣味的。"

他将第一百三十窟的外檐两条梁上相当长的文字，以及第一二〇Ａ窟外檐廊其中一条梁上的长段文字抄录给他。梁思成从资料中得出结论，第一百三十窟檐廊的建筑年代是公元980年，第一二〇Ａ窟外檐廊的年代是976年。这一发现，推翻了中国木建筑可考核的最古老年限是1038年这一说法。从梁上的文字还可以知道某檐廊的建造者是谁，知道北宋初期，还未走出唐朝的建筑形式。梁思成说："所以我当初以它为唐式建筑实例的假定，得伯先生的复信，更可成立。"经伯希和同意，该长信的部分内容在文章中录出，

TOUEN-HOUANG — Première visite au Ts'ien-fo-tong.

敦煌第一百三十窟　（法）努埃特／摄（1908年）
原载《敦煌石窟图录》／作者藏书

初访莫高窟 （法）努埃特／摄（1908年）
梁思成回忆文章使用的插图
原载《敦煌石窟图录》／作者藏书

发表于1932年的《中国营造学社汇刊》上。

伯希和信最后说"我希望今年冬天在北平可以与你见面……"他计划1932年12月到中国购买书籍并查阅资料。在北京逗留期间，史语所借欧美同学会会所宴请伯希和，梁思成借此机会与伯希和见面。

笔者手头拥有的《伯希和在中亚的考察》残卷画册中，刚好有第一百三十窟的二七六图，图片右上角标记：PL.CCLXXVI，PL.伯希和名字缩写，后面是罗马数字二七六。图片的确不清晰，一百一十多年前的照相机功能有限，画面粗糙，角度不广，洞窟进口光线不足，内部更暗。伯希和的助手瓦扬博士在"中国西域地理考察报告"中，描述摄影师努埃特的工作："努埃特在那里拍摄了数百帧照片，每次都要克服巨大的困难，才能在那些狭窄而照明又不好的过道中成功地拍摄。"伯希和给梁思成的外檐梁上的文字，只能是抄录的。"不过我可以供给你两点资料，你一定认为有趣味的。"想来几条梁上的文字都没有拍好，不能公开，只有在他的笔记本中才能找到。伯氏颇感得意。若非梁思成最先从画册中看到图片，不会知道敦煌存在这个唐式建筑，而向伯希和求证。梁思成的假设在敦煌找到物质证据，石窟因而重获生命。

  他给梁思成的信是1932年，此前二十多年，已跟中国学者和学术机构鸿雁不断。从1909年12月22日，罗振玉和董康联名给他的第一封信开始，直至三十年代，国学大师和政界人士与他的书信来往有多少？笔者决定走一趟吉美博物馆的伯希和档案写本部。按照博物馆的规矩，进入写本部得事先给主管去信，预约时间。那天笔者手持主管克里斯汀娜女士的复信，按时来到吉美，通过安检进入阅览室，选好座位后，管理员随即将我在信中提及的资料送到。打开文件夹之前，我先在电脑上溜了一下，希望得到更多资料，竟发现伯希和的手迹以及与国内外人士的通信简直是一片汪洋。你不敢大海捞针，在电脑上只多选取了两个项目，便老老实实翻阅手头上的文献。面对百多年前的，可以作为某些历史事件的实证的书信和写本，真难以抑制心跳，就像罗振玉见了唐人和六朝时人写本，"如在梦寐"。更使你喜上眉梢的是，获准了对文献的拍摄。

承诺与追索

中国学者当中，当以罗振玉与伯希和的通信最多，为的是追索秘籍的影印件。1908年10月，伯希和从敦煌满载抵京，把第一批搜得物件付载后，先到河内远东学院逗留数月，次年5月返京搜购珍本和考古文物，总共购入三万册挖花织制的精装本，补足了法国图书馆中文藏书的欠缺，其中有关印度支那、东印度、邻近越南北部的中国各省的中文书籍，包括《永乐大典》，日后成为欧洲中文藏书最丰富的图书馆。9月4日中国学者在六国饭店为他举办公宴，其间出示随身携带的敦煌珍本。学者、官方、媒体颇震动，却没有敌对情绪。伯氏展示了一下外交手腕："今卷子虽为法国政府所有，然学

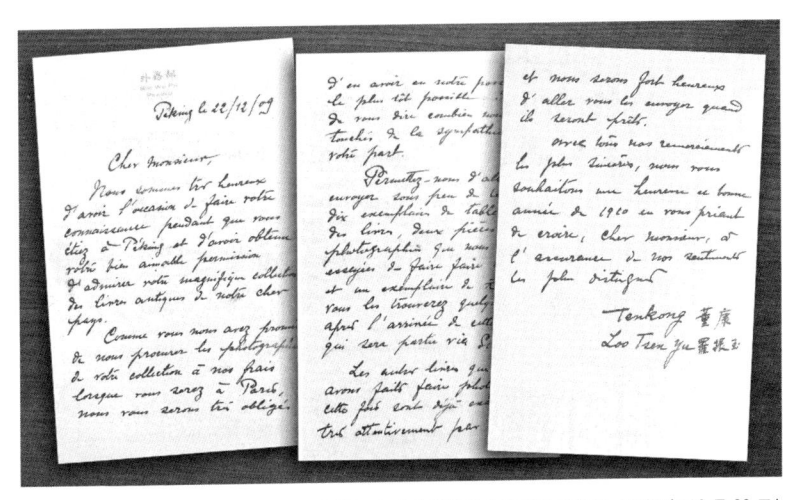

罗振玉与董康联名致伯希和的法文信（1909年12月22日）
这是中国学人致伯希和的首封信束。信文及签名由译者代笔
巴黎吉美博物馆藏品

问应为天地公器,其希望摄影卷子者,自可照办。"为影件摄制组织了一个协会。使与会者大为惊诧的是洋小子的汉学知识,带激情的汉语谈吐。恽毓鼎记载,他"席间纵论版本,辨析真赝,即在吾辈,犹推博洽,况欧族耶?"才三十岁出头的洋人,在岁数以倍计的老学者面前,挥洒自如地谈论中国古籍版本,若非中国学者态度文明,决不会有"即在吾辈……"之说,更不会将"劫""窃贼"等字眼一概不提。日后罗振玉咬着不放的,是卷子的摄影和抄录。

"汲汲为此,急若捕亡"。1909年12月22日,罗振玉以第一时间与民国政府司法总长、著名藏书家董康联名给伯希和发信,由外务部以法文写成。这是中国学者给伯氏的第一封信。开头两句客套话,跟着开宗明义:"正如你所承诺的,你返巴黎后,将为我们拍摄你的藏品的影照件……如能及早收到,我们将不胜感激。"并通知他另寄上十份书单,令照书单摄制影件寄来。伯氏1909年底在法国的探险报告中说:"我正忙于为中国学者们发表我获得的文献提供方便……我完全有兴趣来满足他们的要求。"罗振玉根据陆续寄回的影照,包括公宴出示的卷子、已运回法国的重要文献的照件,作成《敦煌石室书目及发见之原始》,这是中国第一篇关于敦煌的文章。面对伯希和的"劫经",罗振玉"揽卷悲往,为之涕零";卷子"舶载而去,此至可痛惜",但也直面现实:"举世莫知,知亦莫之重也,其或重之者,搜集一二供秘玩而已。"他能够做的,是日后不断的影件追索。伯氏始终履行诺言:"已代照千纸,三月内弹寄到。"

后来罗振玉给伯氏的信,皆以中文书写,都离不开卷子的摄制:

> 承寄敦煌影片,半月前已寄到,以俗冗尚未奉告。顷得来书,并寄提单,感荷感荷……前有一信托沙畹博士转交,内有

请补照敦煌各书目录，不知已达览否，能否俯如所请。（1913年4月21日信）

代影照敦煌各卷近始着手考订。（1914年5月19日信）

前请代照各卷不知许否秦语一卷前次未照者仍求代照。（1914年6月4日信）

尚有欲求影照之书稍迟以影照费及书目寄奉仍求始终勿却。（1917年10月26日信）

其他学人也脚前脚后跟上来求索：

一别忽忽十年……嗣见巴黎敦煌书目，有右补阙书庄秦妇吟一卷，巴黎本有书名，撰人必较伦敦本为完善，可否影照见寄，又唐刻切韵，弟想望者十年，能否一同影照。（王国维1920年8月信）

巴黎图书馆所藏之《名理探十伦》，能用照像法照出否，需费几何。（陈垣1927年7月12日信）

弟现拟请代影各卷子背面各种借券，及地契，立嗣证书等较为有用，可以参考敝国古代法律，至于敦煌照片，则祈阁下代选紧要者，代印数十张足矣。（出版家张元济1910年9月27日信）

在北京闻先生言石窟发见之书内有陈伯玉集冥报记乃五代时刻板之切韵此数种尤所魂思梦想者未识续寄之玻璃板内有之乎。（董康1914年1月27日信）

西域探险期间负责拍摄工作的努埃特，回国后专职在图书馆摄制影片，但不到半年，1910年5月与世长辞，才四十一岁。他在探险挖掘期间染上了肺结核，为今回的探险活动付出了生命。替中国

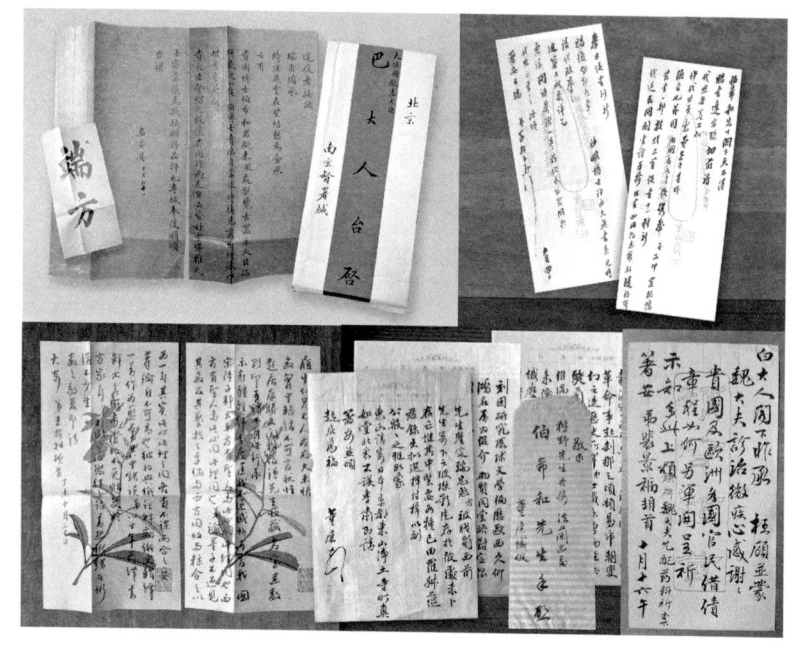

中国学人与官员致伯希和的部分信函
端方／罗振玉／王树楠／董康／裴景福
巴黎吉美博物馆藏品　卢岚／摄

学者摄制影件的计划只好另作安排。

  罗振玉在伯希和随身携带的目录及写本中，发现大量的唐人和六朝时人写本，内有经、史、诗画、佛教经典、地方志书等社会科学资料，"一时惊喜欲狂，如在梦寐"。之前，书籍版本以宋、元的最为珍贵，是写本锁定的最后年限，唐朝之前的书籍、写本极难得。卷帙森森，"世人何曾见唐本"。遂向伯氏索取了十多种付印，编成《敦煌石室遗书》，随即进行考释，公诸于世。中国的敦煌学就此起步。同时将收到的影印片，寄给日本学者内藤湖南和狩野直喜。内藤根据罗振玉写的《敦煌石室书目及发见之原始》写成《敦煌石室的发现物》，发表在《朝日新闻》上，成就了第一批国外学术文章。敦煌学一开始就具有国际性。

辛亥革命后，罗振玉作为清朝学部大臣，自觉已成清室遗老，在狩野直喜等教授的邀请下，与王国维一起携眷东渡日本。1911—1919年寓居东瀛期间，成为敦煌学和国学著述的高峰期，先后辑成《鸣沙石室古佚书》《鸣沙石室古籍丛残》《鸣沙石室遗书续编》等。一连数个"鸣沙"，标题古雅逸致，令人遐思，却非空穴来风。瓦扬的考察报告，对敦煌的沙洲如是描述：

> 中国人将这些沙丘称之为"鸣沙"。有一天，气温很高，我穿越这些沙丘时，的确有好几回听到似歌非歌的歌声，像敲打塔钟时发出的声音。同行的小伙子孜洁特也听到了。仿佛是从沙丘顶峰掉下巨大的金属片所发出的声响。

罗振玉同时整理校勘的写本有好几部，如《敦煌写本毛诗校记》《道德经考异》《庄子残卷校记》《老子考异补遗》《抱朴子残卷校记》等，为敦煌学的国际化打下基础。索取影印的同时，也进行学术交流，互赠书著：

> 承赐大著，邮使尚未寄到，到时再奉闻。（1917年6月11日）

> 弟近刊九种，邮奉。到祈惠存。（1927年6月7日）

> 弟近日所印书籍约数十种急欲奉赠。（1917年6月11日）

> 知二五八九泐之历史乃春秋后语原本（魏语），其二五六九之春秋后语乃旧录之本，非原书也，弟藏秦语一卷，亦为孔衍原本，俟影印后当寄奉。又二五〇三泐乃玉台新咏，也知阁下

甚愿知之,故以奉闻。(1914年5月19日)

交情也不再限于学术,触及个人感情,旷日持久的交流,不该说的心里话也说了:

前承赐敦煌古卷影本,使古籍复得流传天壤,皆先生之功,此海内外学者所共钦慰,不仅弟一人之私感。又蒙台赐影片二百纸益拜高谊。(1917年6月11日)

尊夫人消恙当已渐复,至念。(1924年信,无日期)

小儿译蒙承先生不吝为之改正,感谢无似。(1913年4月21日信)

[一次大战伯氏入伍]前闻先生从事疆场,苦不得消息,然方固无日不神驰于左右也。顷得手书,快悉贤劳国事,近又供职北京,为之欢慰。恨弟远在海外,不得即与阁下握手言欢。(1917年6月11日)

除罗振玉、王国维以外,伯希和与陈垣的交流也深入细致,1933年1月陈垣给伯氏的长信主要谈《元秘史》的版本。从俄国收藏的版本谈起,先后收藏书者的履历,版本如何辗转过手,"今又藏敝处,垣甚欲以先生所赠图书馆之鲍本,合文本再校一次。……先生以为何如?乞不吝赐教为幸。"乞求著作的也不少,陈寅恪1933年8月9日写信:"又大著蒙古史论文……尚乞便中寄下为荷……"

自从敦煌卷子进入法国图书馆,它与中国人就有文化的血缘关系,顺步浏览或查阅卷子的华人很多,著名人物有好几个。出版家和商务印书馆的创始人之一张元济,自从敦煌事件公开后,印书馆不断刊印在敦煌收集的遗书。他在1910年游巴黎,见伯希和,在伯希和陪同下参观了国家图书馆及敦煌遗书室。9月27日给伯氏信:

"前日承枉顾并偕从图书馆俾得快睹敝邦古书曷胜欣幸……"与伯氏有说不完的话题。

1926年，胡适以"中英庚款顾问委员会"中方三位委员之一的身份到欧洲，商议赔款用途，趁机往巴黎与伦敦查看唐代有关禅宗资料。据8月24日胡适日记："下午去看M. Pelliot（伯希和）……我们谈了两个钟，很投机。"8月26日："早八点半到Pelliot（伯希和）家中，与他同到Bibliotheque Nationale（国家图书馆）；他给我介绍，得进'写本室'看敦煌卷子。"胡在巴黎逗留三十四天，双方面晤四次，在图书馆"看了五十多卷写本，寻得不少绝可宝贵的史料"。9月22日，出发到伦敦前夕，去向伯希和辞行，不遇，留下辞行信，最后还是老话题：委托他影印敦煌写本。

蔡元培游学欧洲期间，在伯氏带引下参观藏品，1925年11月18日致信伯希和："屡挹教言并承指导与介绍得畅观先生所搜集而整理之敦煌石室珍品。"并希望从北大到巴黎留学的许德珩，如有事晋谒，尚祈不吝赐教；陈寅恪1933年8月9日致信伯希和，推荐在清华讲授史学的浦江清，"希望他到巴黎后，凡藏有汉文珍贵材料可供研究者，请执事指导与以便利"。

伯希和后面的老爸

1906年6月15日，探险队离开巴黎，从俄属突厥斯坦进入西域，沿途在亚洲高地喀什、图木舒克、库车等地进行考古挖掘、天文观测、地理人文考察，1908年2月25日到莫高窟，将千佛洞所有洞窟编号、统计、笔录，拍摄洞内局部或全面状况，抄录壁上各种文字的题记。3月3日进入敦煌藏经洞,逗留三周。3月27日满载离开千佛洞,5月28日在敦煌城庆祝伯希和三十岁生日,到此西域探险基本结束。离开沙洲后,队伍经嘉峪关、长城到兰州,伯氏趁机去西安采购文物书籍,最后从郑州乘火车,10月4日抵达北京,历时两年又三个多月。要提供团队两年多沿途的费用,绝非简单事情,挖掘期间,每一步骤都要付出金钱。单是驮队就有七十四骑,根据需要沿途不断购置,或临时租赁马匹,雇用马夫。还有持枪的哥萨克卫队、向导、翻译、厨师,协助厨务的丁姓华人。沿途挖掘要在当地雇用临时民工,最多人数达六七十人,平均每天二三十人,开支庞大。当时钱庄服务的功能和范围极有限,就靠他的父亲夏尔·伯希和(Charles Pelliot)从中协助。老人家经营着一间工业和家庭使用的樟脑丸化工厂,巴黎设有一间批发店,将产品运销各地。他利用销售网和公司的信用,协助探险经费的赞助单位,如法国科学院、公共教育部、地理学会等,不断将他们提供的款项,跟踪队伍汇出。从伯希和的《旅途记事》中,可以看到1907年6月20日从苏巴什寄出的一封信:"如果学院坚持给我汇上五千法郎,放到今年的加尔尼耶(Garnier)基金会上,我非常愿意接受你的馈赠;我父亲将会把它连同教育部的额外补贴五千法郎,一起汇到乌鲁木齐……"这位工业家酷爱珍本,收藏了一套稀有的诺曼底珍本丛书。

探险队回京后,瓦扬先押运一批沿途收集并亲手制作的动植物标本、出土的古人头骨等自然史搜集品,以及断足折臂的佛像等,11月在上海登船返法国。伯希和与努埃特一起到南京,拍摄两广总督端方收藏的珍品,再转无锡拍摄裴景福的古画。12月即让努埃特乘船护送八十多箱雕刻、绢画、绘画、写本、刊本及选购的书籍、文物运回法国。他本人于12月12日，返回工作单位河内远东语言学院。他对文物的运送很放心，一切按照原定计划行事，货箱到达勒阿弗尔港，他父亲的"伯希和公司"及"伯希和父子公司"负责给到岸的货物清关，代支清关费。"货箱"的目的地是公司地址，每箱编号，注明箱数的总重量。第一批"货物"2500公斤，第二批3878公斤，清关后经铁路运输，中途要暂时存仓，再安排公路运输，直至1909年11月和1910年1月，两批货物先后抵达"伯希和父子公司"，再押送卢浮宫。整个过程就由伯希和的老爸从旁协助打点。物件最初分三部分，一部分留在卢浮宫，其余分别送到国家图书馆和吉美博物馆。

事情公开后，在传媒不发达的时代也轰动一时。伯希和、瓦扬和努埃特，像英雄得胜归。1909年12月10日，法国亚洲委员会和地理学会，在索邦大学的梯形大厅举行四千人的欢迎大会，由西域国际考察委员会亚洲委员会主席瑟纳（Emile Sénart）和赞助人之一波拿巴王子联袂主持，整个巴黎的上流社会都出席了，教育部、科学院、金石美文学院、科学促进会、巴黎市长、国防部长皆莅临大会，唯独不知道伯希和的老父夏尔·伯希和有否出席，大会各部门的发言人也没有提及；伯希和在大会上作了《高地亚洲探险三年》的报告，谈到今回收获的重要性："古代汉文写本甚至在中国也罕见，在欧洲根本不存在任何这样的写本"；谈到藏经洞被发现后："非常幸运的是，在此后八年当中，没有任何一个学者前往实地研究这些文献，并确认其重要性。"同样没有提及他的老爸。近期看到《伯希和与法国图书馆》这篇文章，由国家图书馆东方部写本主管娜达利·莫内（Nathalie Monnet）撰写，才知道伯希和背后，还有他的老爸，历时两年又三个月的粮草运营者。

伯希和的两批"货物"抵达法国时，经书剩余部分的处理行动同时在中国进行。供职于学部的罗振玉，以学部名义致电甘肃当局封存余物。几经周折，卷子运抵北京，交京师图书馆。据罗振玉记载，当六七千卷子于1910年抵达北京后，被甘肃藩司、代理巡抚何彦生之子何震彝所滞留，由其岳丈李盛铎"截留于寓斋，以三日夕之力……拔其尤者一二百卷，而以其余归部"。参与这次选"拔"者，还有李盛铎的亲家刘廷琛及若干人。李盛铎何许人也？清同治十五年"榜眼"，官拜翰林院编修、国史馆协修，高层次的文化人。仕途显赫，曾任江南监察御史，驻日钦差大臣，京师大学堂总办，等等。位在高官，更方便他捷足先盗，监守自盗，丧尽学人品德，还破坏文物，把长卷肆意割断，一分二或分三充数，掩盖其盗行。卷子抵达目的地后，李盛铎继续盗取，数目多少无人知晓，从此成为敦煌文物的大收藏家。他深谙版本学和目录学，"拔"取了著名的景教和摩尼教经典《志玄安乐经》《宣元本经》等。晚年因官司被罚重金，将三百六十多件藏品出售给日本人，但卷子运到日本后至今下落不明，被永远葬送。作为国家的栋梁人物，却将个人与家族利益置于国家利益之上，为官而谋私，是为贼也。敦煌事件过程，罗振玉、王国维，作为敦煌学的开山宗师，面对卷子外流，虽"为之涕零"，却没有指责伯希和为"窃贼"，皆因他们了解实情，直面现实。罗振玉在《石室书序》中曰："比既运京，复经盗窃，然其存者尚六七千卷，归诸京师图书馆……遗书窃取，颇留都市……"他深知感情受伤害，客观上却使卷子保留下来，就有对伯希和说的心里话:"……使古籍复得流传天壤,皆先生之功,此海内外学者所共钦慰,不仅弟一人之私感。……"

伯希和在《敦煌石室访书记》中自述:"……洞中卷本,未经余目而弃置者,余敢决其无有。"他秉烛三周,选取卷子的准则是:"非书法精善,非有前人题识及标举之年月,非有特异之处,概'割爱'。"首先,他着重少数民族的语言文字,其次是,有前人题记及标记年月的,凡唐朝之前的卷子,一律不放过,有特殊价值者也绝不放过。但,为什么《志玄安乐经》和《宣元本经》等重要文献给走了眼,落到李盛铎手上?陈垣于1924年编成的《敦煌劫余录》中的七八千卷子,难道全不具文物价值?

历史的垃圾堆与波涛不惊

数十箱到岸的物件,最初运送到卢浮宫的黎塞留馆,但必须找适当地方放置,以便对文物进行处理。废弃了千年的纸张、布块,状态脆弱,零零碎碎。以二十多年时间来整理和研究西藏写本的学者拉卢女士(Marcelle Lalou),如是描述经卷的状态:

> 阅读的人打开一包包写卷,拆包取出杂乱地混作一处的纸张,你想将它们扔掉,或者觉得激动,就看你的脾气而定:纸页不整不齐,最经常是没有页码,尺寸大小不一,零零散散,被泥垢、油迹和鸟粪弄得脏兮兮的,那些巨大的卷轴,磨损成破布,齿形边饰被虫子咬成一块块或被啃掉……总体上或多或少显得脆弱,还有就是,尽管时间远去,仍然或多或少恶臭难闻。

伯希和1907年4月18日工作日记,描述都勒都尔-阿乎尔遗址的挖掘:

随风而播

> 我们找到几片相当大的木简页片，尤其是梵文和中文的纸页碎片……所有物件基本是在垃圾堆中挖出来的，它们混在粪便、籽儿、杏仁核、核桃壳当中。

某些写卷是从粪坑掏出来的，肮脏恶臭，根本没法打开。斯坦因也谈到他所发现的以于阗文、婆罗米文、汉文写成的唐代写卷碎片，"全都混在破烂陶器、草毡、各种织物残片、零星皮块以及一些恶臭的坚硬废物层中"。这些破烂落到普通人手里，当垃圾扔掉就大有可能。当年清朝内阁大库收藏的元明清三朝的档案，曾经被历史博物馆当成废纸卖给造纸商，倒是一件不应该发生的事。幸好从敦煌事件中得过教训的罗振玉，当时寓居天津，得知此事，即借贷一万三千元购回，加以保存整理。

文物最初存放的地方，不适合进行处理工作。首先必须拆包取出，做第一回合的挑选、归类，在每一卷或每一页上盖章、编号，编成目录，再拼合、缮修、包装、精装，以方便日后保存及使用。四个月后，为这件工作开辟了三个室。但将脆弱的卷子打开，编目录，如此专门的工作谁能胜任？所谓"经卷"，大多是地方官和达官贵人的文书档案、租契、度牒、籍账、卖契、通信、族谱，混杂着佛教、道教、摩尼教、景教、儒家典籍的断简残篇。而少数民族的文字，是由不同时代、不同国籍的人，以各种文字逐日写成的片言只字，完整的宗卷一个皆无。这些废纸，只有伯希和才能考释，知其价值。他亲自动手整理，根据主题或语言进行挑选。还要争取时间，唯恐外界指他将卷子留为己用。对某些已经死亡的语言行解密，谈何容易。他选择了几个极专门的学者，分门别类负责不同的文卷，梵文专家莱维（S. Lévi）负责几个梵文片断，粟特文专家戈蒂奥

（R. Gauthiot）跟他合作解读一篇粟特文章，贝尔热（P. Berger）负责一页希伯来文，还有突厥文等古文字需要处理。

但意想不到的事情使他身不由己，妨碍了他的工作。自从经卷运抵巴黎，大家眼看沙畹的学生、才三十开外的小子，忽然名满天下。不招人忌是庸才，人的成功比做坏事更招人怨恨。一些不负责任的学者，将自己混同于庸俗之辈，在二三流的刊物上向他发炮，指他浪费、诈骗、伪造，携回的古件都是赝品。这些人原来就反对探险活动，见他们果然携回已消失的皇朝的神秘信息，索性将事件闹成连续剧。史托雪芒（Stochmann）这个名字忽然冒出，连续两个月在《殖民报》（*La Presse coloniale*）上对伯氏进行攻击；但法热奈尔（Farjenel）才是关键人物，在《时代》报上揪着伯希和不放。法某何许人也？经济部图书管理员，攻社会学，自学汉语，从未涉足东方，却一再批评沙畹中译法的错误。对伯希和携回的写本别有用心，想找机会碰碰，好让指头沾上金粉，说："伯希和拥有那批经卷已经三年，他在中国已经长期研究，返回巴黎也有十五个月了。他该一早做好清点工作啦。你想向他要来看看，总是白费工夫。"他多次要求查看卷子，被藏书室负责人奥蒙（Henri Omont）拒绝。他恼羞成怒："只有当那些从道士那里用钞票换来的卷子向大众公开，被检查过、核对过，这场争执才能平息下去。"另一篇文章，同一口气："将这类文件编成目录，规矩上有时间限制，而我们庶几五十年后还看不到这桩活儿了结，甚至可能一百年，或者更长些。"莫高窟？真是"阿里–菩萨"窟，神奇的洞穴！斯坦因把它掏个清光，又自家儿满满地填塞起来了。梵文、佛学家富歇（A. Foucher）调侃准

随风而播

备走一趟敦煌的俄罗斯学者奥尔登保（S. Oldenburg）："闻说你也想到那地方去探险，去看看被斯坦因及伯希和两回掏光的著名洞窟，它好像有一种奇特的本领，被一再光顾，却依旧原封不动。我绝不怀疑这期间，另一个新系列又重新出现。我慈悲地为你祝祷！"

等着看卷子的俄国学者也不耐烦了，互相闹着说："我到巴黎的时候，曾经给你写信说，法国的同僚不会将回鹘的资料给任何人，他们想自己研究，莱维、伯希和及另外三人眼下正在学回鹘文呢。"伯氏对携回的卷子不掉以轻心，掌管和使用很严格。不少欧洲学者向他提出合作，都被婉拒，只跟沙畹合作写过《摩尼教流行中国考》。但他对中国学者另眼相看，曾经与沙畹联名邀请罗振玉与王国维，一起到巴黎参加研究工作，但第一次世界大战使计划搁置。

众议纷纭中，1910年3月12日，伯希和携回的古件在卢浮宫展出。六朝隋唐写本、卷轴画、雕塑、沿途挖掘的佛头、陶器、铜器、人头骨，都是千把年前的遗物。法热奈尔来了，透过玻璃罩往里看，但有色眼镜使他成见不改："我们在玻璃罩里看到一些写本和印刷品，我们觉得就其保管状态看来，是一些十六至十八世纪上下的文件。有两份佛教写本吸引了我们的注意，在蓝色的底色上写上金字，就像目前还在蒙古所做的那样。其中一份看似相当古老，金色显得暗淡，另一份的金色像全新的，闪闪发光。"但这份文献刚好有明确标志，且经过专家鉴定，确认实属八世纪。法氏将它向现代推近了一千年。

当初伯希和在北京出示卷子，无人怀疑其真实性；罗振玉将伯氏的影照及《敦煌石室书目及发现之原始》，以第一时间寄给内藤湖南和狩野直喜，也没有谁表示怀疑。当地人了解当地事。看来只能折回发源地寻求解决办法。中国不是还有剩余卷子，正准备运往北京吗？有人向伯希和提议，通过法国驻京全权公使马士里（Pierre de Margerie），写信给外交部长皮雄（Stephen Pichon），作为汇报伯氏到过藏经洞以后的情况。信曰：

> 阁下会记得伯希和最近一次探险，在甘肃敦煌的洞穴发现了一大批十一世纪之前的中文写本，他把亚洲历史最引人注目的部分带回了法国。中国政府眼看如此重要而丰富的考古学文物被送到外国，无疑是激动的，有点过晚才下令，将我们的同胞所发现的剩下的东西运回北京，由甘肃省长委派的一位代表押送的二十箱货，刚才抵达北京。里面大部分文献可以回溯到公元七世纪（唐朝）。一个由公共教育部委派的以文人组成的委员会负责编写目录。一经取得目录，我将会寄到藏书处。它跟伯希和先生稍前所获得的东西的相一致，会使人觉得有趣。

该信旨在说明伯希和携回的不是赝品。法氏反驳，这不正好说明中国政府采取的措施，是为杜绝王道士继续造假吗？从文献的伪真为起点，冷战蔓延到其他领域。议会议员一位大名比萨（Bussat）的议会议员，向公共教育部提出，为什么法国图书馆没有罗振玉的《敦煌石室遗书》？伯希和私藏已用？图书馆负责人回复，说伯希和于1910年底已经将三本册子送来，凑巧没有及时编入书目，感兴趣者随手拿去看看而已。册子出现后随即补办了手续。传媒的诋毁，法氏与同伙人的暗中策划，小事几乎闹成法律事件。还有教席之争，当法兰西公学院设立"西域语言、历史和考古"教席时，攻突厥文和波斯文、对中文稍有涉猎的图书馆管理员布洛歇

(E. Blochet),站出来与伯希和争夺教席,以零票落选。到设立希伯来文教席时,法氏再次怂恿他与伯氏抗争,今回布洛歇不敢上阵,但学院的领导人被指责不得力。

伯希和被步步追迫,名誉受损,但波澜不惊,抑制着愤怒,埋头于古卷的编目。以他的个性,怎会就此罢休?等待时机而已。机会终于来了,1911年7月初,他应邀参加新上任的印度支那总督举行的宴会,伯希和获悉法氏在场,宴会结束后,长久以来积压的愤怒爆发了,他左右开弓,给了法氏两个巴掌。事后他写道:"我捆了他耳光。"传媒闹开了,说他瞄准法氏的眼睛打,眼镜打碎,人受了伤。法氏告上法庭,案件在轻罪法庭开审,庭内人山人海。伯希和携带一份写卷准备出示法官,说:"我要捍卫我的名誉不受破坏,有人诬蔑我伪造,是法热奈尔先生发起的攻击。……"法氏却说,亚洲荒原上有些狡猾的商人,一瞥见欧洲人的驮队出现,马上将假造的写本塞满铺子。他指伯希和被道士蒙骗。法官对写本和道士皆不感兴趣,他的着眼点是两个巴掌。最后判法热奈尔胜诉,伯希和罚款五个法郎,给法氏赔偿一个法郎。挨两个巴掌换得一个法郎,胜利比失败更惨淡。法氏曾在《时代》报撰文,说脸上流血数天。他心有不甘,将事件闹到英国,在《皇家亚洲学会会刊》(*Journal of the Royal Asiatic Society*)上,重新发表当年攻击沙畹的文章。布洛歇跟着发文,说西域一带下雨下雪,文卷不会年长月久不腐烂。该报借口稿件过多,拒登伯希和的文章。当年同行如敌国的斯坦因倒表现得诚恳,甚至称赞伯希和的才能。到1914年大战爆发,伯氏应征入伍,持续了数年的争吵才告结束。

乐莫乐兮的境外知交

伯希和亲自动手整理敦煌藏品，别人无从过问，也没有能力过问，众人皆知。但法氏不放过任何机会出击："如果这种局面持续下去，这期间，国家图书馆就变成伯希和先生私人使用的仓库了……"直至伯氏应征入伍，写本残片的缮修和精装工作才交给图书馆。传说国家图书馆东方部藏书室的钥匙，只有伯希和一人持有，也是法氏放的厥词，他不时上图书馆找奥蒙闲聊，打探消息，然后将奥蒙的话肆意歪曲。事实上馆内人员可以随便使用，事后交还管理处即可。但查阅资料者，要先提出书面申请，能否获准，看情况而定，中国人一定能够获准。

自诩国际汉学"世界宪兵"的伯希和，对欧洲的东方学家没有好嘴脸，对学术机构也一样。据胡适 1926 年 10 月 26 日关于柏林的"中国学院"第一次秋季大会的记载："是夜有 M. Pelliot〔伯希和〕的讲演：'中国戏剧'。他在本文之前，略批评德国的'中国学'，他说，德国科学甚发达，而'中国学'殊不如人。"但对中国学者就不一样，热情，谦恭，因为要治中国学，必须"与中国学者接近"。9 月 19 日那天，胡适上他家做客，一谈两小时，胡指出他的分类编目多处错误，伯希和表示愿意改正。

六国饭店的公宴，罗振玉没有参加，后经董康介绍，于 1908 年 9 月 28 日，他到八宝胡同见伯希和，索取伯希和随身携带的资料，编成《敦煌石室遗书》，此后鱼雁往还不断，从学术聊到家常。1914 年伯氏应征入伍，罗振玉去信："久不得赐书，远念殊切"；1919 年 5 月，欧战结束，伯氏重返巴黎执教，途经上海，与从日本东归的罗振玉相见,"乱后重逢,相得益欢,畅谈两时许,户外大雨如注,若弗闻也"。以伯希和的中国通,应该体会到这种风流儒雅的促膝长谈,是中国人的"古道热肠",是"乐莫乐兮"的相知,从古代流传下来,境界很高,很中国。境外知音如此挚诚的交往,只有利玛窦和瞿太素之间存在过。与其他学人也交谊不浅,1916年任法驻华使馆武官,7月到上海访张元济,观看"涵芬楼"藏书,从日落宴饮至三更。1933年来华,与傅斯年专程到殷墟实地考察,次年傅大婚,特函奉告。双方交往过程,一方是从古老的文明吸取养分;另一方是反思,对学术上常规性设定的重估。欣赏对方的学识和文化修养的过程,是自我认知、相互发现的过程,也是新旧研究方法的检验和互相补足的过程。

伯希和在六国饭店公开随身携带的卷子,是情愿的?迫不得已的?其实早在敦煌期间,所谓敦煌得宝的秘密已经公开。向谁公开?载澜。光绪的堂兄辅国公,伯希和称之为澜国公。1907年底,为银钱找换,伯希和一伙人逗留乌鲁木齐,在载澜举办的宴会上,与伯希和谈及敦煌藏经洞,并将出自千佛洞的《金刚经》写本送给他,卷末有"大唐贞元二年弟子法明沐浴焚香敬书"的题跋,伯氏一看即知是八世纪的卷子。两个月后离开乌鲁木齐,抵达敦煌,进入藏经室,伯氏首先将这件大事告给亚洲委员会主席瑟纳。为报答载澜的赠送,同时给他去信,将进入藏经洞一事告之。1908年9月7日,载澜给他复了一封长信,字里行间满溢情谊,对伯氏进入藏经洞抒发己见:"……客岁北庭把晤快挹清辉每当樽酒过从握手言欢纵谈古今彼此时浮一大白……今春税驾敦煌快游古洞瞻礼佛像摩挲残碑此地为昔通西域咽喉考二千年来历史汉使乘槎唐人礼佛……"并畅谈发现的文物可给研究工作提供丰富的源泉，研究这些被遗忘的经卷，将会给人类的进步作出贡献，使这个偏僻地方扬名。

"税驾敦煌快游古洞"，载澜是个最早的知情人，但他反应很正面。西域活动是公开的，最先宴请伯希和的官员，是新疆布政使王树楠。后来伯氏探险队从西到东，沿途得到各地道台县令宴请，提供马匹，方便银钱找换，给予物质帮助。同时提供风俗习惯的资料，史书、地方志、地图、通告等，以方便探险队通过不同区域。阿克苏的道路总管潘震，把十页有压印的《乌垒碑》送给伯希和，这是描写一座有汉朝碑文的石山的文献。同时为他从数本历史书中辑录出一份《拜城古地考》，又在伯氏要求下，给他抄录了好几章《大唐西域记》。王树楠借给他两册《舆地图记》。此外，又向焉耆县的副县长张铣借了两册《新唐书》、十六册《秦州新志》、八册《兰州府志》、四册《敦煌县志》、两册《满洲旅行记》；又向彭英甲借两册地方专著。地方官与伯氏的交往，都在写给伯希和的信中留下记录，现存吉美博物馆，笔者有幸看到部分书信和文献。至于伯希和给中方的复信，只能在中国搜索了。探险活动结束后，伯氏庆幸途中没有遇劫，哥萨克卫队不曾发过一枪一弹，跟各级行政特别照顾有关。1906年10月30日伯氏如是记载："我通知护送我们的中国兵勇说，我共需要十五个人。他简单地回答说，马上就下达命令。这是多么令人敬仰的地区啊！"可见探险队有中国兵勇护送。

伯氏在中国到处得助。1909年5月，他离开河内折回中国购书，落脚南京期间，通过法国驻华特命全权公使巴斯特（Edmond Bapst）致函两广总督端方，希望上门拜访及观览其收藏的古器。端方复信表示欢迎："……承示有贵国博士伯希和君拟来敝处观览古器本大臣

随风而播

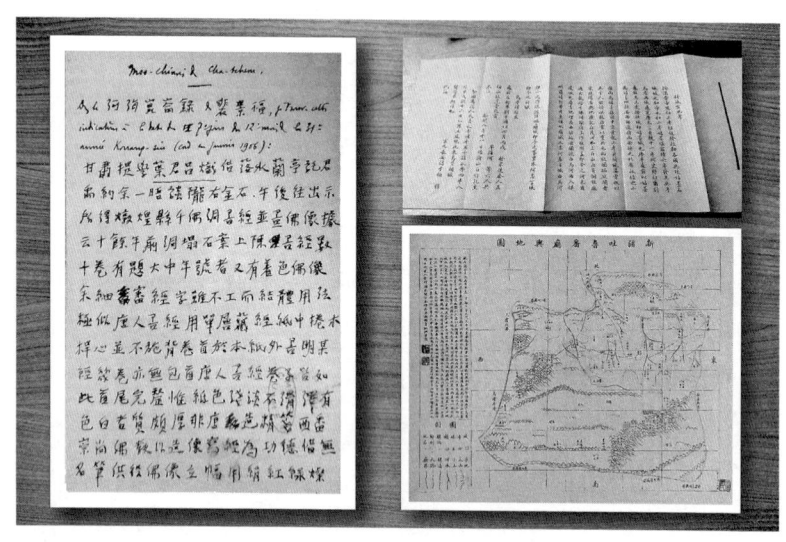

伯希和西域笔记中文手迹（1908年）
记载沿途与中国官员和学人的交流
巴黎吉美博物馆藏品

伯希和沿途获赠多种地方文献
阿克苏道道员潘震摘抄的《拜城古地考》
吐鲁番知县曾炳潢绘制的吐鲁番舆地图
巴黎吉美博物馆藏品　卢岚／摄

极所欢迎一俟伯博士贲临自当依时接见尽出所藏以供考察……"一般人认为该信不具名，发人猜测，其实该信共两页，第二页下款示"名另具"，即另附印着端方大名的大红名片。6月8日伯希和携端方给巴斯特的复信以及端方名片到上海，上门拍摄他所收藏的唐三彩等古器，端方是个最早最识货的古董收藏家；再转无锡摄制裴景福的古画。早在新疆王树楠的宴会上他们已结识，裴曾任南海知县，后被流放新疆。裴景福和宋伯鲁都让他翻阅从未刊登过的著作，并准许他从裴氏的《河海昆仑录》《西辕琐记》，以及宋氏的《还读斋杂述》中，抄录了关于西部领土的历史遗址，以及书画评述的部分篇章。洋人与中国人的交往如此广泛、深入，历史上罕见。

就在端方为伯希和举办的宴会上，伯氏第二次公开敦煌秘密。据史学家、教育家缪荃孙日记：

那天晚上，Tao（按：端方是正白旗人，号匋斋，托忒克氏）先生为伯希和先生组织了宴会，同时参加的有王孝禹、章式之、况夔生、景朴孙、刘笙叔、陈善余、王瓘、章钰、况周颐、刘师培、陈庆年。今回伯希和向中国学者出示敦煌写本。端方和其他人表示了极大的兴趣。

伯希和日记：

这期间，我们在敦煌得宝的消息在中国学者中传开，总督端方向我借了其中最珍贵的文献之一，像所有国家的收藏家那样，对于要放弃已经到手的东西表示遗憾，六个星期后才归还给我。

这份珍贵文献是有唐朝标记的《沙洲志》。同年9月4日在六国饭店出示卷子，经常被认为是第一次公开敦煌事件，其实是第三次。

六国饭店的公宴显得大度，敦煌事件的正面不好看，就选取它的侧面。京师大学堂、教育部的精英学者等济济一堂，共同的默契是泱泱大国的"以德报怨"，积极的走向使局面走出死胡同。伯希和深为感动，反躬自问，就有日后影件摄制的承诺、两国学术机构的互聘学者、成立巴黎大学中国学院、为中国学者提议奖项，等等。作为西方人，从此与中国难解难分，一辈子的研究离不开敦煌写卷，一生的荣誉也来自敦煌。从1900年在法国驻中国使馆当见习生开始，日后为给学院、图书馆选购书籍；为考古挖掘，为调查文史学的发展，为到长江一带考察国史；直至1935年五六月间，为伦敦举办的中国艺术展，代表英国到中国选取艺术古件，携夫人最后一次来华，并出席在上海举行的法国公益慈善会，向东方图书馆赠书的仪式，先后来华多少趟？他深知中国学者最清楚他的学问的深浅，更知道自己受欢迎，1932年12月14日洪业给他信："……热切地期待你来北平……我将荣幸地去火车站迎候您。"一到中国，学界为他举办大宴小宴、公宴私宴。1932年底至次年上半年来华购书期间，轮番为他举办宴会或讲演的单位，有中央研究院、历史语言研究所、国立北平图书馆、辅仁大学、燕京大学、营造学社、《北京晨报》馆。朱自清1933年2月11日记："……晚赴王了一宴，见伯希和。……"还有陈垣做东的谭家菜宴。宴会上名流济济，隆重而见礼节。打从与新疆王树楠及载澜的小朝廷交往开始，直至最后一次来华，到处受欢迎、被恭维。据瓦扬观察，乌鲁木齐时代，每逢与官吏们会晤，总是无所不谈，滔滔不绝，广征博引中国经典，流畅地读出客厅壁上的长联。瓦扬说："伯希和遵循一种他们非常自豪地深信其永世长存的文明所要求的文雅礼仪。"他模仿中国文人的知书识礼，1933年离京，在车站对送别的学者陈垣等说："中国近代之世界学者，唯王国维及陈先生两人。不幸国维死矣，鲁殿灵光，长受士人之爱护者，独吾陈君也。""之乎者也""鲁殿灵光"，咱们不常说，倒让他说上了。中国学者看在眼里，"能中国语言，并知书，中国人罕能及者，异哉！"都以跟他交友为乐为荣。他十分受用，出尽风头，如鱼得水。跟在欧洲学界的遭遇不可同日而语。吉卜林（R. Kipling）的"东方是东方，西方是西方，两个世界永远不会达到互相了解"，看来不一定是真理。载澜信有谓："……君博学好古盘桓其间历险扪崖援经证史穷古今之变会欧亚之通……"作为学识渊博的古董爱好者，为探索古老中国的文献和历史，在险峻的山腰上翻山越岭，使东方和西方两个世界互相沟通。

俄罗斯汉学家亚历克塞夫（V. Alekseev）称伯希和是"欧洲从未出现过的最出色的汉学家之一"，是"世界范围内绝对的汉学家"。伯氏崇拜中国文化的博大深远，从十九岁开始在汉学专刊、举足轻重的权威刊物《世界通报》上发表文章，很自然地走上认识东方、了解东方之路。广博的知识，准确的判断，使他公正地面对中国，从来不说中国坏话。1935年11月，中国艺术国际展览会在伦敦举行，展览会派出一个专家团到北京选取古件，伯氏是成员之一，遭到以王力为首的几个中国学人联名公开信，反对将故宫博物馆及私人收藏运往英国，矛头直指伯希和："英国之推此人来华，或有用意。"傅斯年撰文为之辩护，才使事件平息。伯氏深感中国人的态度今回异于以往，还是说他们怕国宝丢失而已。1925年，万国地理学会在开罗召开大会，北京大学国学门委托他作为代表参加大会。他代表大会发言时，一再强调他的北大代表身份。会后专门致函国学门详细汇报情况，内容之一："……经由我的提议，答应将《亚洲学报》与北京研究所出版的《国学季刊》交换。"王国维逝世，旅居巴黎的中国学者林藜光逝世，他以中国人的礼节，先后发表悼念文章。

伯希和与中国数代学者的交流，从罗振玉、王国维，到陈垣、陈寅恪、王重民，发展了敦煌学的研究，使中国学者与外界沟通，进入到人文知识也是科学知识、人文学者也具有科学家身份的年代。数十年间，东起日本西至英法的学人，先后有所贡献，经过内外学者梳理，敦煌学成为国际上一门与其他学科并驾齐驱的学问。陈寅恪在《敦煌劫余录》序言中指出："敦煌学者，今日世界学术之新潮流也。"这个新潮流加深了欧美汉学界对中国文化、学术及其学者的认识。本土学术界也急起直追,硕果累累。最早利用敦煌写本研究西北地理的作品,有罗振玉的《沙州图经残卷跋》《西州图经残卷跋》。敦煌学、汉学与国学持续数十年的热闹,皆与敦煌这桩"劫案"有关。王重民说:"中国学者与此重大新发现结缘,又由于伯氏。不仅因此而保存了一批劫余文物,更得到精华副本来归的希望。况且留存文物遭劫更甚,反不如法国保管之善。"事实上石室被发现后,王道士曾携卷向官方请示。常言学而优则仕,这些官吏应该对文卷懂得爱惜。但他们见道士后,要么赏一杯茶,要么选取一些卷子自用。恽毓鼎说:"僧不知其可贵也,稍稍流落人间",何止僧不知,其他人也不知,对文物同样不具价值观念。时人收藏古董,就是收藏古玩,从观赏角度出发,只满足于精神之旅,免去科学推理判断。古董的价值,就是作为古玩的价值。

然则,从另一角度而言,如果一味指责"地方俗吏,熟视若无睹,亦置之不闻",或自责"可恨可伤""可耻",都是超时代的苛求。十九世纪之前,欧洲人挖掘废墟,只为寻找金银财宝,不知道为何要保留一座出土的房子,四堵破墙,有何价值?十九世纪之后,才将考古作为了解历史的手段。从废墟搜来的日用品、工具、艺术品、壁画残片,直至植物的种子和树根,都可以作为了解当时社会生活和自然环境的物证。今回是西方人以较先进的文物观念作为武器,向东方杀过来。罗振玉慨叹:"举世莫知,知亦莫之重也。"西方人欺吾无知,自有其可恶之处,但石室的纸头被掠走,却因此避免了在不断赠送、卖给当地居民烧灰治病中,落得个下落不明,自生自灭。敦煌"劫案"扭转了卷子的命运走向。洋鬼子多次上门,让我们知道《老子西升化胡经》《柳公权楷书金刚经》是宝贝,乌七八糟的租约、度牒、账单、合同等破纸头、壁上的题记、壁画、彩塑、乱涂鸦，只要你懂得，都是宝贝。张元济致伯希和信："请代影各卷子背面各种借券及地契立嗣证书等"，因为这是研究社会学的绝好材料。面对"劫案"的悲喜交集中，你想，中国还有否另一个藏经室？或者已经自生自灭了？

埋头古卷与荣誉缠身

当年伯希和带领的探险队由西向东行进，抵达敦煌之前，必须穿过海拔四千米高的塔尔德克山隘。一路在大漠的千年故丘中挖掘。被岁月遗留在泥土里的婆罗米文木简、写本、残片、卷画、沾满泥沙的佛像残余、烧陶碎片、菩萨头像、陶土头像、浮雕残片、人头骨，就在臭气扑鼻的垃圾堆中出土。再用刀削去泥土，丢失了的千载文明，就在沙石的剥落中重现。探险队的成员都灰头土脸，邋里邋遢，却庆幸收获比原来的设想高出十倍。单在都勒都尔-阿乎尔的寺院废墟，就出土了大批梵文和龟兹文的写本，携回卷子约一万页。就数量和价值而言当然比不上藏经洞。1909年上半年，伯希和又在中国购得一批考古使用的文物，以及关于西域和中国内地的文献，他将那批文献跟从郊野挖掘出的原始材料、卷子和文物，一起建立档案，互相印证、补充，以科学方法来叙述历史，研究汉学，使汉学也具有科学的严密和准确性。"若非为研究，携回卷子何用之有？"伯氏如是说。开展对特藏研究的同时，也组织了一批汉学家、突厥学家、伊朗学家、印度学家、希伯来学家进行解密。莱维与语言学家梅耶创立了龟兹学，高狄奥解读了粟特文献，复原了粟特文语法。伯希和本人诠释了于阗文文献。其余绝大部分资料，经其弟子韩百诗整理出二十八个卷子，如《图木舒克》《敦煌织物》等。剩余资料，再经一个世纪也难以指望整理完毕。

虽然中亚各语种伯氏无不精通，但其论著大多征引敦煌文书写本。作品极度多样化，分散在各种知识和文字形式当中——报告、讲演、学术论文、评论、课程、信件、眉批等。从1921年至1945年成为《世界通报》主编后，绝大部分文章来自他本人。1931年单在《目录学》和《到手书籍》栏目中，就一百七十七本书的内容，发表了三百页文章。旅途随笔、日记、卷帙浩繁的《敦煌石室笔记》，经整理出版的《蒙古秘史》《寰宇记注释》等，文字数量惊人，难以统计，何况他在法兰西公学院、中国学院的现场讲授，在世界各地做的即时讲演或报告，大抵无迹可寻。唯是没有留下一部大家所祈望的关于西域史的综合著作，使人感到遗憾。以其绝世才华，一部巨制并非没有可能，但他认为所搜得的"文书"，大多是几张散页，不丰富不全面，不足以成书。可称之为"书"的最古老的印刷品是《金刚般若波罗密经》，印在书末的记录是868年5月11日，由斯坦因发现并带回英国。学术上他苛求、挑剔，坚守科学的严谨，非有绝对把握不作判断，无意以偏概全来营造一部巨制。他尽力促进学者们开发利用这批资料，指望后人来完成这项巨大工程。

一个学者能够得到的最高荣誉、国际声誉，都掉到伯希和头上了，亮光闪闪得像一棵圣诞树。声誉来自数量庞大而分散的篇章，也来自与世界各地学术机构和精英的交流。广博细致深入的知识，及其外交家的卓越风度与才能，无不使人叹服。1911年，法兰西公学院为他设立"西域语言、历史和考古"讲座，教席延续了三十四年，直至他逝世；1921年5月入选为法兰西金石美文学院院士；1935年瑟纳逝世，他继任亚洲委员会主席。从这一年开始直至1938年，他在世界各地开展频繁的学术活动——波士顿的东方学者大会，伦敦的讲演会，给纽约、哈佛几所大学连续性的讲演，活动范围遍及北半球。1925年7月应邀参加俄罗斯科学院成立两百周年纪念会，先后在莫斯科、列宁格勒代表法兰西公学院发表演说。脚前脚后跑遍马德里、罗马、瑞典、开罗、远东，往返中国五六回。1935年访问日本之前，已经成为东瀛的传奇人物。一生的学术研究与荣誉，皆始于敦煌石室的秉烛三周。

结缘西伯利亚

1916年伯希和从达达尼尔出发，作为法国驻华使馆武官到北京。1918年初，转派西伯利亚当联络员，援助白俄军队，抵达时战事已告结束。在几乎致命的零下40度严寒里，结识了西藏学家巴科（J. Bacot），成为一辈子的莫逆之交。战后返回巴黎，伯希和将他纳入敦煌学的研究队伍里。与此同时，从西伯利亚携回一位美丽的俄裔夫人玛利亚娜。她在逃亡的人流中彷徨四顾的时候，遇上了伯希和。1918年10月20日，一双异国

伯希和夫妇结婚登记（1919年）
巴黎第十四区政府注册处
巴黎市政府档案局

伯希和夫人玛丽安娜及其著作
《古玻璃杯》《绿湖的巫师》《贝蕾尼丝的头发》
法国国家图书馆藏品

情鸳在乱世中简单地结了婚。

之前,伯希和曾经与一位将军的女儿富莉(Faurie)订婚,1912年3月6日,《费加罗报》刊登了订婚消息,但婚事没有下文。玛利亚娜成为伯希和夫人之前的身世,外人一无所知,只知道她姓卡沃尔斯基(Karvoskij)。她与伯希和相爱终身,但丈夫的绝世才华、响亮的国内外声誉,她置若罔闻,无知无觉,尽管不时地一起到国外参加活动。伯希和逝世后,吉美博物馆接受遗赠书籍,发现她把丈夫写在页边上的批注擦掉了。又听她说:"我丈夫有在页边写字的坏习惯,将书弄脏了,我就来把它们统统擦掉。"

你从旧书店携回两部小说,字体较大。每册在一百页上下。一册书名《绿湖的巫师》(*Le Sorcier du Lac Vert*),写的是西藏,封面的飞天是西藏画风格，1950年出版，作者署名玛利亚娜·伯希和，没有作者介绍。另一册《贝蕾尼丝的头发》(La Chevelure de Bérénice)，古埃及故事，出版于1955年，同样署名，也没有作者介绍。你不敢肯定是这位伯希和夫人。同姓是可能的。仔细看，发现《绿湖的巫师》封底里页几行字，说封面的画是一幅西藏画的局部，原画由巴科从西藏携回，现存吉美博物馆。有了巴科、西藏与吉美等关键字，大抵可以肯定了吧？又在当时的《艺术杂志》《美术杂志》上搜得三篇关于玻璃雕刻艺术的文章，署名伯希和夫人。从内容看来，作者是玻璃雕刻的收藏家和鉴赏家，眼光老到，谈玻璃雕刻的久远历史，行业中的著名家族，如何使用钻石进行雕刻，各个世纪、各国博物馆和私人的收藏，包括伯希和的收藏，具有历史价值的精品等。刊在《艺术杂志》那篇写道："结束这篇文章之前，我不得不提及一件深蓝底色的中国玻璃，它属于桑法尔夫人所有，关于这件物品，我的丈夫保禄·伯希和向我提供了如下资料：……"保禄·伯希和，很清楚，是伯希和夫人。从文章看来，作者文化修养高，知识面广。十月革命后逃往西伯利亚的难民，大多出身贵族或富裕阶层，文化层次高，见识过沙皇的繁华，曾经生活在托尔斯泰、陀思妥耶夫斯基的氛围里。但夫人为什么要将伯希和的批注擦掉？莫解。

天下人都在寻找溢美之辞来赞扬伯希和的奇才，总是找不到适当的表达，如东方语言学家让·德尼（Jean Deny）所说："像伯希和那样的人的一生事业，是不需要赞扬的。利用修饰词的帮助，对于平庸之辈或常人来说是必要的，而像伯希和那样质素的人，根本没有必要。"而伯希和夫人从来不费心为丈夫寻找修饰词，还私底下对巴科夫人说："我还以为自己嫁了个漂亮的军官呢，谁知是个小小的教书匠罢了！"

二〇一九年七月

洋眼看神州

一

因为清理书橱,在书堆中看到一部《中国书简》(*Lettres édifiantes et curieuses de Chine*),是耶稣会传教士撰写的书信集。封面的洋人清官装扮,蛮有趣。当年从书店携回后,又觉得这类"古董"不会给你生息,遂塞到高层架子的死角上。十多年后,重见于"江湖",随手翻翻。打开第一封信。现在你在哪里?在中国;什么时候?1699年,康熙三十八年。但一个中国人去听洋人向你叙述中国,该怎么说呢?康熙时代也远了,都三百多年了,于眼下生活有何关联?部头也大,足五百页之多,小号字体密密麻麻,即便为手头上的小篇小章找点什么来填塞,也犯不着去折腾眼球。正要将它"回炉",忽然看到关于广州的描写。你到底是广东人,就来了一种心情,继续看下去:

> 当你进入广州河(按:珠江),就可以看到中国的面貌是怎样的。河流两岸是种植水稻的广阔田野,像美丽的牧场般绿油油,一望无际地铺陈着,其中交错着无数的小水渠,以致你不时远远看到的来去的船只,不像是在水面上航行,而像在绿草

随风而播

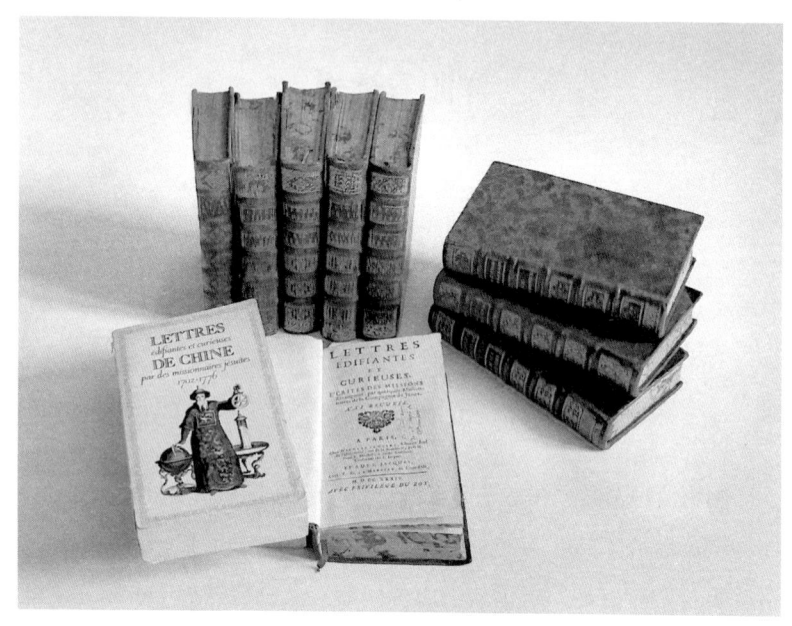

耶稣会教士《中国书简》
初版及新版
十八世纪初版烫金封面精装
现代版平装选刊
作者藏书

地上行走。远处陆地上的山坡，上边种满了树，沿着河谷皆是以人手操作成的景观，像杜热丽王宫花园的花圃。多少村庄，就错落在多姿多彩的田园环境中，你百看不厌，只可惜船只走得太快。

这样油绿如泼水的故乡，真抵得游子一辈子思恋。这是耶稣会的神父马若瑟（J. H. M. de Prémare）于1699年2月17日从广州写给拉雪兹（F. d'Aix de La Chaize）神父的信。由于知识界开始对科学感兴趣，康熙委托传教士白晋（J. Bouvet）回欧洲招聘专攻数学的传教士到中国，马若瑟是应聘到中国的教士之一。信中所写是进入中国的第一印象。珠江两岸的田园景观，在他眼里跟伊甸乐园相去不远了。那个年代说远也远，说近也近，但环境变化之大，直教你做梦也回不去了。现在你就借用马若瑟的眼睛，回过头去看看被高楼大厦、大小洋楼、交错的公路、来往不绝的大小汽车侵占了的地方。已经是好些年以来的事，望不到头的水稻田、甘蔗田失踪了，小水渠没有了，村庄逃跑了……你就从这部沉甸甸的册子去寻旧，去敲敲消逝了的过去的大门。

二

北京的城墙、牌楼付拆之前，被任命为北京都市计划委员会副主任的梁思成，和他的妻子林徽因，力主北京的新建设以不破坏紫禁城、北京城墙、城楼以及所有古建筑为原则。并提出一套都市规划方案，在城西建立一个新城。千年旧都，即使要在城内起新楼，也要尽量在高矮方面配合，使其不失原有面貌，做到新旧两相宜，给现在和未来留一条退路，但最终方案条款绝大部分被否决，只接受保留紫禁城。一个美奂美轮的古城建筑，就这样消逝如阵烟。

偶然看到北京城的老照片，会忘情地进入画中世界。原来我们曾经拥有过这样的楼阁玲珑、红墙琉璃瓦的故国家园，现在消失得无影无踪了。好东西注定难逃毁灭？教士笔下有如此描述：

那些城门，有些东西比起我们的还要宏大，还要华丽。它们起得极高，将一个方形城区围起来，周围起了高墙，城墙上筑有一座座美丽的沙龙，无论向村野或向城市的方向都一样。北京的城墙是用砖块砌成的，高度四十古法尺左右（按：一古法尺相当于 325 毫米），以 20 图瓦兹（按：一图瓦兹相当于 1.949 米）的同等距离，筑有小方塔楼，维修得非常好。好几处地方开了很大的上坡道，以方便骑兵部队登上城墙。

这是法国传教士洪若翰（J. de Fontaney）信中一段文字。城墙状况与外貌，是 1688 年 3 月 21 日他亲眼所见。墙高四十古法尺，相当于四十三英尺，没有提及宽度，只说上头有一座座美丽的沙龙，即房屋，是各种活动的场所。其宽度给你无穷想象。且辟有上坡道，骑兵部队可以登上城墙。一队骑兵有多少？二十骑？三十骑？并排能走过多少骑？十骑？十二骑？当年林徽因的设想是因地制宜，将城墙改为环城公园，一定距离的路段筑梯级，逢交通要道开凿通道，方便车辆通行。城墙上栽花种草，放置长椅，给市民提供休憩娱乐场所。从保护文物、审美角度，或实用上的灵活变通，不能有更好的设想了。但上下缺乏共同思维。夫妇俩到处游说，写信求助，细说利害关系和变通办法，直至声嘶力竭。最后还是付诸一拆。

三

康熙治下的六十一年，被认为是政治清明，生产力稳定，文化事业有相当成就的年代。《康熙字典》的编纂，历时近百年的《明史》修撰，为后人乐道。鉴于历代修史者总是讥笑贬斥前朝，歪曲史实，既失公平，也失信于后人，康熙态度客观，要求编者立足于事实，着重良心，采纳公论，明辨是非，务使人心信服，并亲自过问明史的编纂。他平定江山后，好学而自律，思想灵活，见识过人，狄德罗把他比作古罗马和法国的两位贤帝："从智慧而言，他是中国的马可·奥勒留（M. Aurèle），从专制政治和统治时间而言，他是路易十四。"他充满信心，信心使他胸襟开放，对外来的传教士不乏宽容。十七世纪在京的传教士，如意大利的利玛窦、德国的汤若望（A. Schall）、荷兰的南怀仁（F. Verbiest），都隶属于以国王名义主持的葡萄牙教会。到康熙时代，法国才有一个传教士组织在北京成立，起了教堂；他治下中国有十一万五千名教徒，一百五十九座教堂。1688年南怀仁逝世，康熙为他举行了盛大的葬礼。

1688年3月11日，晨早七时，被恩准参加葬礼的高官抵达现场，洪若翰则以教士身份应邀出席。他看到一副巨大的棺木，厚达十厘米，外面上了釉彩，漆上金色，连担杠一起，放在大街上一个装饰极其庄严华丽的白色圆顶帐下。六十至八十人分别站立两边，出殡时用肩膀抬起棺木。教士当街下跪，行叩头礼，教徒高声痛哭。身穿白色丧服的官员端坐马背上，队伍起行时，皇帝的岳父走在最前面，跟着是乐队和送葬队伍。一个高二十五英尺、宽四英尺的木牌，上头画着南怀仁的遗像和漆金的中文名字。手持圣母像、耶稣像、洋烛、长条幡旗和燕尾旗的低级官员，和教徒队伍一起，浩浩荡荡，由五十名骑兵组成的队伍从两边框起来，向坟场走去，那里已经安葬着利玛窦和汤若望。人头攒动的市民，站在街道旁，鸦雀无声，看着队伍走过。

洪约翰以两页纸来描写中西混合的葬礼，其隆重奢侈，繁复细致，皆出乎想象。南怀仁虽然职拜大清钦天监监副，二品官，以天文学家和数学家身份为朝廷服务，但毕竟是外国传教士，为他举行一个基督教色彩浓厚、震动京城的葬礼，必须具有足够的开放精神，坦荡的胸襟和高度自信。

早在1692年，洪若翰和刘应（C. de Visdelou）两位教士，以金鸡纳霜为康熙治好了疟疾。康熙投桃报李,在皇城范围内皇宫附近的北堂,为传教士们起了面积宽敞舒适的花园寓所,同年颁布了一道容忍传教活动的法令,这是传教士活动的黄金时代。能操满语和汉语的巴多明(D. Parennin)神父,颇得康熙和高层官员的信任,容忍他为苏努皇子及其家属施洗成为基督徒。据巴多明的通信,1722年康熙弥留时,希望会见传教士。离世前表示这种不寻常的愿望,耐人寻味。有意临终受洗?但他身边的人拒绝教士进入皇宫,巴多明在通信中表示十分遗憾。

四

到雍正登基,对传教士的态度与前朝大相径庭,敌意代替了尊重宽容。原因何在?反正事情闹出来了,受洗的苏努家族首当其冲。因受洗被迫害?不完全是,主要是苏努家族中的皇子有资格跟他争皇位,对他的权位构成威胁。他虽然已经登基,为巩固权力,对皇兄弟大肆残杀、迫害。其手段的残酷、冷血,使中国人发怵,也使欧洲人震撼。在京生活了四十年、逝世于北京的巴多明,有十二年时间,以每年或每两年一封的书信,将清廷皇族受迫害的事件详加叙述。

康熙子嗣众多。晚年见诸子争位,预感到会骨肉相残,深感不安。雍正即位后,果然为保权而操刀忙。雍正登基,疑点太多。"谋父"是嫌疑,而弑兄、屠弟,是大家眼见的。十多个兄弟中,或被投入监狱,或幽禁于府邸,未满十五岁者,驱散到外地,贬为庶民。在位十三年,幽禁于咸安宫的二哥允礽,死于雍正二年;禁于永安亭的三哥允祉死于十年;五弟允祺死于十年,七弟允佑死于八年;

廉亲王八弟允祀死于四年，九弟允禟死于四年，十弟被囚，直至乾隆二年才获释。之前大哥幽于府第，死于十二年。亲子弘时，因不满其父对兄弟的残杀，也被革去黄带，除名《玉牒》，革去宗籍，交给他视之为敌的八弟祀进行"约束"，雍正四年，在生死无人过问中去世，时年二十二。没有文献足以证实雍正亲手杀子，但父子关系恶劣有文为证，雍正曾有谕旨："弘时为人，断不可留于宫廷。是以令为允祀之子……"从他对兄弟、亲子和异议者的杀害，可以反证他的皇位来路不正。权力一旦失去合法性，就以屠杀、暴虐、压制作为统治手段。王权掌握着人的生死大权。但他们的下场又如何？雍正在位十二年，死因不明，成为一个历史谜团。

八弟允祀，表面封为廉亲王，四大总理事务大臣之一，但很快被找岔子，指其"怀挟私心""无功有罪""存心阴险""不忠不敬"，而被锁拿。九弟允禟为人大气，善经商，积聚了大量钱财，经济实力雄厚，却是个明白人，声言不恋帝位，宁可出家："我行将出家离世。"他才德兼备，受群臣爱戴，反而成了不可饶恕的罪恶。罪名是，康熙去世那天，允禟突然来到他跟前，傲慢无礼地坐到对面，"其意大不可测"。遂革其黄带，削宗籍，加二十八条罪状，三条铁链锁拿，以木头车发配青海，老苏努死后被抓回监禁保定，直隶总督李绂接到犯人，深谙皇意，以小人嘴脸说："等塞思黑（即狗，不要脸）一到，我即便宜行事。"所谓"便宜行事"，就是把允禟囚在四面高墙，手脚难以伸直的囚室内，再三条铁链加身，在暑热如焚中死去。却称："腹疾卒于幽所"。传被毒杀。

同时获罪的八弟允祀，也在狱中受尽折磨，允禟死后不过十天，也去世了。雍正还斥责两兄弟"罪恶多端""自绝于天""自绝于祖宗"。如有人到灵前哭泣或叹息者，拿问，密奏。

1725年7月20日，雍正三年，巴多明给欧洲一位教士的信：

我去年寄给你的详细信息，相信你已经整理好，那是关于在有血缘关系的皇族众多家庭成员中所取得的宗教信仰的进展，以及关于皇子们带着天主的慈悲，他们还是新近受洗的呢，去面对失去尊严、被判处严峻的流放。但你可能焦虑不安，想知道他们是否以最初被贬谪时候的同样热忱互相支持，如果继续受苦受难，会否动摇他们的勇气。不，尊敬的神父，这些出色的新皈依的教徒的德行完全没有动摇。

巴多明为他施洗的苏努，当时已七十七岁，作为皇室的族老，每天到皇宫早朝，参加公众仪式，平日在家料理家务，却别有怀抱，追求精神生活。从和尚道士的作品中寻找精神食粮，希望过有异于世俗的生活，但徒劳无功。他偶然在书坊看到一本巴多明的著作《论人的灵魂》，回家细读，内心被激活了。遣仆人到天主堂，携回一大堆免费的书籍和小册子，于是，在情在理地受洗为基督徒。巴多明与皇室关系密切，了解情况较多。雍正残杀兄弟，为的是保皇位，保权力，他应该很清楚。但他从宗教角度来反映这件事，写道："皇帝对他所憎恶的教徒皇兄弟进行迫害"，着意指出教徒身份是受迫害的原因，一再颂扬他们坚持对天主的信仰。欧洲信徒得到信息后，大为感动，庆幸传教士活动的成功。在他笔下，经他施洗的老苏努、允祀、允禟及其家人在流放途中扶老携幼，妇孺蜷缩在简陋的木头车上，承受着流离颠沛风雨交加，极度艰苦的非人生活。但天主与他们同在，坚强的信念使他们无怨无悔。流放途中的详细叙述，恐怕不能在中文文献里找到。而巴多明的信息来源呢？他在信中说明，都是朋友或仆人的所见所闻，并以直接口吻叙述。主要来源是交往密切的教徒，他们从皇子们的流亡地回来，其次是皇兄弟们给他写的信件，以及苏努家中受洗为教徒的仆人。有感于主人的恩惠，皇子们落难时，秘密地给他们帮助、带信，提供金钱和生活必需品。雍正到处布下密探，有人一进入北京即被捕下狱，审讯过程中，甚至牵连其他人。下面是流放地福丹（Fourdane）一位居民的叙述：

> 看到皇子们悲惨遭遇的场面，真叫人心酸。没完没了的雨天将整个流放队伍打得七零八落。有的被迫付出一年的租金去租房子，流放者被趁火打劫；有的自己出资起屋，即将起好时，又被迫放弃一切，突然要他们撤离，有的走路，有的骑马，妇女和孩子们乘着破烂的木头车，向沙漠走去，那里没有牧场饲养家畜，没有木柴烧火，寸草不生，泥沙滚滚，想找地方起两间茅舍，业主要他们付出天价。

为对付政敌和仇人，雍正实行特务统治。流放队伍落脚的小城的所有城门，都贴出告示，严禁所有满人、蒙古人、满化的汉人到苏努家的茅舍，违反者抓捕送京，作谋反治罪。在极度艰辛、匮乏的情况下，皇子们没有抱怨，作平常日子过，因为有天主作为信念。年近八十的老苏努，为引导家人受洗，被判一起流放，到底经不起折磨，在流放中去世。随即，允祀，教名路易，允禟，教名约瑟，在一道皇令底下，被押解回京城入狱，每人身加九条铁链，很快在狱中折磨致死，可能被杀。残酷、冷血的雍正，谋父，杀兄弟数人，欲盖弥彰，自称不辩亦不受。清史专家评曰："康熙晚年诸皇子争储棋局可能将具有永久的魅力，它荟萃了中国古代政治权术的精华。"

　　巴多明对皇室冤案的反映，在欧洲引起巨大反响。但在同一事件上，同时研究中国问题的孟德斯鸠和伏尔泰，两人态度绝然相反。孟德斯鸠第一个认为，这是中国的无可辩驳的暴政的表现："巴多明神父的关于皇帝对他所仇恨的皇族教徒迫害的信件，使我们看到一个连续不断实行的暴政计划，并以理所当然的态度，即以冷血，来向人类进行侮辱。"伏尔泰却说："耶稣会的传教士们招致了几个中国人的死亡，尤其是招致了支持过他们的两位血亲皇子的死亡。从世界的另一端，跑到一个皇族家庭去制造混乱，导致了两位皇子受尽折磨死去，不是一件非常不幸的事情吗？"

　　法国的哲学家当中，最欣赏中国的，无可置疑是伏尔泰。在他的作品中，中国是无所不在了。在戏剧方面，他把《赵氏孤儿》改编为《中国孤儿》，剧院上演时，采用了中国服装和道具，大获成功。小说《巴比伦公主》也别出心裁，让公主去到康巴间（北京），看到人口众多，也见到彬彬有礼的清廷官员，看到什么叫艺术品位，什么叫奢侈。在那里，有一位亲自躬耕的皇帝，为子民日夜操劳，为人公道，充满智慧。在《风俗论》（*L'Essai sur les mœurs*）中，他认为世界历史是从中国开始的，经济、政治、文明、科学、艺术、宗教，都是在中国发展起来，取得辉煌成就的。1774年发表的抨击百科全书的文章中写道："将中国人置于地球上所有民族之上的东西是，无论法律、风俗、文人所使用的语言，在将近四千年期间，都没有改变。"四千年不变，可能吗？还有进步可言吗？又说，"在我们学会了其中某些东西以前"，中国"创造了几乎所有艺术"。他在中国找到一个理想政府，就像西方当代的君主立宪，皇帝与国家的整体代表势力，联起手来进行统治。用现代语言就是，皇帝跟民选的议会共同治国。

伏尔泰对中国的大肆恭维，所倚重的都是传教士的通信资料，尤其是出自殷弘绪（F. X. d'Entrecolles）、巴多明、博须埃（J.B. Bossuet）等教士的资料。他们首先发现了中国的古老，古老得使西方的历史变得可笑。从编年学的观点来看，《圣经》也变得可笑了。伏尔泰骨子里是反宗教、反《圣经》的。中国的历史比《圣经》的历史更古老，他的"反"就有立足之地。那个时代，西方人认为《圣经》追溯了整个人类的历史和故事。但是，当传教士们接触到中国文献，发现古代中国可以回溯到更古老的年代，可以从书写文献和天文观察文献中得到证明，如月蚀。如果说中国人是挪亚方舟人的后代，中国的编年史就可以回溯到公元前2952年，比起西方公认的洪水期早了六百年。这个发现在欧洲引起的后果是，《圣经》的权威性受到质疑。历史学家相信中国的记载是正确的，尤其是天文计算日期的准确，那么《圣经》所记载的古老世界，就必须往后推，以便跟中国的编年史相吻合。这也必然引起一连串问题，古代中国人从何而来？埃及人的后代？挪亚方舟人的后代？

再没有比启蒙时代的欧洲人更关心中国的了，不管对中国的了解是否正确。东西方路远迢迢，一趟水路动辄半年。狂风、暴雨、浪大如山、疾病，此中艰辛唯亲历其境者自知。当时没有技术条件获得中国信息，没有字典，没有翻译书籍，没有翻译人才，没有直接传媒，传教士书信成为主要的信息渠道。而教士各人的学识、思考、观点，也影响着对客观事物的理解。隔阂、曲解、变形都可能。他们眼里的中国不可能都一样。有大肆颂扬的，有态度保留的，或贬斥的，有为投合欧洲人的好奇心而着意落笔的。教士所提供的信息参差错落，但哲学家、作家、历史学家，只能依赖他们了，选用资料，就看你偏向哪一位。所以十八世纪的欧洲，对传教士的书信满怀热忱，也采取批判态度。对他们反映的同一事件，经常作出不同的结论。但无论如何，传教士的书信，首先成就了伏尔泰的《风俗论》和狄德罗的《百科全书》。

孟德斯鸠资料的来源，最初也是传教士，尤其杜赫德（J.B. Du Halde）。这位教士汉学家对中国基本肯定。开始时，孟德斯鸠也相信，清廷这种家长制的社会制度，是被法律、风俗、传统限制着的，权力被削减了，尤其欣赏其农业政策。后来遇上大名傅圣泽（J.F. Foucquet）的传教士，在中国生活了二十多年后，离开中国，也离开了耶稣会。他向孟德斯鸠表示，对传教士的所谓"书信"，必须有所保留，中国并不如他们所描述的那样。此外，孟德斯鸠也参阅了《环球行记》（*A Voyage round the World*），这部著作由英国海军大将安宋（G. Anson）口述，瓦尔特牧师（R. Walther）执笔，记录了船队在澳门和广东地区停泊期间，与中国人打交道的不愉快事件。从此，孟德斯鸠改变了态度，站到相反立场上。后来在《论法的精神》的第一部分，论述了三权分立后，以整整一章来谈论中国。他十分遗憾地发现，在传教士所反映的中国政治模式中，找不到他毕生探索的理想政治：三权分立。他发现传教士陷入了颂扬家长制的陷阱，跟他所提倡的理想政治毫无一致之处。在《论法的精神》的第八卷第二十一章中说，他没有发现皇家值得尊敬的荣誉，也没有发现民主或道德。谈到王权治下的中国人,他说:"我不知道大家所谈及的所谓荣誉,除非给他们棍棒齐下,不会有别的。"结论是,雍正统治下,"中国是一个以恐怖手段统治的专制国家"。专制体制的原则就是恐怖。"一个极度渴望权力的人,所追求的是一己之私,绝非国家利益。"《论法的精神》第八章如是说。

五

在传教士书信中,江西景德镇瓷器制作的揭秘,是苏努皇族受迫害事件以外的另一件大事。1557年葡萄牙租借澳门,作为商船的中途落脚点和仓库。当他们把丝绸、漆器、玛瑙、水晶、珊瑚运到欧洲的时候,顺便带去一些瓷器作为试销品,想不到有马到成功之效。欧洲王室视如珍品,贵族争相购取,瓷器之路一下子打开了。十七世纪末,"安菲特里特"号将巴多明神父送来中国,回程时携回瓷器共一百八十一箱。目前欧洲保存的最古老的一件中国瓷器,是1541年的产品。瓷器大行其道,欧洲人自然希望知道制作的秘密。那个时代没有专利权,没有技术保密,但两国之间路途遥远,民众没有来往,只有传教士能获得制作秘密。殷弘绪是里摩日人,1698年到中国,有十年时间在景德镇传教。经过长期的观察,向教徒工人了解情况,并参阅中国书籍,1712年,以第一手资料,写了两封长信给奥尔利神父,详细而准确地描写了瓷器的制作过程。两年后在法国公开发表,瓷器制作秘密终于揭开。原来关键在于从景德镇山头上开采的黏土,称为"高岭土",掺水变成胶状,焙烧后坚硬洁白。它跟另一种具可熔性的"白丘"长石,经过捣碎混合使用。两封信成为欧洲人了解瓷器的重要文献,被各方面不断引用,收录到

《百科全书》里。伏尔泰在《风俗论》中，利用信中所提供的数字推算人口，认为当时景德镇人口超过一百万。

那个时代，法国没有大型工业，没有工业中心，殷弘绪介绍了一个百万人的工业城，一万八千户人家，操持着家庭式的工场制作，三千个瓷窑终年不熄地燃烧着，连锁性的手工业活动，组织严谨、比西方超前了数百年的流水作业，使欧洲人震撼。景德镇面临昌河，河流上排列着大小船只，活动频繁，有的将烧好的瓷器运走，有的将高岭土与"白丘"混合打成的砖块运来。景德镇不产瓷器原料。白丘是石块，必须预先捣碎，石粉上布满发光的微粒；高岭土则不用敲打，加水即溶解成胶状，细腻，呈白色。经过一连串加工，才打成瓷坯，涂上各种颜色的釉彩，或手绘花鸟、人物、风景，送入瓷窑焙烧。火路调节是大学问，瓷窑以木柴作燃料，不同瓷器要求不同的焙烧温度和时间，没有测量仪器、计时器、温度计，一切就靠实践经验。一连串的操作，紧凑、准确，不能有任何延误。日间到处升起烟与火的旋涡，将景德镇的范围标志出来。入夜，像一个巨大的燃烧着的火炉，远远望去，整座城像闹火灾。房屋密集，街道狭窄，柴火不易控制，火灾经常发生。不久前烧毁了八百间房子，泥水匠和木匠很快着手重建，再投入生产。殷弘绪对手工业者承受的煎熬感到不忍，认为景德镇是工业地狱。到十九世纪，类似的地狱也在西方出现了。

六

德国哲学家莱布尼茨说："我认为今回的传教活动（教士在中国的传教）是我们的时代最大的一件事，无论是荣耀天主……和对人类的总体利益和科学艺术的发展，于我们和中国人都一样；因为这是一种启蒙的交流，数千年积累起来的经验，反手间给了我们，而我们的也给了他们，这是你所想象不到的大事。"

文艺复兴时期的传教士知识渊博，是教会的精英，也是社会的精英。当时贵族阶层奉行长子出家的习俗，许多教士出身贵族之家。他们不为名不为利，只为信念，宁可放弃舒适的生活，扬帆东渡，先去承受海上每分钟都是死里逃生的历程。使命感使他们大无畏。每一种职业的人都有使命感。耶稣会的创始人之一，"历史上最伟大的传教士沙勿略（F. Xavier）"，就希望天主的福音能抵达亚洲。他出身贵族，与国王结下深厚的友谊，三十四岁即以"教皇特使"身份，独自一人启程到东印度，在印度、锡兰等地传教，再转到麻六甲、日本，然后企图进入中国，未竟，1552 年逝世于广东沿海的上川岛。到葡萄牙租借了澳门，传教士到中国的门户随即打开，最初只限于在澳门传教，后来逐渐北上。

传教士到东方传教，在中国文化史上是一件大事，世界文化史上也是大事。唐僧将佛经从印度携回，是到印度采购，基督教是外卖，由传教士亲自送上门，来自大西洋彼岸，很远。开始时两种文化的碰撞、冲突难以避免。传教士只能以个人的方式方法活动。他们深知要达到传教目的，必须进入最高的权力机关：宫廷。一旦进入，就以天文、数学、物理、机械、自然科学、绘画的知识，使中国官员，直至皇帝产生好奇心。利用科技为信念服务。于是带来天文望远镜、天文圆规座、日晷、自鸣钟，教他们使用。欧洲的科学知识就这样进入中国。路易十四的城市规划图也给带了去，向清朝官员展示。千辛万苦扎下了根。"泛海八万里，而观光上国"的利玛窦，深知要达到传教目的，不但要走上层路线，跟知识界建立友谊，跟皇帝打交道，还要适应中国的文化和风俗习惯。无视他人的文明，则无法推行传教事业，他说。他用中文写下了《交友论》。还要心灵手巧，懂得制作钟表，用威尼斯玻璃制成三棱镜，用一块黑色石头制成日晷，为皇帝和皇室人员画像。都还算不了什么，还要懂得编写历书，择吉日，计算闰月、春分、秋分，预告日食、月食，稍有差错，失信于朝廷，后果严重。有的教士是建筑师，广州最华丽的教堂，是传教士都加禄（C. Turcotti）所建。战争时期，还要懂得铸造火炮，汤若望就在崇祯促使下参与了火炮的铸造。他们进入上层社会，直至朝廷，并不因为传教士身份，而是科学家的身份。利玛窦留名《明史》，是作为天文学家、历法学家，侍奉于明朝。

但从利玛窦到1949年四百多年历史来看，教士们的传教业绩并不辉煌，远没有达到他们所期待的目的。传教是初衷，活动过程中，不知不觉成了文化使者，从欧洲到中央帝国之间，成了一道文化桥梁，让东西方文明接触，互相发现了对方的文明。中国人发现了西方的天文望远镜、日晷、自鸣钟，西方人则惊叹于中国的考试制度、园林艺术、物产丰富。但欧洲人大抵认为，由于失去了这批传教士科学精英，影响了欧洲的科技发展。一位传教士说，现实喜欢作弄人，你等的人没有来，不等的人却来了。

七

《中国书简》供你寻旧，满足你对过去的好奇心。广州街道狭窄，铺着凸凹不平的大石，几乎不能使用马车，付出小小费用即可租用轿椅。房屋低矮，都用作铺子。独立的房子没有窗户，以竹织的栏栅作门。很少女人出现。蚂蚁般走在路上的男人，头、脚光溜溜，大部分肩头上负着重荷，没有工具可将出售或购入的物品搬运。

高官的府邸就不一样。不知要通过多少个院子，才能抵达召见的同僚或朋友的厅堂。官员出门阵容可观，总督（两省总督）不会少于一百人护驾，整队人马井井有条。身穿制服的人手持各种徽号走在最前面，跟着大群徒步行走的士兵，官老爷坐在一张很大的、金光耀眼的椅子上，让六至八人扛上肩头，高高抬起走在队伍中间。出巡队伍占去了整一条街，民众站在两边观看，恭敬地停下脚步，直至队伍走过。

安徒生的童话《夜莺》，说中国的御花园是世界上最美丽的花园，奇花异草，珍禽鸟兽，面积无尽地伸延到海边。安徒生的灵感来自乾隆宫廷画师王致诚（J. D. Attiret）笔下的圆明园？现在御花园已成废墟，只能从王致诚笔下去见识这个人间天堂。他说："当你看过意大利和法国的宏伟建筑和大楼，在其他地方看到的一切你会漠不关心，或瞧不上眼，但北京的皇宫和离宫是个例外。"王是乾隆从法国聘请到北京的画师，属耶稣会。1739年从澳门乘船到北京，作为宫廷画师入住圆明园，在乾隆身边生活了三十年，跟着乾隆跑遍帝国，画下百多幅皇帝、皇室肖像及战争场景。但拒绝封官，逝世于中国。1743年，他从北京寄出一封信，详尽地描写了圆明园的环境和园内生活。1749年第一次发表，在欧洲引起巨大反响。中国园艺给欧洲，尤其给英国带来新观念，英式花园从此产生。原来中国园艺是反对称的，不规则的，是看不出其艺术的艺术："这里展示的是一个乡野的自然世界，一种孤寂，而非对称和比例规则上井井有序的宫殿。"御花园的建筑物散落在无数小山丘的山谷之间，山丘以人工堆成，其中大小运河、湖泊、池塘、海、纵横交错。大小宫殿两百座，每座由一个太监看守，在屋旁筑小室居住。王致诚认为圆明园不会小于他的出生地多尔城。但偌大园子只属皇帝一人，只有皇后、各级嫔妃、太监和宫女在里面生活。皇子和大臣，只能在听政厅见面，极少引进到别处。天子在园里只是个囚徒，住所周围绕着又深又阔的运河，形成一个孤岛。一旦出门，数小时前就清理环境，肃静回避。为阻挡视线，周围严密地拉上布幕。偶或到乡村，两列骑兵像两堵墙，远远走在前面。所有欧洲人，画师、钟表匠，都集中在园里，以方便工作，但不能在里面过夜，晚上返回附近教堂。乾隆每天视察工作，以致他们没法缺席或偷懒，却有机会走遍御花园和宫殿。参观时由一群太监带领，走路得轻手轻脚，像小偷。有一回，乾隆请他们在园子里吃晚饭。每天见到皇帝，是中国人所不敢祈求的。他们工作繁忙，只能在星期天和节日向上帝祈祷。乾隆每年在园里生活十个月，御花园离北京不远，大概是凡尔赛宫和巴黎之间的距离。

八

一个三四百年前的中国朝廷，里面混着深眼鹰钩鼻的洋人，非我族类，却身穿官服，为朝廷服务。名字不叫若望、方济各，而叫刘应、王致诚、白晋，很中国的名字。可见当时世道的平静、安稳。而你更满足于在书信里回到三百年前的故乡，登上北京城墙，游览圆明园，看夜间火光照天的景德镇。当你掩卷闭目养神，却被一些问号留在了那里。洋清官头顶是否盘着辫子？马若瑟说广东年产三造米，在哪个山旮旯？作为广东人，你闻所未闻。法国教士孔唐山（C. Contancin）详细地描写了雍正扶犁，为表示重视农业，祈求风调雨顺农作物丰收，从初春二月中选择吉日，亲自下田开犁。仪式前三日，斋戒，节欲；在皇室中选德高望重的长者，到祖庙向祖先牌位禀告；开耕礼由三位皇子九位族长陪伴，选四十或五十位出色的老农出席典礼，又选四十位年轻农夫来装置犁耙，将牛套上。皇帝开犁之后，皇室人员跟着扶犁，并在田间扎帐让皇帝午餐，最后由皇帝撒下五谷种子，稻谷、蜀黍、稷、高粱、蚕豆。而皇后呢，则到民间中去织布。这些使欧洲人醉倒的描述，资料从何而来？被誉为"欧洲孔夫子"的重农经济学家魁奈（F. Quesnay），甚至奉劝路易十五以雍正为榜样，开春时也来一场开耕仪式。

皇后到民间去织布，从未见史书记载。雍正二年首次举行过"籍田"礼，四年则指示各级官员置"籍田"。天子籍田千亩，诸侯百亩，都是征用民力无偿耕种，"籍田"越多，农夫负担越重。所谓"籍田"开犁，只是天子或诸侯，手执耙子在籍田上三推或一拨，象征地表示对农业重视。孔唐山笔下绘声绘影的描述，亲眼见的？道听途说的？法国博物学家索内拉（P. Sonnerat），十八世纪下半叶到访过印度和中国，他很不客气，给这些描画泼了一盆冷水：

> 当皇上走下皇座去扶犁，之前，所有一切都白纸黑字先写了出来。他们大肆宣扬这个徒劳无益的仪式，就像希腊人对色雷斯（按：农业女神）的肤浅崇拜。由于治国不力，导致千万中国人成为饿莩，卖儿鬻女，实际上是有可能保障他们的生活的。

教士探究中国的史实，有时也陷入思想的因循。尤其涉及判断或下结论，经过观点或情绪的过滤，或文学润饰，以致跟事实产生距离。所以，索内拉指出，教士们生活在深宫和知识界的精英当中，对中国的认识有限而表面，他们的注意力都放在中文的钻研和科学知识的使用上。利玛窦和汤若望都能用地道的古文著书立说。雍正迫害事件，孟德斯鸠和伏尔泰作出相反的结论，资料的选用是原因之一。伏尔泰也翻阅中国书籍，但他是哲学家，也是文学家，他所找到的，恐怕是尧舜时代的理想政治和皇帝。将一个远古的、可能是传说中的理想国度，放到一般的历史范围里，这可不是历史，而是文学。

二〇一八年十月

Kan Gao，圭亚那的中国人

一

Kan Gao，是从中文译成法文的中国人的名字。原名是什么？康高？高侃？或者邝高？都可能，或者都不是。无法核对。何况另有文献写成 Kiang Hiao。要知道中文名，除非回溯到最原始的文件。

十九世纪上半叶法国最著名的肖像画家德拉华尔（P.L. Delaval，1790—1870），在 1821 年为 Kan Gao 画了一幅肖像画，题名《Kan Gao，圭亚那的中国人》(*Kan Gao，Chinois de Cayenne*)，又名：《在海边露台乘凉的中国人》，220 cm × 142 cm，大制作。姑且将 Kan Gao 译为康高，本文标题则沿用画作的原文。

康高坐在露台上，背景是离海岸不远的海洋。一艘东方帆船驶过，或者已经抵达目的地，停在海域上上货或卸货。岸上是烟火人家。康高头戴黑色缎帽，身穿粉红绉纱马褂，下面一袭月白底色的丝质长衫，上头手绘彩色图画；棉质的白裤白袜，由棉布和麦秆制成的鞋，肯定是手工制作的。人物，东方人；配件，东方物件。栏杆上放着一把纸质折扇，右边，打开的油纸伞，一把二胡连着一张弓，黑色漆盒里装着中国象棋，手持一杆长烟斗，都是中国物件。

随风而播

Kan Gao, 圭亚那的中国人 （法）德拉华尔
（油画 1821 年）
法国凡尔赛宫博物馆藏品

前面的铜器是什么？痰盂？摆设？1858年展出时，得到全面好评，都说太东方色彩了！人物，装扮，配件，法国人都不曾见识过。是王朝复辟时期的殖民风尚，艺术特有的异国风情，云云。使用的颜料也来自中国。但，当你仔细观察，发现康高十个指头的指甲又长又尖。这可是一个平民的闲情逸致？十指不沾阳春水，有闲阶层的女性才有这种刁钻的审美。慈禧就酷爱这个，决非一般人的风尚。他也不抽烟斗。画家追求的，只是艺术效果和异国情调。作品有一段说明："康高是由船长菲腊贝尔1821年带到巴黎的六十个中国人的队长，他们将要被送到圭亚那去种植茶园。"

说圭亚那不准确，当时还有英属圭亚那，这里是法属圭亚那。位于何方？南美洲东北部，面向大西洋。1643年，路易十三时代，一名法国军官率领三百人登陆圭亚那，成为最早涉足此地的欧洲人，但遭到原住民部落强力抵抗，伤亡惨重。到1817年归属法国之前，葡萄牙曾经统治过九年，十八世纪一度是海盗船的落脚点；法国大革命时期，作为流放罪犯的监狱。不久监狱关闭，辟为海外种植园，从亚洲引入亚洲植物。由于欧洲人开始普遍喝茶，开辟茶场是顺理成章的事。

1818年，法国海军部决定派出两条皇家远征舰，罗纳号（Rhone）和迪朗斯号（Durance）号，到东方招募农业人手，由菲腊贝尔（P. H. Philibert, 1774-1824）担任亚洲远征队的总指挥，埃利（Elie）和迪比松（G. Dubuisson）分别被任命为两条船的船长。那时候，从非洲贩卖黑奴的活动已经被禁止，殖民者着手引入中国劳工。但清廷禁止百姓出海，不能直接从中国招募。1819年1月1日，从罗什福尔港开出的两条远航舰，目的地就不是中国，而是菲律宾，因为菲律宾生活着许多从厦门去的华人。两条船先开到圭亚那，跟总督和行政部门打个招呼，并让道路桥梁建筑师普吕（J. C. Prus）上岸，为劳工的生活环境做准备，同时把一部分粮食、日用品、农具先行搬上岸，以便劳工到达时使用。然后向菲律宾驶去。远征另一目的是自然科学的探索，以植物学为主。负责研究工作的学者佩罗特（G. S. Perrotte）以政府农学家的身份上船，任务是在每个停泊站收集各种热带植物，移植到其他殖民地，尤其是波旁岛（现在的留尼汪岛）和圭亚那。目前制造巧克力、雪糕、奶油所使用的香子兰果（Vanille），是佩罗特从圭亚那引入法国的。至于招募劳工问题，目标不是一次引进，而是有规律地不断为法国在美洲的殖民地提供劳动力。这次菲腊贝尔的远征，目标是从菲律宾带回两百个农业人手。因为路途遥远，准备让劳工全家移民，在圭亚那安家。

菲腊贝尔7月抵达印尼爪哇岛的叙拉贝雅（即泗水），才知道一切不如当初的设想。荷兰殖民者一下子冲到鼻尖上来。邻居么，咱们什么时候都是，利害关系么，就甭多说了。总而言之，甭想从这里带走一个人！白白厮磨了两个月，菲腊贝尔一无所获，灰溜溜地把船开向马尼拉，花了两个月时间才抵达。此地当时由西班牙统治，殖民官的嘴脸跟荷兰的一个样，还是无从下手。最后求助于一位中国官员，到底是"地头蛇"，设法给他凑够两百人。但应征者收了订金和礼物之后，拒绝在合同上签字，怕一经签字就沦为奴隶。菲腊贝尔个性宽容，态度不够强硬，招募过程中，手下人员不执行命令，反而从中捣乱，散布谣言，说去到圭亚那，就会被送入矿井挖矿，不见天日。谣言没有压下去，出发时只有二十八人在合约上签字，最后上了船。菲腊贝尔没有完成任务。两条船1820年3月中旬离开菲律宾返航，罗纳号在船长埃利带领下，独自运送二十七个中国人到圭亚那，他乘迪朗斯号返回法国。从法国出发的日期算起，来回经过二十一个月航行，于1820年9月18日在艾克斯岛（Ile d'Aix）泊岸。菲腊贝尔带着第二十八个中国人作为"样板"，到航海部去述职，他就是总指挥心目中未来的茶园工头康高。

到圭亚那的二十七人当中，只有两人有耕作经验，此外，一个厨师、一个补鞋匠，其余是游手好闲者，贫穷潦倒的懒汉，任何情况下都不会丢失什么，就以冒险心态去闯荡一下，总指挥不得不接受了。康高是最后跟五个印度人一起招来的。印度人另派用场，康高别有任用。总指挥与康高在什么场合底下见面的？没有记载。时间肯定是 1820 年 1 月。青年人是福建厦门一位商人的儿子，十五岁被父亲送到菲律宾叔叔家，叔叔从事进出口业，是当地的侨领，外人敬称叔叔（Kansoui）。他在那里生活了十二年，担任康叔的文书。菲腊贝尔说服他到圭亚那发展，说日后会成为他叔叔那样的头面人物。双方协议后，以一纸合约作实。合约以中文、西班牙文、法文写成，由康高、菲腊贝尔、康叔以及另一位法国军官共同签署的文件，一式三份，一份由康叔保存，另一份送到圭亚那，第三份由菲腊贝尔收藏。康高的真正中文姓名，在这份文件里或能找到。

从一开始，菲腊贝尔就将康高放到他的保护底下，把他看作未来的茶园主管。到巴黎后，让他住到自己的府邸里。须知菲腊贝尔绝非等闲之辈，曾经是拿破仑的手下，参加过直布罗陀对英国的特拉法加之战，战斗中受过伤。后来职拜法国海军两艘远航舰沙亚勒号（Saale）和梅杜萨号（Méduse）的总指挥。滑铁卢战争后，拿破仑逊位，临时政府让这两艘军舰负责将拿破仑送上英国船贝勒罗封号，再送去圣赫勒拿岛。1815 年 7 月 5 日，拿破仑登上沙亚勒号时，夜已来临，必须在船上过夜，遂将会议室临时改为拿破仑的寝室，随从则登上梅杜萨号。当晚船长波内（Poné）向拿破仑提议，他的军舰可以向英国的贝勒罗封号夜袭，以拖延办法战斗到最后，掩护沙亚勒号利用风向和海潮的优势，逃出英国军舰的包围，直奔大西洋，逃到美洲去。滑铁卢战役后，将军和贵族一致鼓励拿破仑逃亡美国。但菲腊贝尔否决了提议，认为从军事角度而言，不能付出肯定会失败的损失。但表示，如果拿破仑坚持出逃，他会尽职到底。事实上英国军舰和小艇到处监视，不会放过被困的猎物。拿破仑也深知，军队是绝对支持他的，但法国人则不一样。在这个重要关头上，他表示不希望因为他一个人，导致国家的混乱和战士的死亡。他同意菲腊贝尔的意见，放弃了逃亡。

二

迪朗斯号返回法国后，经过一个月休憩，康高从漫长的海路疲倦中恢复，菲腊贝尔把他委托给赛利耶（A. Celliez）夫人，给他上法语课。夫人出身女伯爵，逃过了大革命时期的屠杀，跟一位医生结了婚。因着她的教育工作和著作的成就，成了一位有名气的教育家。康高就这样受教于夫人，成为法国的第一个中国留学生。以他的语言水平，不可能进入公校，作为夫人门下的学生接受特别课程训练，是不可多得的机会。康高从此进入到有规律的学习生活，早晨跑图书馆，但他的文化程度不高，法语更是一片空白，面对图书馆的书海，不可能阅读，只能感受一下气氛。晚上到夫人家上课，从下午六时到晚上十时或十一时，看情况而定，直至菲腊贝尔的仆人来把他带回家。夫人以教学有方著名，1812年出版了一部关于教育的著作《论斐斯泰洛齐（Pestalozzi）教育思想的精华》，得到普遍好评。但她的教学方法只适宜于法国学生，面对一个二十八九岁、完全不懂法语的中国青年，情况就不一样了。夫人对中国语言文字同样一无所知，教与学之间，隔着一条难以逾越的鸿沟，就像一头牛教一匹马讲牛话。

夫人与汉学的创始人雷慕沙同时代。那时候中国人于欧洲很稀罕，像外星人。雷慕沙的汉学研究苦于没有字典，没有翻译书籍，不得不借助迂回曲折的方法学习中文，研究汉学；赛利耶夫人的教学遇到同样问题。雷慕沙不得不通过满语来学习汉语，赛利耶夫人则不得不从实物着手来进行教学。她把一张纸分成三列纵行，出示一本书，在第一行写上 le livre，以法语读出，康高以中文读出"书"字，在第二行写下中文，夫人则以大家都能接受的方法，在第三行标记出中文、法文的发音。然后要他朗读一百次，拼写一百次，听写一百次，只要他不打瞌睡。但康高有时只对实物有印象，对文字没有印象。然后再将物件加以形容，红蓝黄白黑，高矮粗细肥瘦，再将形容词放到别的物件上，如此类推。夫人成为第一个教授中国学生的教师。在教学方法上的开创，一如雷慕沙在汉学研究上的拓荒。他们都是在绝对空白的领域中，经过艰苦摸索而得到成功的领军者。

然则，还是遇上大问题，中国有多少方言？就广东而言，有广州话、客家话、四邑话、潮汕话、高鹤话……大同小异，你不能都听得懂。康高是福建厦门人，说的是厦门话，在菲律宾生活了十二年，已经受土话影响。他说中国话，但不是国语。根据他的发音所找到的法语对应因素，实际上是不对应的。雷慕沙就向她提出警告：实物可以出示，抽象概念又如何？比如"渴望""思维""想念"？夫人则企图依靠直觉、敏感来解决。但康高对语言并不敏感，近两年的漫长海路，也不曾学会两三句法语。何况年近三十才接触一门外语，发音 ou 与 au 不分，an 与 on 不分，un 与 in 不分，动词变位更糟糕，老想不通"我有"不同于"你有"，"他有"不同于"他们有"。单复数呢，一匹马跟几匹马，写法怎可以不同？更荒谬的还有，同是屁股坐的椅子是阴性，板凳是阳性，不可思议；还有变不完的现在时、过去时、将来时、先过去时、先将来时，直把他弄得哈哈大笑！他不会发唇音 v，不会使用小舌头读 r，不懂得什么是鼻音。经过两年学习，他用法语写道："我还不懂得法语，因为比我想象中的要困难得多。"

夫人遇到的问题，可谓困难重重。为帮助学生学法语，把十八岁和十二岁的女儿、十五岁的儿子都动员起来了。她假设孩子们要学汉语，先出示物件，让康高说出中文，叫他们跟着读，再以法语说出单字，或解释字义，这么一来，康高就有机会嘲笑他们发音不准确，或者理解错误，气氛活跃起来了，夫人趁机纠正他的法语。还把他引入社交圈子，介绍给她的朋友，就这样，他跟画家朗格卢瓦（C.V. Langlois）结识了，跟他习画，画家为他做过一张石印像，但现在已经丢失。1821 年 10 月 8 日，画家将他带进王宫，觐见了国王路易十八。那时候中国人稀罕，难得一见，国王想见识一下中国人的"样板"，何况中国人的生活费是由他供给的。

夫人对康高的学业监管甚严，指定课余作业，要他作两种语言双向翻译的练习。因病到乡间疗养，也希望携他一起同行，让他多见识法国风情和法国人，但海军部没有答复，不得不放弃。经过最初九个月学习，他基本能看懂法语书，掌握简单的动词变位和时态，但夫人认为进步不够理想，希望有更好的成绩。这样的机会不能浪费，自古以来，有多少个中国人到法国学法语？最早到欧洲的是一位南京人沈福宗，1680 年跟随比利时神父柏应理到英国，目的是协助牛津图书馆馆长完成关于中国问题的专著，游历途中路经巴黎，惊鸿一瞥，以致学者海德（T. Hyde）利用机会，要从他身上推算中国人的身高、体重及身体状况。在康高之前，耶稣会传教士从澳门带来三位中国青年，然后是黄嘉略，他们都是被偶然机会带到欧洲的。欧洲人怀着高度好奇心，希望从他们身上得到中国甚至远东的远古世界和当代世界的各种信息。包括语言、艺术、哲学、思维方式等。他们要为启蒙思想寻找依据。赛利耶夫人也是这个意思，对康高期望甚高，把教学工作做到尽善尽美，使他"于法国是个宝贝，于世界是唯一。作为中国人，他熟悉本国语言，懂法语，可能懂西班牙语"。她相信只要打开语言这道关口，就可以通过他了解古老帝国的科学或哲学，打听到一大堆法国人想知道而没法知道的事物。

但雷慕沙的观点不一样，作为汉学家，他对中国的了解更多。他认为，希望通过被偶然机会带到欧洲来的人得到中国信息，就像在中国企图得到法国启蒙信息一样困难。何况他们的文化程度不高，"任何一个皇家学院的学生，只要经过六个月的学习，都会得到百倍的效果"。即使是中国读书人，也不能寄予希望，他们读书只为谋求职业，目的是成为官僚。从需要出发，他们只将道德训诫的书籍，如《大学》《中庸》《论语》之类一读再读，甚至能够背诵，极少向更开阔的范围进行求索。自然科学方面，只对医学另眼相看。所以不能指望从他们身上得到科学、艺术、哲学的信息。属于翰林级别的人，或会有些用处，虽然他们所提供的句子或信息，只关系到政治管理和官场规则。何况这些人无意到"野蛮"的欧洲来看看。

三

经过九个月的教学，1821年7月26日，赛利耶夫人向海军部打了第一份报告。首先细述教学上所遇到的困难：没有任何方法使学生听得懂，两种语言的特征完全不同，没有任何类似或联系之处，没法进行比较。又说"我们没有任何法文字典、汉文字典。他说的是广东厦门土话，到菲律宾后，受菲律宾方言的影响，无疑是难上加难"。然后谈她的教学方法。为克服困难，使用了各种方法，聋哑式的手语教学，实物教学，家庭成员也动员起来了。学生的学业状况是，人聪明，喜欢促狭，但固执、懒散、被动、不提问题，工作不持续，小孩子脾气。然则，她相信他能学好法语，再过一年半载，会达到相当完美的水平。困难重重，夫人还是满怀信心。

作为教育家，夫人推崇被西方人称为"教圣"的瑞士教育家裴斯泰洛齐，她的教育著作得到法国人好评，但教学方法只对本国学生适合，对这位特殊的外国学生不一样。她的教学重点放在书面语言上，着眼于背单字、拼写、听写，强记阴阳性、单复数、时态，拼写尤其要正确，这种标准肯定过高，学非所用。对一个茶园工头，需要的是日常用语。康高置身于法语环境之中，只要多跟外人接触，活学活用语言，要比跟老师学更有效。菲腊贝尔不知有否向她说明，他要的是一个跟常人打交道的茶园工头，而非学问家、科学家、作家。不需要美丽的笔头语言，一口普通法语已经足以应付工作。夫人的教学跟实际脱了节，过分要求也使学生泄气，失去学习的兴趣和信心。

海军部每月支付康高五百法郎，作为全部生活费用，包括医药及教育费用。既然寄居在保护人菲腊贝尔家，款项则由保护人调配。菲为人谨慎，任何特别支出，都要征得海军部的同意。康高的零用钱每月只有十五至二十法郎。赛利耶夫人抱怨没有足够经费给学生购买书籍，不能聘请一位西班牙语-法语的翻译。她相信康高懂西班牙语，既然他在马尼拉生活了十二年，叔叔也讲西班牙语。她相信通过翻译的帮助，会更有利于他学习法语。虽然经济问题上发生龃龉，但不影响教学工作。1822年2月8日，夫人给海军部打了第二份报告，陈述康高的学习进度、她采用的教学方法、所取得的成果，并附上康高本人写的自述。她希望领导人看到康高的进步。这份报告由菲腊贝尔以波旁岛议员的身份，代赛利耶夫人呈递给国王。同年被印成小册子。报告的重要内容是康高以法语写成的自述，全文如下：

我曾经是我叔叔的文书，他是马尼拉中国侨民的侨领。他给我供食宿，供衣服，供取暖，供灯火。我有一千埃居报酬，我每年把它寄给我的父亲。

1820年1月，菲腊贝尔船长得到准许，代表法国政府提议我到圭亚那，担任一个相当于我叔叔在马尼拉所担任的职位。他向我许诺所有土地归我所有，他们决定让二十七个中国人跟我一起去种茶，也种亚洲其他作物。

二十七个中国人直接去了圭亚那，我来了法国学法语，我要跟法国政府打交道，我必须学会讲法语，正如我叔叔会讲西班牙语。法国政府负责照料我，给我的东家支付费用。直至如今，政府履行诺言。二十二个月以来，我收了三百四十五法郎。但如果我在马尼拉，就会寄六千法郎给我的父亲。我还不懂法语，因为它比我想象中更难。我在这里不快乐，因为完全没有我双亲的消息。我写给康叔的信，我发现菲腊贝尔先生没有寄出。在圭亚那落脚的中国人给我写的信，菲腊贝尔先生忘记了交给我。我是帮助他搬家时偶然发现的,日期是十五个月之前。来信告诉我说,有十个同胞死了。之后肯定又会死去几个。他问我是否愿意继续在法国逗留三年,没有我双亲的信息,这个时间太长了。我很知道,继续留在法国学法语是浪费时间。虽然人家向我这样提议,我还是想返回马尼拉,然后到厦门看望我父亲,亲自向他解释为什么两年以来没有给他汇款。我在这里不感到幸福,而我应该说,大家对我很关心,赛利耶夫人对我照顾周到,为我花费了很多工夫,把我介绍给许多相熟的朋友。但我只经常到朗格卢瓦夫人那里,她也处处为我费心。只要我愿意,我就会到赛利耶夫人家里,她给我上两三个小时课。到巴黎的第一个冬天,我每天从晚上六时到十时或十一时,在她家里打发,直至菲腊贝尔先生的仆人来找我回家。这位夫人有三个孩子,大女儿十八岁,男孩十五岁,小女儿十二岁,他们都被动员起来,以哑剧的方法来帮助我学法语。赛利耶夫人给我出示过好几套游戏牌,好让我少些生闷,也迫使我把一些法文读出来。他们对我很好,但我不感到开心。我宁可离开而不想完成法语学习课程,不想得到因为使我浪费了时间而取得的赔偿,既然政府没有履行许下的诺言。

康高

1822 年 8 月 7 日于巴黎

自述篇幅不长,表达了他想说的一切。文字基本正确、清晰,内容简单全面,态度不亢不卑。康高是很传统的中国人,心里有一个孝字。给叔叔当文书,将报酬寄给父亲。在法国逗留二十二个月,深感没能给父亲汇款而内疚。归家心切,好亲自向父亲解释一切。

文字不知有否经夫人修改，没有记载，但有两处拼写错误。1820年10月菲腊贝尔把他带回法国，到1822年8月，不到两年时间，文字达到这个水平，无论对夫人，还是对他本人，都不容易。康高人不蠢。菲腊贝尔没有为他寄出给叔叔的信，疏忽？故意？当时没有邮递服务，没有邮局，没有邮递员，只能委托不定期的商船带到目的地，再托人转交。如果没能赶上适合的商船，一旦拖延，也必须以数月或半年以上计算。至于没有转交圭亚那的来信，法国人的解释是，怕影响他的情绪。报告由菲腊贝尔呈递国王，自述的内容他一定看过。菲腊贝尔肯定知道一年多以来茶场的悲剧进展，深知圭亚那计划不可能实现。法国当局和他都明白，不可能把康高送到那里去了。在政府眼里，他的居留就没有必要。只有菲腊贝尔和赛利耶夫人，希望他留在法国，继续学习法语，日后派别的用场。尤其赛利耶夫人，对他期望很高。但不幸得很，1822年8月，夫人才四十四岁，就在布卢瓦（Blois）因病去世。事情急转直下，再没有人坚持让他继续留在法国了。而他本人也深感孤独，不顾一切，只想回到家人身边。

四

回头看1820年3月，康高和菲腊贝尔一起，乘迪朗斯号返回巴黎，另外二十七名华工则乘罗纳号向圭亚那驶去。他们到达之前，负责人在该岛的考区（Kaw），以二万六千法郎买下一块地，筑了三十来间房子，准备供一百八十至二百个劳工居住，这项工程再花费了一万法郎，总共三万六千法郎。劳工们抵达后，在圭亚那学院过了十天，等住房最后完成。人数只有二十七个，所有房子只能归他们使用。一切跟先前的设想不一样。圭亚那当局希望做到使他们感觉良好，受尊重，好让他们的乡亲闻声自动而来。开始工作时，由一位工头带领，用西班牙语基本上可以沟通。第一年由政府无偿供养。但问题很快出现了。据圭亚那总督的秘书德圣达芒（P. C. de St-Amant）给政府的第一份报告说，只有两个人懂得农业操作，其余的都是生手，是菲腊贝尔为凑人数而不得不接受的。他们游手好闲，只吃不做，一大清早就吃得饱饱的。门前蒿草丛生，谁也不动手去修剪。还联合起来跟工头作对，要求双份粮食，将工头殴打成重伤。更甚者，在房子里大小方便，很快滋生了细菌和寄生虫，出现传染病。在灼热阳光底下劳作，也使他们得了炎症，几乎所有人都病倒了。当局派出医生诊治，请了三位黑妇来照料，但他们拒绝服药，任何人都没法使他们遵照医生的嘱咐行事。短期内，先后九人死亡。连原地的工头也没有幸免，留下了可怜的一家大小。根据时间推算，就在这个时候，其中一位幸存者给康高写了信，向他谈及同伴的死亡，并预言其他人也会不久于人世。

今回的劳工事件，是十八世纪六十年代欧洲移民事件的重演。圭亚那正式归属法国之前，为对抗英国和葡萄牙的势力，路易十五的外交大臣舒雅瑟尔（É.F. de Choiseul）曾经送去一万四千移民。那是 1763 年的事，为逃避饥荒和破产的法国人、德国人、阿尔萨斯人，拖儿带女涌到罗赛尔港，上船到圭亚那去。但极端的气候、山岚瘴气、毒蚊毒虫、疟疾、医药不发达，不到两年时间，死去了一万人。再看今回的茶园事件，道路桥梁工程师普吕，每到考区工作就病倒，1820 年，政府只好把他召回法国。劳工当中，直至 1821 年 6 月，还有十七人活着，四人可以工作，其余的要么生病，要么虚弱。当局知道不能希望幸存者能够如常工作了,因此改变计划,但如果让他们长期无所事事,人会死得更快。只好避免重活,早晚天凉,才让他们出去东刨西挖,工作与否都没有区别了。要实行这项措施,还得派出五个警察来对付他们。再进一步的措施,是将剩下的十七个人全部迁出考区。其中六人分派到植物公园,三人放到印刷厂,其余安置到医院。后来有两人被转派到总督府当仆人。

再回头看康高,虽然菲腊贝尔和赛利耶夫人待他不薄,但他没法融入法国生活,归家心切,只盼望早日与家人团聚。当年黄嘉略,曾经是路易十四的翻译,兼皇家图书馆东方部的管理员,专职翻译传教士留下的中文书籍,际遇不能再好了,但历史学家达尼埃尔女士(Danielle Elisseeff)如是评论:"Arcade 永远是个边缘人,脱离了原来的社会,于我们的社会是个外人,没有得到良好栽培、良好教育,悲剧地尝试在欧洲的模子里悄悄溜过。"虽然与法国女子结了婚,但三十六岁就去世了。康高情况类似。住在总指挥家里,得到政府经济支助,成为著名教育家的门生,承认所有人都对他很好,包括赛利耶夫人的朋友们,但他一再表示不开心。1822 年 10 月 19 日,海军部得到国王路易十八的同意,让他返回祖家。刚好有一艘商船 11 月从波尔多开出,他接过六百法郎零用钱后,庆幸自己终于如愿离开法国,登船东渡回归。但不幸得很,据雷慕沙所知,他没有回到祖家与亲人团聚,而是死于海路中途。海难?疾病?意外?没有下文。康高离开法国不到两年,即 1824 年 10 月,他的保护人、总指挥菲腊贝尔也去世了,才五十岁。另一方面,从农场转移到其他岗位上的同伴，际遇不一样，但人数逐年减少，从1822年至1826年，每年都有人去世。十五年之后，最后一个也逝世了。连同最先去世的赛利耶夫人，关系到圭亚那的人，一个也不剩了。那片热带雨林的噬人魔法，到此彻底功德完满。

劳工们付出了生命代价，殖民者也没有得到任何利益。他们自信而野心勃勃，之前没有任何可以借鉴的经验，就将计划付诸行动。无疑，历史上有过巴西从湖北招募中国人种茶，成功了。但失败的例子也有，英国将四百名华工送到特立尼达（Trinité），没有发生类似死亡事件，但不得不付出庞大的额外开支，远远没有从劳工身上捞回成本。菲腊贝尔那回东方远征，花费了两百万法郎公帑，只让军官们作了二十一个月的海上长旅，承受风浪的颠簸。招募人手的目标，茶园计划，全部泡了汤，"最后一无所获"，圣达芒的报告如是说。还要供养幸存的劳工，直至去世。两败俱伤。当初阴差阳错，没能如数招得二百人，侥幸地避免了更严重的悲剧。回头看那些表面粗贱的劳工，离乡背井，语言不通，气候环境不适，与亲属隔海如隔世，精神上的孤独无助，到某种程度，再没有任何办法能挽留他们的脆弱生命了。

那回远征的唯一收获，是从菲律宾带回几棵热带植物，那是博物馆尚未拥有的新品种。再有就是，从马尼拉带回一棵小茶树，法尺只有五寸半高，娇小玲珑，被宝贝似的种在圭亚那的植物公园里，让人观赏。经历过几番人事悲剧，谁还敢承望，有朝一日这种植物会在圭亚那繁殖起来？事实上，从那时候开始，又经历了好几个世纪，圭亚那人才终于饮上几片自己种的茶，满足了种茶的心愿，但没有大量生产，法国本土没有人喝过。热带雨林气候适宜于香蕉、甘蔗、木材的生长，适合动物、植物新品种的不断产生，未曾听说适宜于种茶。

德拉华尔的《Kan Gao，圭亚那的中国人》，收藏在凡尔赛宫的肖像画廊。它反映了一个时代，记载了一个故事。但在文字说明中，多与事实不符。康高一只脚也不曾踏上过圭亚那，却说他是圭亚那的中国人。当船离开菲律宾，停泊过塔马塔夫（Tamatave）后，两条船就分道扬镳，他乘菲腊贝尔的船直抵巴黎。其次，人数也非六十个，而是二十七个，都没有到过巴黎。圭亚那也没有茶园。画家的说明未经调查。但，当你去到凡尔赛宫，站到这幅肖像画前面，另有一种感受。作为东方人，你为它的东方色彩而感到新奇，在国内，你不曾见识过两百年前以中国人为主角的油画。康高的古老装扮也是新事物。长衫马褂是怎么回事？从前中国人从上至下的穿戴是怎样的？这张画以鲜明的形象给你展示了。国画无法表达的衣服和物件的质感，在这里看到了。典型的中国物件，二胡、中国象棋、油纸伞、织花地毯，皆以写实手法呈现。再顺着画面寻根问底，康高的时代也回来了。法国殖民地的开发，如何与中国人扯上关系，康高为什么来法国，在法国的生活、学习等，就有了来龙去脉。从艺术角度看，王朝复辟时期法国的艺术风格，当时流行的异国情调、东方色彩，都反映到画面上了。康高离开马尼拉，为去圭亚那，学习法语，也为去圭亚那；二十多位同伴去了圭亚那，死在了圭亚那。因着圭亚那，他也死在了海上，康高怎能不是圭亚那的中国人？

德拉华尔最初的动机是为康高立此肖像，谁敢承望竟将一个关系到二三十人的悲剧事件，以康高为代表，概括成一个故事，将一小群人的人生变成了命运。圭亚那于康高仿如与生俱来，再也分不开了。与众不同的人生，是圭亚那把它标志出来的。如果这幅画不存在，没有这个放在王宫里随时提醒我们的信号，中法最初的文化交往，一个内容丰富、距离我们两百年、地跨欧亚两洲、由各种人物交织而成的故事，也许已经被遗忘。

　　说没有遗忘，还是有的。你将 Kan Gao 说成康高，是随意的翻译，真正的中国名字是什么？

二〇一八年五月

俞第德的浪漫中国

梦想成为中国人的法国女人

一百五十多年前出版的老书，你不一定感兴趣。但1867年出版、署名俞第德·沃尔特（Judith Walter，1845—1917）的《白玉诗书》(*Livre de jade*，亦译《玉书》)，使你生出一点情绪。不为棕黄的纸页，不为轻巧的精装，也不为作者将响当当的父姓"戈蒂耶"（Gautier）隐去，只为该书扉页上的献辞："该书献给中国诗人丁敦龄"。

其实也不为献辞，只想知道时年二十二的美女作家的底细，一睹芳颜。找来她的传记，先看照片，眉如新月脸如莲，一头秀发悄悄静，谁看都会惊了眼。作家德莱福（M. Dreyfous）在《我要说》(*Ce que je tiens à dire*) 一书中写道："她曾经是，也是很久以来我所遇见的最完美的造物……"龚古尔兄弟则说她"有一种奇特的魅力，一种东方式的倦怠慵懒，动静间流露出美自于其父的洒脱，来自女性的优雅……"但比美貌更惊动人的，是她落笔生风的本事。《白玉诗书》一经出炉，掌声四起，尤其被最具名气的文化人、她老爸戈蒂耶的文艺圈子所接受。所有人都认识戈蒂耶，戈蒂耶也认识所有人，所有人都知道他的长女一枝花，才气过人。

随风而播

俞第德与她的《白玉诗书》(1867年)
作者扉页汉字题辞:"予吾好表妹,不忘吾／俞第德"
本书作者藏书

1867年6月16日,雨果接到赠书,从流放地格恩济岛给她写信:"《白玉诗书》是一部优雅的作品,请听我说,我在这个中国里看到法国,在瓷器里看到大理石……"东方学家普武维尔(A. Pouvourville)说:"在这本独特的集子里,每一个句子、每一行诗都标志出温和的哲学,忍让,对天朝的精美的明智表示出小小轻蔑,这个天朝从它本身的价值出发来判断人道,因而对它没有求诉,也没有等待。"法朗士(A. France)则认为:"俞第德找到了她的形式,适合于自己的风格,恬静,丰富,得心应手,心平气和……她拥有自己的风格,因为她有自己的观念和梦想世界,并非旅行家所描绘的世界……"其实,她十八岁第一次为《艺术家》杂志撰文,波德莱尔就祝贺她说,他很高兴好朋友戈蒂耶"有一位真正配得上他的女儿"。

音乐界也产生了共振。欧洲多位音乐家,如勋伯格(A. Schonberg)等,都说要从中国古诗吸取灵感来谱写西洋音乐。好不抬举。奥地利作曲家马勒（G. Mahler）写了《大地之歌》，成为代表作；戈蒂耶父女的好朋友瓦格纳，谱写了歌剧《帕西法尔》(*Parsifal*)。

在哗啦啦掌声中你打开《玉书》。果然独特。每一首诗的作者，如李白、杜甫、王维等，前面冠有法文字 Selon，即"根据"。原来是挂名中国诗人的借题发挥之作。集子编排简约，注释、介绍一律免除。丁敦龄是谁？没有介绍。你逐页浏览，作者年轻，想象力丰富，以个人的喜恶，以诗意的散文笔法来创新，显而易见。但越是读下去，李白、杜甫等诗人及其诗句越是陌生。你企图从标题找出原诗，或从内文找出标题，不容易。求助于德理文（St. Denys）翻译的《唐诗》，帮助不大。德理文的诗译属学院派，逐句对应，加上详细注释，诗人简介、典故、隐喻、历史故事。俞第德是借题发挥，再生产的作品与原诗联系极少，你只好猜谜，求助于各种资料，好不容易发现，李白的《采莲曲》变成《在河边》，《静夜思》成了《旅舍》，《玉阶怨》是《玉阶梯》，《宴陶家亭子》是《瓷器楼》；张籍的《节妇吟》成了《忠实的妻子》。《玉阶梯》跟原著较接近，但普通女子变成了皇后。再生产的诗句平实、明了、简单，唯是与原作脱钩，却依然冠上中国诗人的名字。

挂名杜甫的作品计有十四首。但没有广为人诵的《兵车行》《赠卫八处士》，只看到《饮中八仙歌》演变成《一起喝酒的八大诗人》。杜甫以一百五十四字速写了八位嗜酒诗人的醉态，贺知章的"骑马似乘船"，潇洒飘逸的李白"天子呼来不上船"，李适之的"饮如长鲸吸百川"，张旭的"脱帽露顶王公前"。诗人的酒后失态，叫笑喧闹，尽在少陵落笔如云烟的挥写中。俞第德怎样处置这首诗？她将原诗拆成八部分，每一部分写一位诗人，长河被截断成一段段水流。很努力的译作，却难免以想象来填补抓拿不稳的空隙。十四首诗有两首关系到李白：《颂李白》《献给李白》，其余的诗，你上穷碧落下黄泉，没法对上号。

挂名李白的总共十三首，《旅舍》算得上翻译，原文是《静夜思》。其中四首：《瓷器楼》《红花》《永恒的文字》《近在河口》，只有《瓷器楼》来自李白的《宴陶家亭子》，俞氏将"陶"字误解为陶瓷，写成《瓷器楼》。其余三首无从找到相对原文。非李白作品。但，由于被翻译成几种文字而成名，是译者使它们变得著名。

被冠上名字的二十二位诗人当中，除李白、杜甫、苏东坡、张九龄、王昌龄以外，还有张若虚。俞氏可能很喜欢张若虚，冠上他名字的作品达七首，但在《全唐诗》中总共只有两首。她给他白白赠送了五首。除却被誉为"孤篇横绝"的《春江花月夜》，另一首是《代答闺梦还》，为戍守关塞，年轻的丈夫与妻子分别。德理文将标题逐字对应翻译，译成《春，江，月，花，夜》，诗文也是逐句对应。这首充满宇宙意识和哲学思考的孤篇，译文明了、清晰。但《玉书》中的七首诗中，哪一首与《春江花月夜》有关？都说她从德理文那里得到启示，将原诗拆成几个主题，《平静的河流》《诗人望月》《湖边》《镜前的女人》等。那么《扇子》从何而来？其余五首有何根据？

从整体来看，原诗到作者手里，被脱水稀释，被解说，被改写，因着叙事和抒情，将一个句子演绎成数个，诗中的典故、隐喻或历史故事，都回避了；专有名词都被略去，以泛指的山、水、宫殿等字眼代替。改造过的诗句，什么都可以是，就不是原诗。文字呢，或增或减，或取一意象加以渲染，或抓住原诗三五字，按自己的心意发挥。"硕鼠，硕鼠，无食我黍"，翻成"大老鼠，肥老鼠，莫嚼我粒"，译文贴切，但明显来自《诗经》，为什么署名 Sao Nan？看来不为什么，只为高兴。还有 Tché Tsi，Ouan Tié，Chen Tué Tsi 等十多个名字，无法确定何许人。到 1902 年再版，副题是"俞第德·戈蒂耶的诗译"，不再使用"根据"。《秋笛》《皇帝》等四首，从杜甫的名字改为"无名氏"。《秋笛》所写"可怜的旅者，远离祖国，穷困而无亲朋"，其实是丁敦龄身世的写照，作者的回忆录中关于丁氏的遭遇，有相似的文字。《秋笛》是谁的手笔？给丁敦龄的献辞取消了，新增了三十九首诗，全书经过修改，有的作者改为"无名氏"，仍然有十二首无法找到原作。

1867 年出版《玉书》的出版家勒梅尔（A. Lemerre）曾经非常犹豫，不知可否作为译作出版。他说："《白玉诗书》是一部很卖劲的作品，尽管经过顽强而真诚的努力，我不敢完全担保构成这部小诗集的诗歌的真实性。因此，我不敢肯定这是准确的翻译。"又说："后来我把《白玉诗书》再看一遍，增加了很多，严格修改过，今回我可以肯定是从中文翻译过来的。"所谓"后来"，是指 1902 年的再版。勒梅尔的"不敢完全担保""不敢肯定"意味深长，后来国外的汉学家、学者对《玉书》疑问迭出，相反意见满天飞，就不奇怪了。

美国汉学家于克（W. Hung），著名的杜甫专家，翻阅过杜甫一千四百首诗之后说：

> 该作品所收入的挂杜甫之名的十四首诗，只有两首可以认为是从原著改头换面翻译过来的……其余的毋宁是这位二十二

岁的法国女士充满创造性的想象力的反映。我没法从任何中国文献，无论是杜甫的原作或者伪作中，找到其余的十二首。

捷克一位供职于联合国的农学家史托瑟斯（F. Stocès），热爱中国古诗，且造诣颇深，他撰写了一篇长文《俞第德的玉书之源》，盘根问底，加上数字统计，指出该书种种疏漏，牵强附会，翻译上的模棱两可，并指出，约有三分之一是俞氏的创作。而"在《玉书》的两版之间，法国文学界和公众，对这些美丽诗篇的可靠性完全不过问。"俄国的新汉学奠基人阿列克谢耶夫（Alexéiev），则批评西方汉学研究中的错误，没有以科学的严谨态度来钻研原文。

你对《玉书》越看越不宽容，想把它放过一边，却又继续翻下去，既然它耐得起那么多掌声，且有人再模仿。1920年，法国作家兼东方学家图森（F. Toussaint）从《玉书》中再发挥，写成发挥再发挥的散文诗《玉笛》（*La Flûte de jade*），两次重版。在中国供职十四年的著名外交家、作家克洛岱尔，1937年从《玉书》中翻译了十七首诗，包括丁敦龄的《橘叶的影子》，从翻译中再翻译，集成《仿中国诗补》（*Autres poèmes d'aprés le chinois*）。又说，《玉书》出版是一个重要转折点，一条"越来越多人走的天桥"，它使欧洲人发现了另一种文化。又说，中国诗人，"经过多少个世纪后，终于打动了诗歌爱好者的心扉，使他们感到生来就是为了成为同一月色底下的公民……"调子唱得再高，不依然是从疏漏误解中的再翻译？

华夏是诗歌国度，从文人直至普罗大众，大多会随口念出几句诗，尤其唐诗。中国人不能走一步而没有诗。方块字排列上的整齐，产生了奇妙的对仗。押韵，节奏朗朗上口，字眼的选用，推与敲的不可代替，意境上的象征和隐喻，都具有特殊的美感和价值。其含意的维度之大，为拼音文字的诗歌有所不及。诗歌是中国的全民宗教，人间万象，谈笑江山，喜怒哀乐，成功失败，最后无不归结为诗歌。每年春节的挥春，家家户户门前的楹联都是诗。因着唐朝，中国人被称为唐人。唐朝鼎盛时期的诗人，扎行扎堆，满天星斗，是唐诗造就了唐朝，而非唐朝造就唐诗。它记载了华夏数千年的生活，涵盖了中国人盘古以来的哲理和思想，写尽春江、秋月、美酒、以及诗人的情怀。要了解中国诗，必须打开文本世界，了解中国人数千年来的精神，连同春江、秋月、美酒、诗人情怀。

经典作品必须以经典手法解读。俞第德中文根底甚浅，不可能捉摸古诗人的意图，只抓住作用到她脑子里的点滴，在弱水三千中只取一瓢，但一瓢代表不了三千。年仅二十二的俞氏，为强烈的文学愿望左右，不达目的誓不休，尤其对中国文化的特殊喜爱，促使她做成这桩事。荣誉掉到头上来了，形式与风格也找到了，被承认了。在特定的社会背景下，社交式的评论文章，一开始就敲定方向。1882年被译成意大利文，1890年葡萄牙文，同年翻译成英文，跟着是俄文、西班牙文，德国作家汉斯·海尔曼（H. Heilmann）把它译成德文。在一窝蜂现象中，你不禁要问，译者有否读过原作，考量过"根据"与原作的关系，或者只是根据某些人的观点，某种文学趣味来落笔？《玉书》被翻译成多种文字，因为被翻译而在国外成名。

一连串跨国、跨科目的浪漫故事，使人对机遇与真才感到难以把握。在法国首先发声的是文学界,而非汉学界,汉学界的观点肯定不一样。法国以外汉学家和学者的相反声音,很迟才进入法国。俞第德找到了自己的路,索性将梦想安放在自己所创造的浪漫中国,从此再也没有走出来。她有道理,1910 年,就凭《玉书》与《皇龙》(*Le Dragon impérial*) 成为龚古尔学院院士。第一位女院士。

自从 1814 年汉学研究中心在法国成立,两百多年以来,中国源远流长的文化,从历史、地理、哲学、科学、宗教、古代诗歌直至语音、语法,都让西方的汉学家一犁一锄耕耘过。通过翻译、注释、考古、考证,务必达到设定最后通向事实的认知。他们就这样从中国古代文明中吸取养分。但俞第德要跟那些茹苦含辛、考释不断、求证不辍的学者开了个玩笑。她对中国的好奇心比任何人都强,但选择了一条跟学问家们南辕北辙的路,所谓冰火两重天,她要从梦想来抵达对中国的认知。一辈子不曾踏进中国一步,但两部重要作品皆与中国有关。《皇龙》以古代中国农夫起义为题材,近三百页的小说,给文坛带来了另一场惊喜。她从一个奇特而带着童稚味道的起点出发,来叙述一个古老中国的传奇故事:"当一个男人投在地上的影子形成一条龙的形状",这个男人有朝一日会成为皇帝。但秘密不能从一个曾经目睹过的人嘴里道出,否则命运会逆转,巨大的灾难从天而降。她把一个企图当皇帝的农夫 Ta Kiang、他的未婚妻、一位诗人,放到一个光辉熠熠、富饶而复杂的中国古代社会里。处处亭台楼阁,雕梁画栋,也处处阴谋诡计,心机歹毒,在他们的奋斗过程中,灾难与灭顶的险阻不断轰到头上。因为拥有最高权力的东方主宰——命运之神——在行使权力。

那个时代，西方人对中国的认识，大抵来自书本、图片或到过中国的人。于俞氏最重要的是来自她的想象和天性。然而，女孩子家的细腻笔触，行吟般的幽雅抒情，与她所描画的战争、暴力、酷刑的场面，形成强烈反差，使多少文坛宿将，对这位二十二岁的女性作者既欣赏，也瞠目结舌。法朗士如是评述："她的第一部小说，我应该说第一部诗集（因为它实在是诗）《皇龙》，是以丝绸与黄金镶边的书，熠熠生辉中透出澄澈的风格。……但就第一部作品而言，年轻女孩子的想象未免过于残酷、暴虐。"

生动的笔触，气势的咄咄逼人，富有创造力的漫笔挥洒，有目共睹。都说它受巴拿斯唯美派的影响，且具有当时流行的东方色彩。作者的中国知识不能说丰富，但大胆的追求，一往到底，务必使人接受的固执，使她作成了一部类似童话的现实主义作品。一个并非真实的世界，而是精神世界的故事。如雨果所说，"一个猜想中的历史现实"。她笔下的中国，只是猜想中的中国，而非事实的中国，却表达了她对中国的原始忠厚与诚信的仰慕。她的中国梦做得很深，梦得神魂俱到，自诩为一粒被狂风带到西方的种子，远离祖国的天空，在西方的雾中开花。1901年她献给中国驻法国大使于康（Yu Keng）的诗如是述说："在思乡的困扰中 / 我的梦像向日葵 / 向着神奇的东方 / 真正的太阳""远离光荣的祖先 / 深感孤儿的寂寞"。她干脆在中国大使面前认祖归宗。入选为龚古尔文学院院士时，被询问有何感想，回答说："我是一个中国人。……我终其生都是从远东、从那个时代、从那种环境中分离出来的人。"她巴不得离开现代巴黎，到古代中国的传奇世界中去生活。

《白玉诗书》与丁敦龄

她的中文名字俞第德，是一位到过法国的中国人为她起的，她采用了。从此中文名字从朱迪特变成俞第德。父亲戈蒂耶是文化艺术界的大纛，唯美主义巴拿斯派的代表人物，集诗人、小说家、戏剧家、文学艺术评论家于一身。作为文艺界的评论家，落笔生风，可以教你上青云，也可以教你下地狱。他取材于德国古老民间传说的《吉赛尔》，是历久不衰的芭蕾舞经典剧目，百余年来，与柴可夫斯基作曲的《天鹅湖》平分舞台春色。难得的还是个好爸爸，但凡参加沙龙活动，必携两女同去；音乐、戏剧、舞蹈的演出，不会缺少他们。拿破仑三世治下宫廷生活的活色生辉，传递到文化艺术圈子，一个充满文化气息的寻欢作乐年代出现了。这种场合聚集了整个文艺界人士，作家、诗人、戏剧家、画家、歌唱家、钢琴家，众星熠熠。为交朋友而来，为显示高贵身份而来。那种场合，会看到龚古尔兄弟、福楼拜、波德莱尔、大小仲马、画家德拉克洛瓦、居斯塔夫·多雷等人。当时雨果流亡英国，但其夫人及儿子经常寓居巴黎，会来凑兴。歌唱家沙巴齐夫人主持的沙龙最是奇山秀水，贝多芬、莫扎特、海顿的乐曲会不时响彻一室。正经八儿的福楼拜会向戈蒂耶借来衣服，把衣领翻起，将自己打扮成沙龙的头号"白痴"；戈蒂耶不甘后人，脱下外衣，挥拳踢腿跳起了舞。

母亲埃奈斯达（Ernesta Grisi）来头也不小，是个歌剧演员，经常跟随意大利剧团巡回国外；姨妈卡洛塔（Carlotta Grisi）更是稀有族类，著名芭蕾舞星，戈蒂耶的《吉赛尔》专门为她创作，而她，是创造吉赛尔舞蹈动作的第一人。现在巴黎歌剧院的长廊，还竖立着她的大理石雕像。俞第德从小被笔墨和舞台的幽魂诱惑着，缠绕着，能不也变成幽魂？唯她的心思不是对镜整装，而是神秘事物。从小得父亲教导，谈到莱蒙湖风景，对她说："内心状态是一切，一片风景在我们内心的存在，及其外在各占其半，因为它染上我们内心世界的颜色……"才十八岁，就在《艺术家》杂志上评论居斯塔夫·多雷的画作，介绍中国艺术品；又在《箴言报》(*Le Moniteur*)发表对波德莱尔翻译坡的作品《我发现了》(*Eureka*)的评论。

据她的密友赞德里（S. M. Zundel）的回忆，俞第德从小梦想东方，师东方学家加诺（C. Canneau）习波斯文，神魂就在埃及、波斯、日本的传奇故事中游荡。但中国才是她的心头好。老爸是个中国迷，1832年在《中国风》中写道：

不，我的所爱不是你，夫人

也不是你，朱丽叶

更不是你，奥菲莉娅，贝雅特丽齐

甚至不是你，流动着温柔眼波的金发萝拉

我的所爱在中国

她跟老去的双亲一起

住在精致的瓷器塔里

黄河边上有鸬鹚……

1849年他在伦敦泰晤士河参观过一艘中国帆船，竟当作亲临中国，不怕吹破牛皮，写下杂文《在中国》(*En Chine*)，收在1852年出版的《任性与踉跄》(*Caprices et Zigzags*)文集里。《吉赛尔》的创作同样天马行空。他从德国诗人海涅的《谈德国》中看到一段叙述：在赫兹地区的伊尔斯河畔森林，入夜时分，在如霰如雾的月色底下，会出现一群身穿白纱的鬼魂,彻夜疯狂跳舞直至天亮。他不禁从心底叫起:"以这个为题材编个芭蕾舞剧,该有多美丽呀!"他决心将传说付诸实现,写信给海涅,说明意图。随后不断将计划实现过程禀告。事成后对他说:"你的美妙的传奇故事,你的德国幽魂已经成功地在法国歌剧院上演了。"

俞第德眼看一个幻影如何被搬上舞台。中国,也许是从老父那里发现的,然后酝酿她梦想中的中国。那时候,丁敦龄忽然从天而降,来自她梦想世界中的异人对她的启发,就像树林里的幽魂对她父亲的启发?

《白玉诗书》"献给中国诗人丁敦龄",丁敦龄是谁?巴黎的稀客,脑后拖着一根长辫,身穿长袍,头戴黑色丝绸圆帽,装扮挺趣怪。俞氏回忆:"看到来自天朝的居民,我们非常兴奋,这个似是而非人物的存在,跟在屏风上、扇子上出现的象牙色的头,米纸上画的面孔不一样。"1863年,"一天,诺诺到诺伊来——我们很久没有跟他见面了——向我们叙述数月前发生的一件事。他在街上遇上一个不寻常的人,用难以明白的话向他请教……这是一个中国人,真正的中国人,他遇上一连串不幸事故,流落巴黎……父亲和我们,对这个中国人的命运深有感触,他孤苦伶仃,生活无依靠,离他的祖国像梦一般远……'带你的中国人来吧',他对诺诺说。"他被带到戈蒂耶家。俞氏眼中,他不到三十岁,见面时双手抱拳高举齐额,躬身作揖致意,礼貌周详。一家子开心不过。她老爸原想凑一笔钱让他回国,他拒绝了,说因为参加过太平天国,回国有性命之虞。怎么办?看他长相聪慧,该是个文人吧,既然卡勒里(J. M. Callery)把他请来法国协助编写汉法字典。戈蒂耶决定把他留下,给两个女儿授中文。在附近给他租下房间，与家人同台吃饭。"把这个中国人的心里话都掏出来，看他的难以理解的脑袋深处，究竟隐藏着些什么。"他说。从此丁被外界称为"戈蒂耶的中国人"。戈则称他为"我的中国人""我的稀客中国人""我的忠诚的中国人"。外出旅行给家人捎信，总不忘询问他的近况，且特别关心。俞氏写道："现在丁成为家里人，我们已经习惯了他的裹在蓝色长袍和黑外套里的清癯身影，调皮的面孔，在丝绸圆帽下半开半闭的双眼，出于礼节，他从来不脱帽，我们不觉得碍眼。这个流亡者跟大家一起显得和谐，当他缺席时，我们都觉得欠缺了些什么。"

丁作为俞第德的汉语老师，与《白玉诗书》肯定关系密切。成为老师后，"这个可怜的中国人再不得安宁，他喜欢在安乐椅上倒头睡午觉的习惯被打扰了，沿着花园小径发大梦似的闲荡也没有了……"几乎每天两人都一起到图书馆查阅和抄录中文书籍。戈蒂耶去函图书馆，请特准他们将图书外借。俞对中国古诗的选择、研读、阐释、理解，自然受丁氏意见的左右。他的古诗修养如何？即便自称秀才，只是中学水平。根据俞氏记载，他1860年到法国，是由澳门的还俗教士卡莱里请来法国的，还俗教士在澳门期间，经常为路过的西方人当翻译，后来专职编写汉法字典，聘丁敦龄来当助手。一年后卡莱里逝世，经卡诺介绍来到戈蒂耶家。另有说法，是拿破仑三世请来给法兰西公学院教授儒莲当助手的。从《玉书》水平看来，他的古诗修养不高，法语水平更低，否则《玉书》会另有面貌。两人如何合作，没有详细记载，但，如果没有丁敦龄出现，不会产生《白玉诗书》。丁1863年来到戈蒂耶家，1864年与1865年两年期间，俞的两篇《中国古诗变奏》，先后刊登在《艺术家》杂志

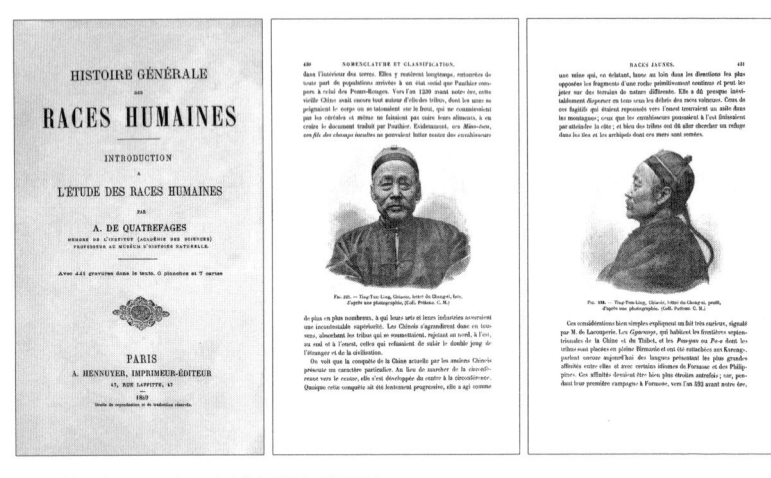

"丁敦龄，中国人，山西秀才"（照片复刻版画）
原刊卡特勒法热《人种通史》（1869 年）
法国国家图书馆藏书

上，成为 1867 年出版的《白玉诗书》的前奏曲。丁在中法文化交流上的作用不可埋没。俞氏活气腾腾，成功心切，但如果没有丁氏，不一定敢挑战连汉学家也感到棘手的中国古诗。德理文的唐诗翻译，是在中国人李少白协助底下进行的。

丁敦龄的个人品德，外界流传一些不敬之说。清朝派往英国的特使张德彝在《欧美环游记》中说："闻丁敦龄品行卑污，四年前曾私谋领事之幼女，领事怒，发英伦孤岛充军。……"该书所指事实无从考证，但从文字看来，作为领事何来权力将人充军？英伦是繁华之地，非供充军的孤岛。钱锺书曾责其"文理不通"，指《玉书》中文标题"黄金柳叶浮水""织锦回文给诗"的不通？"不仅冒充举人，亦且冒充诗人"，指《玉书》收了他三首诗，"俨若与杜少陵、李太白、苏东坡、李易安辈把臂入林"？"颜厚于甲，胆大过身，欺远人之无知也"。空话而已。至于"时不告而取财物",无论俞第德或其父的手记或回忆录,从未见任何暗示或影射。戈蒂耶一家与他融洽相处,客人来访,也跟戈氏家人一起出现。据龚古尔兄弟1865年5月4日记,他们到戈蒂耶家作客:"今天晚上,在福楼拜、布耶(Bouillet)(按:翻译家)和我们的身边,有一位真正的中国人,他双眼显凸,身穿醋栗色的宽阔绒袍,他是戈蒂耶女儿们的中文教师。"俞氏对他的指责是懒惰,到图书馆查阅中文书,也"占据着一张大安乐椅睡大觉"。1867年1月给其父信曰:"丁一听说要工作,拔腿就跑。"但乐于为她向未来丈夫蒙戴斯(C. Mendès)传递情书。1873年,他被法国妻子以重婚罪告上法庭,澳门期间他曾被招赘入室,俞氏亲自出庭辩解,有力的辩词使他当场被无罪释放。《费加罗报》报道:"每个人都冲上前给他祝贺,蒙戴斯夫人高兴得忍不住上前拥抱他。"1873年12月,雨果的儿子弗朗索瓦逝世,他陪伴俞第德姐妹到拉雪兹公墓参加葬礼;1872年戈蒂耶逝世,1875年在蒙马特公墓为他竖立雕像,丁虽然已经离开戈蒂耶家,依然跟他们一起出席仪式。为重婚案在狱中两个月写成的小说《偷小鞋》,是献给大恩人戈蒂耶的。由奥贝尔(C. Aubert)翻译出版,以《告法兰西公众书》作为序言。

给法兰西公众:

我是在狱中写成这个故事的。虽然我是山西省一个可怜的文人,想你们读起来会有兴趣。

自从我离开中原帝国,有十四年时间在默默无闻中过去。我行走在你们祖先的土地上,觉得西方人良善而慈悲。

有一天,我千万分幸运,遇上了泰奥菲勒·戈蒂耶,他心胸广阔而和蔼可亲，打开他家的大门让我进去。于我而言他简直是天人，他一抹慈悲的阳光，使一个世纪受益。愿他的身体安息。

1872 年，我一时没有控制好理性，结了婚，因此我被剥夺自由两个多月。但我没有恼怒也没有反感，我在狱中写了一本书，它会有助于你们了解一些我的远得像星星的国家的习俗。

我们头上有同一太阳，被同样的天空覆盖，请你们将我看成生活在同一屋顶下、被同样的光照着的兄弟。

孔夫子说：Pou-Toun-Kiao-Toun-Li（不同教同理）宗教不同，道理一样……

心也一样。

但愿你们的耳朵以好意来听取我的话。

重婚案开审那天，法庭挤满了人，不是经常有中国人上庭的。1875 年 6 月 13 日巴黎的《小报》曰："全巴黎都认识他，这个中国人。十五年以来，他是首都的好奇对象，或装饰品之一，有谁没有见过他走在街上，身穿深蓝色的宽阔外衣，头戴一顶小小的中式帽，棕色的长辫拖到腿肚子上？"颇见热闹的重婚案将丁氏推到巴黎人的鼻尖底下，名声越来越大了。何况，还在罗尼（L. de Rosny）教授的课程中，作为口语教师出现在法兰西公学院的教席上，这是多少人求之不得的差事，能不使人眼红？1869 年 11 月 8 日，拿破仑三世签署了一道"关于皇家学院的东方活语言教学法"，第四则明文规定"辅导教师必须向学生提问，练习口语对话，高声朗读"，目的是建立一门活生生的口语课。教授汉文的儒莲，从来不使用口语教师。法令一经颁布，罗尼接手教学工作，第一个从薪俸中取出五分之二，聘请原籍人士来当口语教师，负责发音、口语和书法。该方法被德理文采用了。第一位口语教师是李某，但只上过两节课；第二位是李少白，很快被德理文收聘为私人助手，协助翻译唐诗；之后就是丁敦龄。据 1875 年 6 月 12 日《费加罗报》："1870 年，他被任命为法兰西公学院中文教授，德理文侯爵的课程的中文发音助手"，可能是戈蒂耶推荐的。口语课之外，帮助罗尼抄写中文部分的著作。负责抄写的中国人的名字，都放在作品的护封内。比如"德理文著……李少白抄书"，"罗尼辑著……丁敦龄抄"。

钱锺书指责他"时不告而取财物"，大抵来自俞第德的妹夫贝热拉（E. Bergerat）的回忆录《巴黎之子的回忆》，其中写道："从隆尚大街的高处，只要其中一个姐妹，从窗口远远看到他走过来，另一个则冲向大柜，将锁匙转上一圈，好将里面的物件关好。中国人的到来，总是以关闭抽屉的声音来迎接。……"贝热拉跟戈蒂耶一家，两者态度反差极大。戈蒂耶逝世后，俞第德把丁辞退，但继续给他生活资助。1886 年他逝世，俞氏为他举葬，埋葬到戈蒂耶家族墓地。贝热拉对丁敦龄的诋毁，出于丁的名声越来越大？妒忌眼红是最不留情面的。

石像里面藏着一颗星星

你翻阅《玉书》，因为你喜欢诗歌；你不喜欢《玉书》，也因为你喜欢诗歌。尤其中国古诗。俞第德怎么可以将它们任意打扮？如果她只满足于去掉完整的概念，以跳跃的节拍来表达对中国古诗的理解，既因为她年纪尚轻，见识、思维尚流于浅薄，对严峻的事物抓拿不稳,比如"吏呼一何怒!妇啼一何苦",从古到今我们见惯了,俞氏没有见识过,不会明白,只醉心于"一朵孤云天上浮,我的小舟独自游"。西人不为政治而艺术,只为艺术而艺术;艺术除非为自己说话,不为别人说话。历史上除了雨果,没有谁去从事非文学的文学事业。也不着重于落笔惊风雨,而是着眼细微事物,法国诗人龙萨:"有如五月枝头上的玫瑰,新如初日,蓓蕾绽开",以小楷的笔触,以玫瑰色调来描画生活,来寻找生的本质。俞氏回避"车辚辚,马萧萧"的硝烟味,自有她的因由。中国诗歌比起西洋诗更偏于感性,白居易:"其间旦暮闻何物,杜鹃啼血猿哀鸣",又"慈乌失其母,哑哑吐哀音";杜甫:"风急天高猿啸哀,渚清沙白鸟飞回"。尼采在《旅行者》中谴责夜鸟的叫声骚扰了他的清静,夜鸟回答说,我只不过呼唤朋友来过夜罢了,"与你何干"?西洋人大抵以理性来面对鸟音,它们发声只为求偶。而中国诗人的所谓"哀音""哀鸣",为的是衬托自身的情怀。这一切都是俞第德不容易理解的。

俞第德天生浪漫,诗才与浪漫往往分不开,且相辅相成,却无助于幸福婚姻。传奇人生所要的不就是这个吗?她爱蒙戴斯,一个风流种子,私下已有女人,有孩子,对俞并无真爱。但她跟自己过不去,跟老父过不去,生死要追随她的阿波罗。蜜月期间已好梦成烟。数年貌合神离,以离婚告终。她把婚姻这道门关起来,另开了一扇窗,生活反而徜徉自恣。既然她从小进出上流社会,来往无白丁,连总统普恩加莱(R. Poincaré)夫妇也是她的好朋友。十八岁那年,遇上波斯王的首相卡恩(M. Khan),不知谁对谁一见倾心,唯做爸的死力反对,才没有成为波斯首相夫人。她跟中国大使于康互赠诗歌；越南王亲为1902年再版的《玉书》题字；跟瓦格纳关系密切，给她献上歌剧《帕西法尔》；跟雨果关系也不寻常，1874年为她写下颂歌："心灵　雕像　精神　维纳斯／美人中的美人／看到你的裸脚／就看到你的翼／……／你是一座大理石像／里面住着一颗星星。"他把诗给情人朱丽叶看，她大为忧伤，她本人不就是他的美丽诗句的囚徒吗？

世上有多少大事小事在一笔糊涂账中过去的？《玉书》大抵如是，一开始就从一笔糊涂账中冒出，打从糊涂账中过来，继续往糊涂账中过去，还过得挺顺溜。但，也是从一开始，即引人注目，被视为中法文化交流史的一个标记。面对事实如斯，也许必须返回到当时的环境来说话。一百五十多年前，洋人连"玉"也不知为何物，丁敦龄在街头出现被视作外星人，中国古诗更加没有人去翻看，谁也看不懂。德理文译的《唐诗》偏于学术，影响范围极小。俞第德就来以跳动的节奏，去掉完整的意思，只紧抓三五个善于回响的字眼，来唤醒读者的意识，以跳跃的步伐将西洋人引入中国古诗世界，满足他们对中国文化的好奇。她不是有一位中国人在身边吗？这就很可以信赖。俞第德以胆色和想象来见证中国文化，以极度燃烧的激情，使自己成为独特的中国文化传播者。该书1902年再版后，1908年、1928年、1933年，直至2004年，一再重版。雷慕沙、沙畹、马伯乐通过司马迁、老子、庄子进入中国，俞第德则舒展诗情，以随意创作来破门而入，以无所不为来创立自己的艺术天下。作为现代读者，重要的考量是越过固守、整齐、庄重，让异音、异调、变奏有机会发声，将写作变成活的艺术。艺术上的正统与另辟蹊径，每一面都是另一面的隐喻。弱水一瓢代表不了三千，但一瓢也可以造就，它造就了一位年轻的女诗人。大理石像里面藏着的星星是她的激情，对中国文化的激情。激情是绝对的爱，比美丽更美丽，比真实更真实，比一切都显得珍贵。

二〇二〇年三月

亦师　亦友

莽莽昆仑　天路驮行
——怀念陆振轩老师

大功常隐　莫能隐

2013年秋，我们回广州外语外贸大学参加梁宗岱老师的纪念活动时，法语教研室交给我们一个视频，说是关于陆振轩老师翻越喜马拉雅山和喀喇昆仑山，从印度驮运抗战物资回国的故事。乍听之下，有知见视野上的差落。印象中陆老师从来没有跟昆仑山或抗战物资等词汇联系得起来。相识共事数年，不曾听他谈及过这件事，也没有从任何人或小道消息得到过蛛丝马迹。

打开视频一看，是新疆电视台为纪念抗战胜利六十周年，与中新社联合拍摄的纪录片《翻越昆仑——驮工日记》，据说是根据陆老师的《驮工日记》，以重走驮工路的设想摄制而成的纪录片。所谓重走驮工路，即重走喜马拉雅山和喀喇昆仑山，谈何容易。但摄影队态度认真，到海拔六千一百米的慕士塔格冰峰山口，在气喘、头痛眼花、感觉耳朵眼睛破裂、腿像灌了铅、难以挪动的情况底下，拍摄了第一个场景。向导连连警告催促他们，只能停留十分钟，否则会出人命。迢迢远路去到目的地，就只得十分钟拍摄机会。又到第一座冰大坂去拍摄驮工木沙之死的场面。至于陆振轩、刘宗唐、张鹏程等几个主要人物，则由边防战士扮演。制作历时一年，动用了上百人次，各类驮畜百余匹，有些牧民赶着马匹走三天才来到拍摄的牧场。另一部分内容是，沿着陆振轩当年走过的路线，寻找参加过驿运的驮工，走了好些村子，采访了几位曾经参与过驮马运输、目前尚健在的维吾尔族老驮工和汉族学者，让他们口述当时的情况，并辑录了相关的旧图片、影片。几部分内容就这样组成了一部成功的纪录片，得到2004年新疆广播电视新闻一等奖、中国广播影视大奖等数个奖项。

亲临喀喇昆仑一带拍摄和采访，必须翻越雄伟的山头。当你打开视频，看到直插云端的山峰，山间直落地底的深谷，乱石扎垒扎堆，满布冰川的皑白山头，一个外星球般陌生的世界，上头走着挥动马鞭的驮工，一路吆喝挥鞭，赶着一队精瘦的驮马，在岩石嶙峋、覆盖着白雪的山坡上颠颠簸簸走动，你心底冒出寒意。但，这只是在山峰之间的拍摄。陆老师当年是领着千余匹驮马队伍，穿越喜马拉雅山和喀喇昆仑整整二十七天的壮阔的运输，你眼看纪录片中使人恐惧的群峰白雪，绵亘不断的山回路转，冰峰、隘口、峡谷、河流，单凭想象，对那回史无前例的驮运也会从心底冒出"悲壮"两字。

该影片是根据《驮工日记》的线索录制而成，一开始就告诉观众，"日记的主人叫陆振轩"，他是这次驮运的组织者和领队。一位文质彬彬、斯文和蔼的学者工程师临危受命，千方百计找到了从印度到新疆的驮马运输线，带领第一批驮工翻越喜马拉雅山和喀喇昆仑山，把第一批美国援华抗日物资，主要是重型汽车轮胎，由印度运到新疆。这样一次行动，放到世界范围内也是空前的壮举，事后却不为人所知，他后来任教的广东机械学院和广州外国语学院也无人知晓，只在新疆克孜勒苏、喀什、和田一带的少数民族间流传。但其真实性还是使人怀疑，因为那个地区的海拔都在六千米以上，气候极端恶劣，缺氧，气压低，紫外线强，经常零下十多度，是著名的天险，当地人也视为险途，几位文弱的汉族书生，经受得起这条死亡之路的折腾吗？

今回是大功常隐莫能隐，新疆电视台为纪念抗日战争胜利，挖掘了几位运输线上的抗战英雄，陆老师这段亮光闪闪的历史，终于从历史的尘土中冒出。

蛟龙在水底隐藏

看过短片后，你首先对陆老师的《驮工日记》感兴趣，希望找到原件看看。遂向他的侄女婿于耀南老师以及照顾陆老师多年的另一位侄女陆可碧表示，希望得到这部珍贵的文献。后来回答都说没找到，可能遗失了。我们没有就此罢休，既然这部纪录片是根据日记的线索制成，它肯定是存在的，且看吧。

作为师生和同事这么些年，因着他的夫人罗振英，是我们在中大念书时期的法语阅读课老师，课外来往较密切。陆老师当时在广东机械学院任教，周末返回中大，不时地在西区校园内相遇，聊上几句，谈话比较轻松，没有太多顾忌。因着我的德性是自由散漫，我行我素，尤其不是有棱有角的进步青年，老教师们一早看出我是个无害的小傻瓜。肯尼迪被刺杀，陆老师竟在我跟前表示愤怒，说这种行为很卑鄙；又称赞蒋介石的生活很规律，是个基督徒。这些说话当时都是违禁品。毕业后志侠和我留校,罗振英老师给我们送围巾作礼物,请我们到家里吃饭,亲自下厨,做了一顿丰富的晚餐。席间陆老师很高兴,很健谈,畅谈他们作为里昂中法大学第一届学子的留学生活,如何到公园找老人和孩子聊天,借此训练口语能力,学到最地道的法语;又如何取得法国中学会考文凭的资格,进入名校里昂中央理工学院(École centrale de Lyon),取得工程师学位后留校工作一段时间。又说法国人自由散漫,工作马虎,是拉丁民族的作风,但会出一些很拔尖的人才。振英老师还幽默地告诉我们,说她和其他同学一样,博士论文是请"枪手"帮忙做的。饭后让我们看他们留学时期的照片。现在回忆起来,他们谈过那么多的新事旧事,就是不曾提起过那段驮运历史。

1965年,陆老师从广东机械学院调到广州外国语学院教法语,学校刚好创建,他成为学校第一位正教授。笔者也从中山大学调到那里。记得我到学校报到那天,陆老师就在集体教工宿舍等着,见了我很高兴,说已经为我选好了住房,就在他隔壁。又说,他为我

陆振轩(20世纪60年代) 留学法国时期的陆振轩与罗振英(约1930年)

搞好了清洁，地板擦过了，窗玻璃、书桌、椅子都抹干净了。我吓得瞪起双眼，连谢谢也不会说一声。一位老教授给你当了一回清洁工，是你见识中的稀罕事，如何去解读这样一位老人家？他又迫不及待地告诉我，说某某编的初级法语教材欠佳，要我另编一套。然后带我到隔壁去看他的房间，真是别具心裁，二十来平米的房间，以布帘分隔成一厅一房，一眼看过去，妥帖、实用而井井有条。果然是一位讲求实用的理工科人才。

有一年时间我们是邻居。他喜欢将晚餐打回房间里吃，这样可以自行加菜，从家里带来的，或者是我们互通有无的一块腊肉、几只咸蛋。饭后他将菜汁倒在一个小搪瓷煲里，加上几粒虾米，或两三条小鱼干，放在酒精炉上煮汤，然后有滋有味地喝起来，笑眼眯眯，心满意足。有吃有喝，生活真美好！喝过汤以后，从抽屉取出一页纸，用法语唱起《社会主义好》来："Le socialisme est bon！Le socialisme est bon！……"一段一段地唱，用指头敲在桌面上打拍子，务必将每一段都唱过才罢休。他说法文歌词是他自己翻译的，慈眉善目笑着问我译得好不好，仿若要我给他打个分数。我心里笑说，你这个老"右派"，怎可以活得这么潇洒，这么坦坦荡荡！人家"右派"都是面黄肌瘦，蔫头耷脑一脸丧气，而你全无一个"右派"应有的样子，虽然已经摘了帽，但有档案白纸黑字留底，你怎么可以这样若无其事！晚饭后经常是政治学习时间，规定在宿舍里阅读红书，或指定文件。不时有人进来突击检查，不能偷懒。没有政治学习的傍晚，宿舍邻居间能聊上几句。周末陆老师返回中大，罗振英老师还在那里任教；我也返回广州的家。那段时间大家接触较多，现在仔细回忆，他也没有谈及那件驮运大事。这可是他的丰功伟业，一辈子的亮点呀！为人低调？宠辱不惊？故意隐瞒？面对我这个无害的傻瓜，又怎值得把事情遮掩得如此严密！你想起屈子的《悲回风》："鱼茸鳞以自别兮，蛟龙隐其文章"。披着层鳞的游鱼，在水面竞赛花样，蛟龙虽有美丽的身体，却在水底隐藏。陆老师可是这个意思吗？

到1966年"文革"开始，学校的生活被彻底打乱。停课闹革命。一天一地的大字报、标语口号。揪反动学术权威、揪叛徒、内奸；革命小将们汗流浃背，在大会、小会上举起拳头高呼："打倒！打倒！"用扫帚蘸上红色油漆，在水泥路面写："把颠倒了的历史再颠倒过来！"人与人之间筑起高墙，戴上面具。紧跟时代的"先进分子"就有机会忙碌了。如果揪不出一个半个反动学术权威、牛鬼蛇神，又怎好意思出来见人？于是公字带头，私字跟后，有怨报怨，有仇报仇。教研室里的"积极分子"在走廊上放上几张椅子，用一根绳围起来，贴上"牛棚"两个大字，将陆振轩和另一位黎姓老讲师圈了进去，要他们规规矩矩读"红书"，不许乱说乱动。倒没有给他们皮肉之苦。从此你跟陆老师碰面也如同陌路人。只在没有人的场合，才匆匆忙忙告诉他，某某因教材一事怨恨在心，到校外收集他的材料，说他的"右派"帽子是错摘的。要他作好准备，又不断将新情况告诉他。数十年后，广外院长黄建华告诉笔者，说陆老师曾对他谈起这件事，说我在"文革"中给他帮了忙。原来他老人家将这件事情长久放在心里。

风沙汗雨　泥尘扑扑

看过纪录片之后，你老想看陆老师的《驮工日记》，希望知道那段神奇的经历，始终没有下文，但近期无意间发现一篇十分重要的文献，那是开放年代初期的 1982 年，陆振轩老师接受访问，口述了一篇回忆《由印驮运轮胎入新经过》，由冯君锐笔录，里面谈到 1943 年，他试图把滞留印度的美国援华物资经伊朗、苏联运入新疆的失败；后来改变计划，1944 年驮运一千套轮胎越过克什米尔冰川到新疆的经过。该文收入《新疆公路交通史》附录专题资料集里。抗日战争爆发后，美国的援华物资从香港转运内地，香港陷落，则改由滇缅公路输入。1941 年太平洋战争爆发，随着缅甸沦陷，滇缅公路瘫痪，中国海、陆两路运输完全断绝，空运承担不起大量物资的运输。滞留在印度卡拉奇的美援物资：六千六百套重型卡车轮胎无法运入中国。中国方面无数重型货车，由于缺乏轮胎而抛在路面上，无法使用，连旅客班车也开不出。美国方面提议由印度经伊朗入苏联，再转运到新疆，运输工具由美国提供。陆老师当时是西南运输处副处长，滇缅公路运输局副局长，因着他是留法的道路专家，精通英法两种语言，交通部遂下委任状，让他具体负责把这批物资运入中国。

他首先组织一队具有专门技术的助手，如白生良、刘宗唐、张鹏程、马家驹、杨文炳、欧翔墀等人，大多是大学理工科毕业的年轻人。1943 年 6 月，组织工作完成，他被委任为印伊运输处副处长，随即带领部分助手，动身到卡拉奇开设办事处。首先和当地英军联系，为与军方打交道，他和助手们都挂上军衔，他本人为上校，助手分别为上尉或中尉。有了军衔就属盟军编制，享有待遇，上校待遇较优厚，定期配给洋酒和各种肉类罐头。他和助手们都滴酒不沾，留着以后使用。按照原定计划，货物从印度起运，经伊朗、苏联进入新疆。他与英军总部洽商，决定由英国官办的伊朗公路汽车运输公司，组织一队五百辆重型货车车队。10月份，万事俱备，英国军官率领车队，印度司机驾驶，连同以陆振轩为首的中方人员，从印度出发，进入伊朗，浩浩荡荡向九百多公里外的马什哈德北上。那里是苏军禁区，设有苏联领事馆，目的是取得借道苏联进入新疆的许可。到接近禁区时，陆老师穿上上校军服，翻译随员也换上戎装，改乘吉普车，经苏军检查后放行，直抵领事馆会见苏联领事，表示希望借道苏联。领事还算客气，但说要请示莫斯科才能决定，次日再去，回答难以照办。眼看此路不通，只好命车队返回出发点，他改办通行证到德黑兰，把情况分别通知中国和美国大使馆。

  他发现中国大使不只百事不知，还非常穷酸。办完公事后，想去参观里海边的伊朗国王行宫，对方诉苦说，小汽车轮胎坏了没钱购置，又没有汽油……陆老师通情达理，不仅另找汽车游览，还答应送他们新轮胎。大约半年后，他践行诺言，亲自开车到一千多公里外的德黑兰，来回花了数天时间，将轮胎送到使馆。沿途修筑公路的欧洲技术人员都成了熟人，原来凭上校头衔分到的洋酒和罐头此时派上用场，再说这位中国朋友讲得一口他们熟知的语言——没有口音的纯正法语。来回两千多公里路程，就借住他们的工地宿舍。

  这趟由美国倡议、英军组织和带队的联运泡了汤。整整一队五百辆重型卡车的人马，白白来回跋涉两千多公里，因为苏联害怕美国借此机会探取情报。1982年陆老师接受访问时很豁达地说："当时世界战火纷飞，祖国苦难重重，务求有利于抗日战争。区区几个人冒风沙，挥汗雨，颠簸跋涉数千公里，又何敢辞劳。事隔四十年，知此事者不多，或半已为鬼。我参主其事，记述下来，不会全无意义的吧！"

旷古天路　有所嘱托

经过多方面努力，就此罢休也无可非议。但他对抗日大业切切在心。1944年夏天他在卡拉奇和新德里之间来回走动，参观了一些地方，看似闲云野鹤，实际是在调动内心的能量，一种来自对生命、对大业负责的能量，以谋大事。他在当地听说，"新疆王"盛世才经常从印度驮运货物入新疆，大战爆发后才终止，那么两国之间的通道是存在的。他窝在新德里的图书馆读书，看到外国人写的游记，记载从新疆跨越喀喇昆仑山到印度有两条路线，思路顿开。地理环境无疑很险恶，关键在于是否意志坚强，如何发挥智慧。他立即向交通部提交横越喀喇昆仑山驮运计划，得到批准；又请西北公路局以该局名义，委派他从印度输入轮胎一千套，向盛世才申领入境许可证。事情意外地顺利，除了许可证，还从他那里得到一千匹驮马，另有数百匹坐骑供人员使用，以及驮载所需的给养物资，总共约一千六百骑，从新疆出发来印度接载货物。其实盛世才只是组织驮队，马匹属马主所有，马夫由马主招聘，沿途人马的粮饷，由马主本人负责。他们世代在山头上做驮运生意，以此为生计，靠驮运收入来起房子娶媳妇。一千匹马分成十队，每队管一百匹，一个马夫管马五六匹，各小队都有专门领队，他们都是习惯穿山越岭的本地维吾尔族、柯尔克孜族和塔吉克族。

这批物资数量很大，必须分批运输。新疆马队抵达印度后，1944年10月，四十二岁的陆振轩，带领张鹏程、刘宗唐两位二十多岁的年轻人，作为第一批队伍先行。启程路段还是由英军负责，将物资从卡拉奇经克什米尔首府斯利那加运送到列城。出发前英军通知，途中有一个高达四千米的佐吉拉山口（Zojila），十月天就下大雪，陆老师这才匆忙为自己缝制御寒衣服，也通知同伴做好准备。他买了一件晨褛，自己动手，在外边缝上狼皮，制成一件毛茸茸的大氅；又购得当地的羊羔皮数十张，分别缝成内衣内裤，这些粗制的寒衣，陆老师自嘲"不伦不类"，却有效地抵挡了路上数座冰封雪山零下十多度的严寒。到列城这段山路不难走，英军为中方人员租下驮马，每人有独立坐骑，有马夫前后照应，食宿由地方政府安排。但自列城之后，情况就不一样，就得住帐篷，吃从美军那里弄来的罐头，罐头不能多带。马队离新疆时带来的粮食和草料，分别藏在沿途各点的石缝之间，供回程使用，但也远远不够，只好中途买了二十只羊，边走边宰，有时干粮不足，只有羊肉充饥。

从列城到喀喇昆仑山口，没有现成的山路，全靠自己摸索，还要翻越两座六千米上下的高山，其中一座还有冰川。老驮工吐尔逊·萨木萨克的回忆："回去时天气越来越糟糕，一路上都是冰川，从叶城翻过昆仑山的驮马都虚弱，实在是太艰难了。"高山空气稀薄、缺氧、风大，气温零下十多度，路面积雪达半米深，山势陡峭，扎堆的乱石绵绵不断，马蹄有随时折断的危险，驮马走二三十步就喘大气，要停上几分钟才能再走，一不小心会滑下路边的深谷，绝无生还可能。还有笔直垂下的冰川。路面结冰，冰面覆盖着一层雪，下面掩盖着冰阱，不小心人马会陷入其中。高山反应也侵扰着人畜，人感到胸闷气喘，说话只能逐个字说，脉搏每分钟达一百四十次，吃不下东西。紫外线强，加上阳光下白雪的强光反射，使八成人眼睛灼伤。若不及时戴上防护镜，眼睛会红肿剧痛，下山后往往失去工作能力。人困了就在马背上，或者站着打个瞌睡，不敢躺下，一躺下可能永远起不来了。就连马也有头痛问题,要用针刺马鼻放血,减轻其脑部压力,以致沿途血迹斑斑。在冰川上行走,马双腿打滑,不容易行进。为减轻驮马的负担,在当地临时找来五百头牦牛,将重量惊人的轮胎驮过两座大山之后,再由马队接运。

当他们沿着印度河上游的河谷,走上海拔六千米的第一座大山章拉山(Chang Lapan)时,几乎是靠地上疏落陈布着的人、马白骨来辨认山路。空中的秃鹫特多,展翅达两三米,凶狠迫人。出发后约二十天,爬上第二座大山,海拔也在六千米上下,要跨越一公里宽的冰川,那里大雪覆盖,一个虚实难辨的世界,人会霎时丧失意识,出现幻听,无端听见有人呼唤。在冰川上探路,也可能让冰块突然带走,因为冰下往往是涌动着的水流,人被冲走,连哀悼的时间都没有。有一回遇上坡度极大的冰坡,人马均无法站立,人只能下马匍匐在冰面上滑下坡,驮马则必须将前蹄后蹄并起,战战兢兢滑下,尽管这样,还是当场摔死了一匹马。遇上河流的时候,为选择河岸上的平路,驮马涉水达十次以上,涉水时,水深至马腹,行李杂物被浸湿,要尽快弄干。没有水的地方,必须凿冰饮马,化雪煮茶。有时帐篷不得不扎在冰坡上,燃起篝火御寒。

倚昆仑以明志

《驮工日记》影片的描述中,陆振轩有一位得力助手木沙,维吾尔人,是这一带地方最有经验的驮工,在行程中起了很大作用,多亏他才一路顺利。但爬过最后的桑株大坂时,由于天气恶劣,疲劳过度,五十岁开外的他突然倒下了。按照当地习惯,在山上死去的人不掩埋。风大,空气稀薄,紫外线强,不宜多活动或情绪激动,不宜久留。陆振轩很悲痛，带领队友一起搬来大小石头将他掩埋了再起程。

但在陆振轩的口述中，没有这样一个维吾尔人。只是当他们越过喀喇昆仑山口进入国境之后，"跨过冰川时，见到本驮队来时过此遗下死者尸体，时过月余，露陈无殓，我动员马队员工设法掩埋，他们说：'胡达（上帝）要他死，我们管不了。'我们无奈带动同行数人各拾石块，薄葬了他。"这个人是从新疆到印度的来程路上倒下的，而非在回程路上。在马家驹、白生良、刘宗唐的回忆文字当中，也没有出现木沙这个名字。老驮工吐尔逊·萨木萨克八十五岁接受传媒访问时说，1944年他应马主招工参加驮运之前，作为赶马小工多年，到过西藏、尼泊尔。今回马主给他提供了羊毛皮大衣、牛皮鞭子、喂马的苞谷等，但当时他连轮胎是什么也不知道，只知道是圆形橡胶圈。至于陆振轩和几位同行的汉人的身份，则完全不知道，多年以后，有关部门去向他们了解情况时，大家聊起来才知道的。因为语言和上下尊卑等问题，陆振轩不可能与驮工有密切关系。但作为影片，将参与驮运的少数民族驮工，综合成一个具有代表性的人物，有利于故事的叙述。到抗战胜利六十周年，尚在世的驮工有六位，其中三位是叶城的维吾尔老人，他们各有自己的命运。据2004年接受电视台访问的买买提明·那斯尔说，他参加驮运时年二十九，父亲是驮工，九岁时其父一去不回。到1944年，他还是应招成了驮工，瞒着反对他出行的母亲，私下跟驮队出发，离家时只带了一只羊作为食物。他自认是这条路线走得最长的驮工。第一批物资驮运结束后，继续参与第二、三批的驮运："……也是在那时候我挣下了不少家产，成了远近闻名的富人……"他是被采访的驮工中最自豪、自觉最成功的一位。

同样，说陆振轩在《日记》中写道："望着这条死亡之路，我想，假如我也倒下了，就算我为抗日战争做了最后的努力。但是轮胎一定要运出去，踏探记录一定要带回去。"这种大善大愿的陈述，无疑突出了陆振轩的高大形象，但与我们所认识的陆老师有差距。真实的陆振轩是敏于行动，而非慷慨陈词，一句话不会比另一句调子更高。他爱国出自内心，只会计划周详，未雨绸缪，万无一失地办好这件抗日大事，以实际工作默默地报国。他凡事讲求实际，贴近人情，自述中谈到走经第一座大山章拉山口时，见住着几户藏族人家，"入内见大塘边躺着一老妇和一女孩，均赤身无衣，状极惨苦，我们凑合给她一张毛毯盖上"。后来向一位盛装的藏女买羊，

马队攀越喀喇昆仑山照片　陆振轩驮队／摄（1944年）
喇嘛雨路的山道／在西塞拉山口前面／爬上卡尔东山口的最后一百码
原载《现代交通》1948年一卷四期
马家驹藏书，现藏上海图书馆

"我见她有西藏小狗,长毛蓬松可爱,买了过来。"他对老妇小孩慈悲为怀,与人相安,暖心善意直及一只小动物,都是他的自然品格。后来小狗在严寒袭人的露宿之夜成了一个暖袋,"偎伴取暖,我常得成寐"。

无疑,这条高原古道,是绝对缺乏人类最基本生存条件的天路,与天国最接近,无论人畜,"登天"都是一件很容易的事。有些地方因为马尸过多而产生"瘴风"。当他行走在风雪凛冽,紫外线强,空气又稀薄的冰川山谷时,因高山反应而感到吃力,他让自己慢慢适应,不会去想是否会死在那里,只会向莽莽昆仑承诺他最后要完成的任务。爬过了第二座大山,到喀喇昆仑山口,就进入了国境,却未见来接运的队伍。哨所的哨兵告诉他说,已经来过两三次,因口粮问题而折回头。他给哨兵带来针、线和火柴,都是极需要的日用品。平日哨所火塘一熄,击石取火不灵,就得跑远路才求得火种。得到这些用品,哨兵们喜不自胜。可见陆老师大事小事尽入绸缪。去到叶城借宿民居,夜间烧起火炕取暖,经历过近一个月的帐篷露宿,能在室内过夜,难得的舒服啊!但陆振轩夜里忽然感到头晕脑涨,凭知识和警惕性知道是煤气中毒,赶紧挣扎着爬出户外,良久躺倒在野地上,才慢慢恢复过来。这是旅程最后一劫,他还是机警地应付过来了。

现在就等由马家驹带领的车队来接运货物,再送往内地。进入新疆才得知盛世才已经升调,但各县官被通知负责招呼他们,到处盛宴接待。游过香妃墓后,他取道南疆公路抵吐鲁番,准备返回内地。这是1944年12月的事。由他开辟、第一个带领驮马走过的印度—新疆运输线,跟着还有第二、第三批人马经此山道走过,直至

亦师　亦友

抗战胜利，先后运进轮胎四千四百四十四套，解决了重型货车运输的燃眉之急，还运进了军用布匹、呢料、汽车零件、医疗器械等物资。在这条中印古商道上，由陆振轩领导，调动了如此波澜壮阔的人力马队驮运，在中国历史和世界史上都是史无前例的。

陆振轩《驮工日记》之谜

笔者印象中，陆老师没有执笔写书的习惯，没听说他留下任何作品。他主攻理工科，是公路、铁路工程师，从他笔下出来的是桥梁道路图纸及技术性说明。随行的青年学者刘宗唐、张鹏程专门负责踏勘探路，将所经路线的地势、海拔、气温、气候以及日后修筑公路的可能性，每天做详细记录，并将踏勘成果绘制成图。陆老师负责全面的工作，带领一千五六百骑驮马、驮工的队伍，在气候恶

陆振轩中文笔迹
回忆提出印新昆仑山驮送轮胎建议
手记残件

劣、山道崎岖、人畜随时有生命之虞的环境中行进，每天耗尽精神体力去照应，要挤出时间、心力写日记殊不容易。最有可能是记下一些特殊情况，以便补充刘、张的踏勘记录。

后来看到马家驹在1948年写的文章《翻越喀喇昆仑山的国际路线》（署名马里千），记述他率领车队到叶城迎接陆老师一行人："一路回来听他们讲述路上惊险的故事，并蒙以日记见示，深感这条被遗忘的国际路线，有普遍介绍给国人的价值；特参考陆先生等的日记和口讲情形，就列城至叶城一段，仍以日记体记载，草成本篇。因时间仓促，未及送请陆先生等过目，如有谬误疏脱，当由笔者自负其责。"从这段文字看来，马家驹这篇《驮工日记》实际上是

陆振轩法文笔迹
《C'est cela, c'est très bien》
《现代公路》1948年一卷四期第42页眉批
马家驹藏书，现藏上海图书馆

以陆、张、刘等提供的记录、日记、口述为基础，加上他个人亲历和资料综合而成。文章发表在《现代公路》杂志上，上海图书馆收藏了一本，在第四十二页的页眉上，有铅笔写的几个法文字"C'est cela, c'est très bien"（就是这样啦，非常好！），可见文章发表后曾经呈阅陆老师，他们当中只有陆老师懂法语，可以肯定这是他的手笔，而这本藏书原属马家驹所有。

新疆电视台的导演宁照宇在2004年9月15日到广州，知道陆老师已于1999年去世。"在陆振轩的侄女陆可碧那里，我们见到陆振轩日记及他晚年录下的口述材料。"这句话曾经将我们扔进谜团里，现在明白了，《驮工日记》不是陆老师的手笔，他不是作者，而是日记的主角。

随世纪来　跟世纪去

我们知道陆老师这段历史后，说惊喜、庆幸都不是。原来历史是环环相扣、不可脱节的。悠悠岁月中，会不时出现诡秘的契机，让被埋没的旧事浮现。每一重大事件，皆有其特殊面貌和个性，在有限的时间中起过不可代替的作用，被遗忘或被改头换面，故事就不连贯，章句也无法继续，只有将事实各归各位，恢复其真面目，故事才能继续下去。要写新疆公路历史，怎能跳得过至今人类历史上唯一的一次古道雪峰的驮运？怎能因为陆老师历任民国时期的技术高官，如新疆公路局局长等，后来又被错划为右派，而抹得去他在运输线上的高大形象？白生良提到马家驹给他抄来当年的一段日记，谈到司机、养路工人在抗战中冒着生命危险工作，就为打胜这场仗。"就像陆振轩先生，他在向苏联土西铁路借道碰壁之后，假其余勇,亲自率领驮马翻越海拔五千多米的喀喇昆仑山口,给国家运回急需的战备物资。……如果照鲁迅所说,中华民族果有脊梁的话,这些踏踏实实做事、不强求闻达的'小人物''凡人'便是,而绝不是那些发空话的风云人物或超人。中华民族经历了几千年的风风雨雨,遭受了许多浩劫,至今还屹立在世界列强之林,主要原因正在于此……"

跟陆老师一起工作过的队友,无不称赞他的贡献精神和对人诚恳坦率的情操。白生良是运送第二批物资回国的领队,毕业于黄埔军校,当时是滇缅公路工程师,二十来岁的小伙子。在回忆半个世纪以前的经历时,写道:"陆振轩教授曾在最近一次来信中说:'有一点可以提一下,印度和中国新疆之间的邮路是在我们走过的这条路的西边,也就是以后我国花了很大力气新修的一条新疆通巴基斯坦的公路……其实,如果在我们多年所走过的这一条驮运线上,修公路并不难,地方很宽,你以为如何?'"陆老师后半生历尽政治沧桑,长时间靠边站,依然将家国大事尽入关怀。

二十世纪八十年代中期,我们从欧洲第一次返回广外,跟黄建华院长一起到疗养院探望他。意外的见面,他喜形于色,可惜未能多聚。那时候他还不太显老,依旧是昔日的慈眉善目,眯眯笑眼,这个印象成了我们最后的记忆。他逝世后,我们得到校方通知,但人在海外,杂务缠身,没能回去送别。一个九十七岁的人,生于1902年,逝于1999年,是随世纪来,跟世纪去,充实的人生横贯了一个世纪。他活得豁达而贵气,只管奉献,不求闻达;他知足常乐,将失去当成收获,将不如意炼成笑意挂在嘴角眉梢;他不将贡献炫耀于人前,只将感情寄托在自由自在的生活中。当他与时间的合约期满，即以坚稳从容的步伐离开人世，无愧于天地人生，给我们留下一方心灵的净土，一片辽阔蔚蓝的天空。

二〇二二年六月

傅雷的欧洲照影

2020年本来有机会跑一趟北京，因着疫病肆虐全球，法国官方多次颁布禁足令，万里航程只好困在四堵墙壁之内，原地踏步而行。在此期间，数度得北京大学的董强老师来电，一再表示希望我们回国参加由北京法国文化中心和北京大学联合举办的展览《傅雷的法兰西青年岁月》(*Fu Lei：années de jeunesse en France*)，展出傅雷的法国书信、照片和文章。原因是志侠在人民文学出版社出版了《九人：罗曼·罗兰与中国留学生》，在《新文学史料》杂志也刊发了相关文章。九位与罗曼·罗兰有联系的中国留学生当中，有关傅雷的资料颇具分量。这段重要的欧洲经历，之前从没有人提及，都被埋没在纸本书刊的汪洋大海当中，直至图书馆资料的电子化，这些旧闻才有机会重见天日，旧事从头又一新。作为每年举办的傅雷翻译出版奖的评奖委员会主席的董强先生看到这本书后，向法国驻华大使馆建议举办展览会，由我们提供资料，他担任学术顾问，指导布展。法国大使馆在决定展览后，文化参赞高明（Mikaël Hautchamps）先生于9月9日发来一封诚恳的邀请函，表现了法国方面对展览的重视。一个介绍青年傅雷在法国前后四年生活的展览会，就安排在第十二届傅雷翻译出版奖揭晓的11月22日，在北京法国文化中心同时开幕。我们虽然没有躬临其盛,但事后董老师给我们寄来了视频、照片和小册子。于是,一杯咖啡,一杯茶,对着荧光屏看起来,远距离地参与了这场热闹。

傅雷 1928 年从中国到法国,并不像某些学子,雄雁一翅飞千里,心怀壮志负笈他乡。他去国是为了逃避。他天生个性敏感忧郁,适逢二十岁这种叛逆年龄,生活极不开心。这个世界稀奇古怪,自己的古怪更不会少,按他自己的说法是"陷入精神危机"。人生路漫漫,看不到尽头,找不到安身立命之处。又说,他有一位约束过严的母亲,母子间不断冲突,他看到了人生的惨淡、人性的丑恶,云云。如果母亲把他看成一条多出来的板凳,又怎会辛辛苦苦送他出国镀金?想来是他本人的傻气,使他连对自己也天道无亲?从一些名作家的自白中得知,多少人有过如此这般的心路历程,甚至想过自杀,博尔赫斯年轻时就想过,日期都安排好了;同是阿根廷作家的沙巴铎(E. Sabato)也想过。傅雷是否也想过?后来的确想过。为一个法国女孩子想一了百了。"我的真正拯救将是我的死亡。"那是后来的事。

他企图以改变地址来改变命运。他离开中国,来到了法国。据他 1934 年给罗曼·罗兰的信,说他到法国后,"很快便投身到夏多布里昂、卢梭和拉马丁等的作品中,变得罗曼蒂克,复又神经衰弱,再不知如何生活。……一个偶然机会读到大作《贝多芬传》,读罢尽情大哭,而我奇迹般霍然而愈。力量重生,一道神圣的光芒自上照临。……之后又拜读《米开朗琪罗传》和《托尔斯泰传》"。

尽情大哭,是冻结在内心的感情被激活了?读书于每个人各有

随风而播

取向，为增长知识，为消遣，为打发时间，也可以把它看得神圣，不屑谈它的实用价值。但于傅雷，明显地起了医疗作用，他的伤痛被触动了，且找到治疗的药物，得到安抚。是否读到他曾经有过类似经历的文字，激活了大脑某区域的记忆？总之，他的灵府被摇撼，学会了理解人生、社会，知道别人怎样做、怎样想，别人的生活成了他的一面镜子。他的精神肌肉变得坚实了，有足够力量应付内心或来自外界的恐惧。尤其是，从此他瞄准了文学这个目标。书籍原来可以这样给人当头一棒，把一个人即时唤醒。

他为"不宜家室"而逃避到法国，如果没有了那回的逃离，傅雷将是另外一个人，要写他也是另一种写法。他在索邦大学修读文学，在卢浮宫学校研习艺术，从此沉浸在法国的文学艺术当中。从东方到西方，从精神的倦怠疲沓到勤奋进入文学艺术，一个非常漂亮的起承转合。从此轻捷、欢快，认真读书，勤于做笔记，一边学习一边尝试翻译。一好百好，再不是一个沉默、腼腆的叛逆青年，很自然地融入集体生活，在天主教办的学生宿舍"巴黎青年之家"生活期间，就不单是融入群体，而是快乐得如鱼得水。可惜好景短暂，次年他在瑞士度假时候，从好友达尼埃鲁（J. Daniélou）来信中得知该宿舍很快要关闭，那时候，像天崩地陷于前，复信说："……我流下了眼泪，信纸跌落地上。我流泪，首先因为失去所有住满青年之家的可爱年轻人，失去同学间那种充满欢乐和友好的交谈……我们多么诚恳、快乐、平静、幸福！而现在，所有这些美好的回忆，永远只留在回忆中……""快乐""幸福"出自他的口，你还怕他调子一时放得过高而下不来呢。

他到法国后前后判若两人，从此敞开胸怀，交游宽广了，跟达尼埃鲁成了一辈子的朋友。后者出身名门，父亲官拜内阁，母亲是著名教育家。而他本人手握索邦文学硕士文凭和高级教师文凭，却宁可献身天主教，从一般教士开始，逐步晋升为巴黎天主教大学神学院院长，最后成为法兰西文学院院士、红衣主教。两个异国青年，来自东西方不同国度，文化、宗教、价值观的差异，都没有妨碍他们成为至诚至信的知交，他是傅雷在欧洲来往最密切的朋友，直至推心置腹。这段友谊于傅雷很重要，是他在法国的精神和生活支柱。从 1929 年开始的通信，到傅雷学成东归，直至 1965 年最后一封信，先后持续了三十六年。傅雷给达尼埃鲁的十七封信，有幸保留下来，成为了解傅雷在法国三年多的生活、回国后从事翻译工作和生活的线索。到 1966 年"文革"开始，他们的联系才彻底中断。

　　这位纯情、表面柔弱的文学青年，绝不缺少勇气。一旦置身于一个适合于他的环境，就不再是让人一碰便缩回到壳里的蜗牛。他曾经与当时旅居法国的刘海粟等几位艺术青年，发起举办中国现代艺术展，将中国艺术介绍给欧洲，为此组织了"中华留法艺术家协会"，还当仁不让，挂上了协会秘书的名衔。虽然展览最终没有实现，却因此结识了一些欧洲学者，如哲学家雅克·马里丹（J. Maritain）及其夫人拉依莎（Raïssa），以及汉学家路易·拉卢瓦（L. Laloy），并发表了两篇有关中国艺术的法文文章：《现代中国艺术的恐慌》与《中国艺术在欧洲艺术里——刘海粟的使命》。

　　自从他读过罗曼·罗兰的《贝多芬传》，精神重新振作，产生了移译该著作以及《米开朗琪罗传》和《托尔斯泰传》等三部作品的计划。他的文学长梦开始了，把翻译作为自己在文学土地上的封邑，

随风而播

既为喜欢，也为谋求生活。喜欢也包括克服困难，没有乌云的天空不存在。博尔赫斯就谈到翻译的不可能性：要么是原作平平，译者的功力使它变得出类拔萃，因而著名，绝非原作的优越；要么译著变成一种伪作，因为两种文字之间的差距，意义上准确的对等并不存在。他特别提到中文。中文的象形方块字不同于西方的拼音文字，难以有对等的词义。随着时日下来，词义本身也有所改变。这是博尔赫斯的高见。但总不能因噎废食，更不必不得满盘宁可没有。如果没有翻译这码事，傅雷这个人还存在吗？去国前，有三年时间他跟法国传教士习法语，又三年多的法兰西学习生活，敢于在翻译上立下鸿鹄之志，在情在理。一旦进入了这道门，就充满破门撬锁的勇气。吾必孤往。工作起来便问学不辍，细致得像手术台前的医生。为了翻译，才给罗曼·罗兰写信，那是归国后的事。他将翻译上的疑难之处列出，注明原书的页数、行数，请求解释。先后有数封信附上疑难表。给达尼埃鲁的信也一样。

　　翻译成了他的战场，也是他醉心的乐园。那个年代，翻译法国文学的人极少，而他的家却成了挤满吵吵嚷嚷的文学巨擘的文学世界。他把伏尔泰、巴尔扎克、梅里美、罗曼·罗兰等文坛宿将的文字，变成了一场中文的大描绘、大叙述，一场喧腾璀璨的文学盛宴。单是巴尔扎克的《人间喜剧》，就翻译了十五卷。他进入翻译世界，就像进入他的隐舍，他的私家重地。翻译也是他开向世界的一道门，与世无争，也与世无隔。他在那儿生活、工作、做梦。琢磨作者的意图时，必然将自己混进作品里，留下自己的影子。他得其所以。"我译的《服尔德》（按：即《伏尔泰》）到昨夜总算完成……已改过六道，仍嫌不够古雅，十八世纪的风格传达不出。"作为个体自由翻译家，可以不受外界干扰，也不惹世事。虽然担任过什么职务，又列席过什么重要报告会，只要一回到家，则将所有的世俗繁琐统统打发到门外去。至后来纷乱找上门，在那个时代是谁也没法跨越的障阻。

翻译也必须有分寸有策略。据他自己说，"熟读原著，不厌求详""不精读四五遍绝不动笔"。所以，他满溢热情的笔锋，跟着每一位作家不同的内容和风格而变化。"越是对原作体会深刻，越是欣赏原文的美妙，越觉心长力绌，越觉得译文远远传达不出原作的神韵。"他说。勤奋认真使他的译作经得起考验，成功即时见效。"《高老头》《贝姨》《邦斯舅舅》《欧也尼·葛朗台》四种都在重印（书一出来，十天八天即销完）"，他成了法语翻译界的巨星。提起翻译法国文学这码事，你首先想起的就是傅雷。但甘苦自知，1954年他给傅聪的信写道："我今夏身心极感疲劳，腰酸得很，从椅子站起来，一下子伛着背，挺不直……除了十小时半以外的经常工作，再要看书，不但时间不够，头脑也吃不消了。"《约翰·克里斯朵夫》在法国出版初期颇受欢迎，曾经一版再版，风靡了一代法国人；而中译出版时，也使不少中国青年着迷，比起在法国更加历久不衰，直至近期还不断再版，2019年2月，人民文学出版社还出版了全十册的罗曼·罗兰文集，文集第一、二卷就是傅雷翻译的《约翰·克里斯朵夫》，译者使作者的名声在中国继续响亮。

罗曼·罗兰在该书前的献词是："献给：各国的受苦、奋斗而必胜的自由灵魂。"作者的抱负比天高，他要创造的是具有世界性、普遍性、永久性的人物，古往今来的伟大心灵的苦难历程，由外界引起或发于内心的痛苦经历。人来到世上并非为享福，而为经历考验，承受灾难，不断地战斗。受难者绝非你一人，因为，我们生活在一个大难未已的混乱时代。作者希望克利斯朵夫成为你的人生长旅坚强而忠实的朋友，让希望在绝望中凤凰浴火重生。

该书虽然以贝多芬为原型，一位艺术家的人生故事，但写法上既非小说，也非诗歌散文。有的读者说，方才读过就忘记了故事情节。作者说这是一条河，莱茵河般的长河流泻。"江声浩荡，自屋后上升。"十九世纪末的德国、法国的民族、社会、政治、思想、艺术、音乐等方方面面都牵涉到，各种社会活动、政界、妇女界的人间万象，都被收拢到他的字里行间；爱、恨、苦、乐、希望、失望，都不欠缺。傅雷当年读罢《贝多芬传》而号啕大哭，精神危机霍然而愈，究竟是主角哪一段人生经历使他产生感应，如梦初醒，扭转了他的人生路向？不知道。但你相信，正因为有过如此这般的触动，他才选择了翻译这部迷宫似的作品。这在中国当代翻译史上是一件大事，傅雷也成了难以代替的翻译大师。达尼埃鲁称他为"法兰西文学在中国的主要代表人物"。

《傅雷的法兰西青年岁月》在北京法国文化中心举行了才一个月，组织展览的朋友们还没有从展览会的气氛中回转过来，就从伦敦传出消息，傅聪感染了新冠病毒引起并发症，于12月28日去世。有关傅雷父子的新闻，一时充斥网络：1955年，时年二十一的傅聪，在第五届肖邦国际钢琴比赛中得第三名，成为首位在国际性比赛中获奖的中国钢琴家，还得了"钢琴诗人"的美誉；他在国外的历次受访也重新播放了，其中谈到他的爱国情怀、他去国的无奈。从手机里你可以听到他弹奏的肖邦钢琴协奏曲。至于《傅雷家书》，谈得更不少。这部家书在二十世纪八十年代的中学生中颇流行，那一代人记忆犹新，以致傅聪说："唉，每个人见到我都说《傅雷家书》，好像我老也长不大，其实我也是望七之人，离开《傅雷家书》已经很久了……"

傅聪的逝世，将我们对傅雷的注意力再次引回到欧洲。大半个世纪之前他学成东归，欧洲于他没有越行越远，又成了眼前的世界。儿子傅聪成了钢琴家，在波兰得了奖，年纪轻轻的，羡煞了一代中国青年。他演奏的肖邦很自然，有梦想，有灵魂，有生死之痛，有家国爱恨。才气加上英俊，使一国人欣喜不过。独天下而春，成了那个时代中国最著名的钢琴家。做父亲的喜悦更不用说，一早就写信给挚友达尼埃鲁谈及此事，据后者忆述："他向我谈到他的长子傅聪，以他的钢琴演奏家声誉为荣。"他儿子到波兰参赛之后，继续留在那里跟名师深造，归期未有期，才开始父子欧亚间的鱼雁传书。通信成了父子间的纽带，也成了他的欧洲生活的延续，至少精神上如是。我们就有了一部充满父爱的苦心孤诣、呕心沥血的教子篇。儿子给二老的信，也使"妈妈一边念信一边直淌眼泪"。"我和你妈妈老是想着你两三岁到六七岁间的小故事……使我们又快乐又惆怅。""我在心中拥抱你。""真的，你这次在家一个半月，是我们一生中最愉快的时期，这幸福不知应当向谁感谢。"父子间无所不谈，他提醒儿子，手不能老插在裤袋里，对师长、老人说话时，手要垂直，人要立直，谢幕时表情要温和、自然、和缓。不断的鸿雁往来，是不断的生活、思想、哲理的长流。也谈李杜，浪漫的李白虽有纵天之才，却不如杜甫更使人产生共鸣；还有白居易的《长恨歌》《琵琶行》，既然做爸的也写艺术评论，一旦谈起艺术，自然是顺手拈来，有说不完的话题。回忆起当年在卢浮宫为学习与欣赏所消磨的悠长时光，可谓回味无穷；也谈清洗过的蒙娜丽莎，谈香榭丽舍大街、凯旋门、塞纳河上桥的倒影，"告诉我，孩子，当地是否风光依旧"。

其中两三封给儿媳弥拉（Zara 昵称，原名扎弥拉 Zamira），或给她与傅聪的长信，特别流露出他的欧洲情结。那是 1963 年夏天，得知儿子夫妇俩到瑞士度假，他复信说："1929 年夏，我在日内瓦湖的西端……住过三个月，天天看到白峰（Mont blanc）（按：勃朗峰）上的皑皑积雪。谁会想到三十四年之后，一个中国人至爱的子女竟会涉足同一地区。……这岂非巧合？"弥拉谈到意大利之旅的各个著名湖区，他认真地根据《拉罗斯大字典》的地图和旅游指南，找出地点："我们亦步亦趋跟着你们神游意大利。"他的神游，是再续数十年前的旧梦？当年他在欧洲勾留还未满四年，为经济问题，母亲来信催促他回国，"但我一想到回国就发抖"。跟着是怅然若失，因为没有能力在欧洲挣钱糊口，去留就没有选择了。东归前在刘海粟的安排下，以中华留法艺术家协会秘书的身份，获得签证到意大利进行艺术考察，作东归前的游欧之旅。四十多天的旅程，凭着达尼埃鲁给他的联络人地址，一个没有获得任何文凭的大学生，周旋在罗马的几位社会名流中，他们都是些非凡人物。他有机会发挥丰沛的才情，赢得了这场挑战。这是他的人生亮点，数十年后想起来，依然觉得不可思议，给儿子儿媳的信极尽其详，且不无骄傲地写道："1931 年 5 月去罗马、那不勒斯、西西里岛……我反而有机会结识罗马的杰出人士，意大利的作家与教授，尤其是当时的汉学家，还有当地的贵族，其中尤以巴索里尼伯爵夫人（一位七十开外的夫人），以及她那风度绰约的媳妇博尔盖塞（Borghese）公主，对我特别亲切。由于她们的引荐，我得以在6月份应邀意大利皇家地理学会及罗马扶轮社演讲，谈论有关现代中国的问题。我那时候才二十三岁，居然在一群不仅杰出而且渊博的听众面前演讲，其中不乏部长将军辈，实在有些不知天高地厚。想起三十年之后，我的儿子，另一个年轻人，以优秀音乐家的身份，而不至于像乃父一般多少有点冒充内行，在意大利同样杰出的听众面前演奏，岂不像一场梦！"（金圣华译文）

不论他本人的欧洲经历，或儿子的欧洲生活如何使他挥之不去，他最终回归的是固有的哲学观念。他给达尼埃鲁写信："……在欧洲三年之后，我对我们的文化和伦理道德，从未像今天这么热爱。比起四年前，我更理解中国人的伦理道德。"达尼埃鲁是他的至诚至敬的朋友，"你是我最强大的精神支持，未来也一样，永远一样！"一旦谈到宗教信仰，就不那么一样了："由于你向我提出的问题很严肃，必须仔细思考才能回答。"傅雷钦佩达尼埃鲁的学识和他的光明磊落以及崇高的灵魂，但"你不觉得我们两颗相知的心灵中间，总是矗立着一道障碍吗？……这个障碍不是别的，正是信仰"。两人间的信仰不协调，实际是两种文化的不协调，这点傅雷非常清楚："中国文明以无比的顽强抵抗西方所有企图。混战持续了一百年，仍在继续，就是证明。如果我们中国人能够像五十年前的日本那样，接纳了全盘现代主义……我们早就得到和平。但是我们的文化太深刻，太坚固，遇到西方精神潮流的时候，无法在短期内找到精神的平衡。"傅雷也像他的祖国，文化根基上同样显得太牢固，太不可逆转，只能"你有你的主内救赎；我有我的救赎，但在人类痛苦内！"

归国后，他执教于刘海粟创办的上海美专，但很快就放弃，选择了独自摇兰桨，静静地做自己醉心的翻译。他的心思放在家人和孩子身上，不属任何教派、党派，紧握自己的方向盘，满足于自己的选择，走自己的路。他坚持将学问、艺术、真理放在第一位，学术上要大有建树。但他脾气暴躁，人际关系欠佳。傅聪、傅敏兄弟俩年纪小的时候，只有父亲不在场时才敢放声笑。父亲教子过严，使做母亲的备受折磨。他是个生涩的人生摆渡人，却是个精准练达的命运的舵手。他为人正直、真诚、高贵，不知伪善为何物。他源洁流清，形端影直。他视自由、尊严高于生命。

二〇二一年三月

徐志摩与曼斯菲尔德

枫丹白露区的塞纳河段，两岸大小村落迢递，从我们的村居出门往右拐，一路绿树倒沉，云游江底，或有货舶击起风声水语，却捣不乱悠悠天然闲静。贾岛尝咏："独行涧底影，数息树边身"。如是步行约一个小时，便是塞纳河左岸的萨莫亚，一座作家和艺术家聚居的著名而古老的村落，漫漫的枫丹白露森林把它三面环绕。当年罗马人在村前的河段上，筑了一座三百米长的石桥，你走在桥上，可以回溯到一桩著名的历史事件中去。英法百年战争时代，圣女贞德在几个随从护卫下，女扮男装通过这座桥，到希农城去跟国王查理七世会面，共商抗英大计。沿河继续走一段路，便是倚林面水的阿蓬（Avon）村。就邻近村落而言，你对这座村子别具一种心情。

阿蓬，一百年前是一座淡远明静、名不见经传的小村，后来逐渐成名，皆因它是新西兰女作家凯瑟琳·曼斯菲尔德（Katherine Mansfield, 1888—1923）的最后居留地，身后长眠在那里。从此，阿蓬再不是一座平常的村落。不平常，皆因凯瑟琳·曼斯菲尔德的名字无所不在，凯瑟琳·曼斯菲尔德大街，凯瑟琳·曼斯菲尔德广场，曼斯菲尔德游乐中心，曼斯菲尔德餐馆，曼斯菲尔德房屋经纪行。因着这个美丽的名字，外边世界也逐渐认识阿蓬村。唯是，有多少人读过曼斯菲尔德？即使有人读了，有多少人喜欢这种无情节无结构的故事？最近一年，无风起浪，一场口水战忽然从新西兰隔山隔水闹了过来，惠灵顿市长一再向阿蓬村政府提出，要求将曼氏的遗骨运回她的出生地惠灵顿安葬。阿蓬村政府一口拒绝了；女作家的姨甥女，年迈的珍妮夫人，与阿蓬村政府商榷后，也表示反对；研究曼斯菲尔德的坎贝（G. Kimber）女士，拍响了笔杆，指该项提议既无礼也愚蠢，一个市长有什么权利移动一副私人遗骨？"曼斯菲尔德的身体不是殖民官在外国取得的毛利人的赝像，可以被判决送返原地。她作为独立的人，跟她的姐妹不一样，宁可选择远离新西兰来度过她成年后的生活。"作家莫洛亚（A. Maurois）为2017年5月出版的《曼斯菲尔德小说集》写了一篇序言，其中一段文字："就在童年时代，在夏日一个早晨，她把新西兰这个美梦留在了脑海中。但并非只是在新西兰的童年，才沉浸在仙境般的阳光里，她到处都可以重新找回跟景物神秘地交融给她带来的心醉神迷。"言下之意：她在枫丹白露也找到这种迷醉，决定在那里画上人生句号，并长眠在那里。

作为从英国移居澳大利亚的移民后裔，曼氏已经是第四代了，对祖家依旧怀着深情。她出身不俗，父亲是银行家。童年和青少年时代，为探亲，为求学，数度往返英、澳之间，十四岁进入伦敦的女王学院就读，十八岁才返回新西兰。为逃避父母亲的约束，更自由地投身文学事业，寻找她心目中的阳光，二十岁再返回英伦，在那里结婚、离婚。然后遇上《雅典娜》杂志的主编麦雷（J. M. Murry），婚姻生活依然不时地疾风骤起，却不妨碍她长期客居英国，成为没有英国的英国人，没有新西兰的新西兰人。短暂的人生像兰波，一个穿上风鞋的人，以闪电的速度写作，以闪电的脚步奔波在新西兰、英国、德国、法国、意大利、瑞士之间，以闪电的步伐跑完人生之路，终点站就落在阿蓬村。

阿蓬村从此游荡着女作家的幽魂，各行各业都需要一个曼斯菲尔德！但新西兰、惠灵顿就不需要吗？新西兰，一个

曼斯菲尔德（1922年）
《园会》出版时发表的照片及亲笔题辞
新西兰国家图书馆藏品

以农牧业为经济命脉的偏远国家，冒出一个作家不奇怪，就像小户人家也出人。但不容易。因此，新西兰把她紧咬着不放，同样到处标榜曼斯菲尔德，誉她为新西兰文学奠基人，给她出了邮票，组织纪念馆。要将文曲星魂归故里，人情、乡情、常情、常理都说得过去吧？

你去到阿蓬村，会有一种情愫，说特别关怀也不夸张，因为诗

人徐志摩与曼斯菲尔德有过一面之交，有过隔山隔洋的心灵呼应。东西方两个不太相干的人，遇上了，机缘也稀罕，尤其是，瞬息间的会面，竟如千载悠悠之约。那是1922年的事。这一年的3月，徐志摩与正在德国留学的妻子张幼仪离了婚，准备8月份离开英国，返回中国继续追求在英国相识的美人林徽因。

7月份一个星期四晚上，他打着雨伞，带着几卷中国字画，到伦敦彭德街10号，去拜访诗人和文艺批评家麦雷，曼斯菲尔德的第二任丈夫。志摩也希望一晤《幸福》的作者曼斯菲尔德。凑巧当天晚上有几位客人上门，曼氏身体欠佳，天气又不好，不准备下楼了。几位来客是相熟朋友，允许上楼去拜访她。他，一个外国生客，恐怕没有机会了。十时过后，他穿好雨衣准备告辞，失望地流露出不能一晤女作家的遗憾。岂料麦雷诚恳地说："你若不介意，不妨上楼一见。"真是天掉下来的运气！"我听了这话喜出望外，立即将雨衣脱下，跟着麦雷一步一步地走上楼梯……"到麦雷和几位熟客离开，女主人把他让进房间，请他坐下，她也坐下，一连串动静，"像电火似的一扯过"。他感到头晕目眩，像从黑暗中进入灯烛辉煌之地，眼前一切模糊不清，连续发生的动静，不知怎么样就过去了。到他离开房间，前后只有二十分钟。

二十分钟，"那二十分钟不死的时间"，却成了堆满货物的大商场，给他提供了无穷的必需品。因着这二十分钟，他写了纪念文章《曼殊斐儿》、诗歌《哀曼殊斐儿》，执笔时候"几于泪零"。为实践许下的诺言，他翻译了她一个小说集，其中包括《园会》《幸福》《夜深时》《一个理想的家庭》等近十个短篇。翻译《夜深时》，还写下了附记《再说一说曼殊斐儿》。

谈到作家的私生活，大抵是些说长道短，第一着眼点无非是趣味性、可读性。王尔德的奇装异服、同性恋、牢狱生涯、埋骨异国；魏尔伦的苦艾酒、粗暴，给兰波的那一枪；狄更斯的专横暴虐，对妻子的无情无义；托尔斯泰为不幸的人而活，但夫妻之间过着地狱般的日子；贝克特有苦说不出，马不停蹄地旅行，好打发内心的烦躁；托马斯·曼靠妻子的包涵过日子，却向外人宣称家庭生活和谐美满；奈保尔的粗暴、狂妄自大、自视高人一等……说不尽的万家灯火。

但徐志摩笔下的曼斯菲尔德就不一样，她的人绝对是真、善、美的化身。"她的艺术，是在时间与空间的缝道里下工夫。……我们所得的只是一个印象，一个真的、美的印象，仿佛是在冷静的溪水里看横斜的梅花的影子，清切、神妙美。"数年后，在《这是风刮的》一文里，说她的文笔的美"就在轻妙——和风一般的轻妙……是远处林子里吹来的微喟，蛱蝶似的掠过我们的头发……"原来一支带有情愫的笔，一份情也可以生出好几份。

他上门拜访麦雷那天，先就给某种情怀魔住了，他更想拜访的恐怕是曼斯菲尔德。心态悠悠如长夜，不寻常。登上楼，一经进入她的房间，顷刻间像受到催眠，"只觉一阵模糊"，房内的布置陈设，没有给他任何印象，只见两盏电灯仿如"红烛高烧"，感觉很中国化。瞬间的意识混乱、迷惑，却在她脸庞上捕捉到"最纯粹的美"，他一生孜孜不倦地追求的幻美。他发现她的"神灵的妙眼""充满了灵魂电流的凝视"；又发现"她眉目口鼻之清之秀之明净，我其实不能传神于万一"；头发之美，也是生平所仅见；说话的声音是"妙乐似的音浪"。他把她的人比作秋水、湖山、春风、星空、碧玉,一种"完全的美,不能分析的美,可感不可说的美"。能够找到表达心情的字眼,只有"狂喜"两字,"在最伟大深刻的戟刺中经验了无限的欢喜"。你一路读他的纪念文章《曼殊斐儿》,看着那些五彩缤纷的文字,你几回掩嘴细说,够了,够了,再写下去,曼斯菲尔德就什么都是,或者什么都不是了。他要一再证明,她的一切无有不美,至高至善的美。最后尚觉未克尽其描绘,引述了曼氏生前的好友汤林生(H. M. Tomlingson)对她的一段描述:"曼殊斐尔以美称,……然何其脱尽尘寰气,一若高山琼雪,清彻重霄,其美可惊,而其凉亦可感,艳阳被雪幻成异彩,亦明明可识,然亦似神境在远,不隶人间……其躯体尤约绰如也,若明蜡之静焰,若晨星之澹妙……"这段文字不知是否徐志摩翻译的,如果是,他的古文根底甚好,由于翻译功夫到家,这段洋文竟成了一篇中国赋体,可当成西洋《洛神赋》来读。

曼斯菲尔德固然是美。但汤林生的文章写于什么时候?1918年她得了肺病,志摩上门拜访时,她只有半年时间可活。一个晚期肺病的人,大体是形如枯槁,脸颊憔悴,脸上略带异样的酡红,整体状态不会好。据志摩文章的描述,交谈过程中,她只要声音稍高,他就听见"肺管中便如荻管似的呼呼作响,她每句话尾收顿时,总有些气促……胸间的起伏,亦隐约可辨"。1922年10月,即徐志摩登门拜访后两个多月,她在日记中写道:"我的精神已经死去,生命源泉已堵塞却还未枯竭,我干脆成了不可救药的废人……"这种时刻,她的体貌形神都不会太可观。她的艳阳雪幻般的风采,必定在沉疴之前的黛绿年华,那时候,她是个西洋洛神是可能的。得病后肯定不一样。徐志摩眼中的美，所颂扬的美，只是经过他脑子幻化了的所谓最纯粹的美：病态美。那时候的他，一个二十五岁的浪漫青年，内心燃烧着火焰般的一触即发的热情，为追求林徽因与发妻离婚，而林小姐已经随父返回中国，爱情前景未卜，事实上他们最终未成眷属。当时内心自有他的孤寂空虚，时刻都在寻找一个缪斯，梦想一个情人。当年普希金也大抵如是，总是见一个爱一个，都爱得生生死死，有夫之妇也无妨，对每一个都说只爱你一人，只为你而生。谁叫他是浪漫诗人？徐志摩身临夜雨红烛，面对一位年轻女作家，崇敬、钦羡、爱慕，甚至一见钟情，都难以理得清。一种垂死天鹅的病态美成为一种造化，为他完成了些什么。这就说定了，最纯粹的美就是她。曼斯菲尔德之前，没有完全的女性美，没有"可感而不可说的美"，连林徽因也不曾使他"狂喜"。她为他的灵魂增添了宝藏，深感相见恨晚了。总之，上帝递给他一把进入美的天国的秘密钥匙。懵懵懂懂，二十分钟就这样过去了。不，那二十分钟没有过去。"那二十分钟不死的时间"。二十分钟是一万年。二十分钟是天长地久。二十分钟是一颗光灿的星，照耀着他整整一生。不死的二十分钟，就这样造就了诗人徐志摩。

  当初他到英国，为的是追随罗素，他所崇拜的哲学家。后来转攻政治经济学，但一来二去就改变了路向，梦想起诗人生涯来了；又一个来去，使君有妇的他，把十六岁的林徽因爱得如生如死，1922年3月与妻子离婚，决定8月份返回中国，就为了继续追求她。不想又遇上了曼斯菲尔德，同样使他心旌摇曳。这个新西兰的美人儿，从小沉湎于文字的执念，十七八岁开始发表文章，经受过进入社会的幼稚无知，第一次婚姻的失败，经历过写作生涯和疾病的考验,也在新西兰和英国文坛上取得了应有的位置。作品的散文化,一片风景、一段乐声、一次匆匆的约会、零碎的时光流逝、月亮般自圆自缺的幻灭感和孤独感,不拘一格的无情节结构,现代人还能够读得下去。这是她的独特技巧和风格。"通俗流行绝不是我所追求的"。同时代的英国女作家伍尔芙,在日记中承认对她怀有嫉妒。只有成功的人才会引人嫉妒。与徐志摩见面时,她已经病入膏肓。他发现她颧颊红润,其美可惊。她谈到时下的英国文学,询问契诃夫作品在中国的翻译情况,这位俄国作家是她所崇拜、所仿效的。她允许徐志摩日后翻译她的作品。劝他不要介入政治。最后,盼望他早日返回欧洲,相约在瑞士重见。但时不与人,半年之后,她就在枫丹白露的阿蓬村逝世。志摩得到消息,"几于泪零",写下了纪念文章《曼殊斐儿》及诗歌《哀曼殊斐儿》,其中两段:

> 我与你虽仅一度相见,
> 但那二十分钟不死的时间!
> 谁能信你那仙姿灵态,
> 竟已朝露似的永别人间?

> 我哀思焉能电花似的飞骋,
> 感动你在天日遥远的灵魂?
> 我洒泪向风中遥送,
> 问何时能勘破生死之门?

他实践了对她许下的承诺,翻译了她好一部分小说和诗歌,但决非是那二十分钟见面的全部成果。那时候徐志摩刚好决定放弃政治经济学,转入文学生涯,你相信,他的文学人生就起步于那个红烛雨夜。最纯粹的美激发了他的诗情，最纯粹的美对诗人有所嘱托，有所召唤。那个雨夜他陷入迷惘，皆因内心被摇撼。还未从迷惘中回转过来，她的死讯遽然而至，美和悲的重击联起手来，直扑打到他身上，"她是去了，她的声音笑貌也霞彩似的一瞥不再"。悲哀使他回到了当初的混沌。今生今世的重逢以及瑞士之约皆成了梦幻、泡影。"此日我怅望云天，泪下点点！"至于那过多的泪点是否该由他来洒，还是该由曼氏的亲属、丈夫来洒，他可顾不得了。他的艺术生命借着泪点起飞。

际遇不幸诗神幸，他的诗人生涯就是在心火燃烧中起步的。歌德的"永恒的女性引导我上升"，也说得奇拔，只能真的如此。曼斯菲尔德对徐志摩的造就，就像朱莉对浪漫派宗师拉马丁的造就，乔治·桑对缪塞的造就。她们牵着诗人的手走进文学世界，一如贝雅特丽齐牵着但丁的手畅游上界天堂。1922年至1923年回国后两年间，徐志摩写下了近六十首诗，自由、爱情、人道、田、秋景、晴空、人的美、大自然的美，竞相出现在他笔下。作品虽未臻成熟，却满腔烈焰，诗情横溢，笔走纵横，触及社会各种问题，砭时弊、忧国、伤时："希望，只如今……/如今只剩些残骸/可怜，我的心……/却教我如何掩埋""思想被主义奸污得苦/……/'听他往下丑——变猪，变狗，变蛤蟆，变狗……/到那天人道真灭了种/我再来打——打革命的钟。'"自身的不清安，使他写下了惊动人心的预言："阴沉，黑暗，毒蛇似的蜿蜒，生活逼成了一条甬道"。他既浅唱低吟星月游云，也强烈指责妨碍他对自由、对灵性追求的一切。诗歌使他进入永恒世界。其中的《再别康桥》是大家熟悉的，诗人将自己的短暂人生定格在康桥上。

前两年笔者到英伦参观剑桥，该名校没有忘记著名的校友徐志摩，在国王学院绿草如茵的草坪上，放置着一块白色的大理石，上头刻着他的名句：

轻轻的我走了，

正如我轻轻的来；

我挥一挥衣袖，

不带走一片云彩。

有些版本的第一段是："轻轻的我走了／正如我轻轻的来／我轻轻的招手／作别西天的云彩"；最后一段是："悄悄的我走了／正如我悄悄的来／我挥一挥衣袖／不带走一片云彩"。刻在石头上的四句诗，是取材于第一段和最后一段。

现在去到阿蓬村，这里那里看到的，到处是以曼斯菲尔德命名的街道、广场、餐馆，但没有故居博物馆和雕像。唯一的遗踪，是她在该村的公墓里的坟墓，墓碑由她的丈夫麦雷所立。徐志摩于1922年7月在伦敦登门拜访，1923年1月9日，她就在枫丹白露的窝棚隐修院逝世，前后不过半年。伦敦寒冷多雾，对病体不利，她相信到气候温和的枫丹白露过冬会好些。到阿蓬村后，就在一所隐修院落脚。该院园地广阔，三层大楼，能容纳数十人居住。建筑物落成于十二世纪末十三世纪初，位于数条公路的交叉点，当时是一所医院，用作接待路经时生病的旅客。1922年，隐修院由俄国人乔治·伊凡诺维奇·葛吉夫买下，创办了"人类和谐发展机构"，宗旨是宣扬向内心深处探索，剖析人的身体与心灵的关系，以自我启发来整合身体与心灵，用精神、用意识来指挥身体机能。他把这种道术命名为"第四道"，苦行僧、僧侣、瑜伽三道以外的第四道，以对话、音乐、演讲、写作来开发意识，得到悟性。他如是标榜。这个高加索人精通催眠术和呼吸法，略通医学知识和教士规则，颇吸引了一些作家、音乐家、舞蹈家等各方面的艺术家前来凑热闹，或寻求精神庇护，葛吉夫是当时著名的神秘主义者，有超人的心灵能力。传说他曾遇严重车祸，独自躲到山洞里，居然得到痊愈。想来曼斯菲尔德因为健康问题，慕葛吉夫之名而来，希望得到以心灵克服疾病的能力。但事与愿违，落得个客死他乡。

据说葛吉夫曾经照料过她。但一个神秘主义者，个性粗暴，宣扬良知的同时也邪气十足，以制造摩擦来表现自我，这样一副德性的人，照料病人会产生怎样的效果？以现代眼光来看，这类型的组织属于邪教，葛吉夫是邪教的教主。曼斯菲尔德是单独去隐修院的，到咽下最后一口气时，丈夫麦雷才匆匆赶到。她在隐修院生活时间很短，没有给村民留下太多印象，当时名气也不大，作品是逝世后才逐渐被认识的。她在阿蓬村的名声，是经历了近百年时间之后，到现在才显赫起来。好东西迟早会被发现，回到应有的位置上。曼斯菲尔德逝世时年仅三十四，徐志摩得年三十五，东西两位文学英才皆文齐福不齐，但悠悠天意中，那不死的二十分钟，给我们留下了一缕天然妙韵。

二〇一七年七月

一生如诉

竹帘儿后面的她

记得入学中大初期,梁宗岱老师还未正式给我们上课,我们已经从八卦渠道得知,除了他眼下的伴侣甘少苏女士,还另有一位妻子,大名沉樱。是离婚是分居?不甚了然。她的身世、才貌,人娴静还是尖辣,怎么一来就走出了一位大教授的家门,目前人在何方等,道听途说,说法不一。直至整理老师的著作,才第一次看到老师与她的合照,那是他们在日本叶山时期的美好时光。梁坐在书桌前握笔书写,沉则低眉温顺,半侧身站在他身后,山唱水和。但一张几近百年的摄影,她身影蒙眬,面目不清,像透过竹帘儿看见的人。在梁宗岱的世界中,沉樱一辈子不就是一片影影绰绰的风景吗?

但她与梁结为夫妇之前,身影倒清晰活跳。她是上世纪二三十年代追求民主、自由,追求婚恋自主的"新女性"。中学毕业后就读于共产党人主办的上海大学时期,是个活跃分子,与同学一起上街发传单,贴标语,参加游行示威,反对封建主义、帝国主义,到工厂去讲演。学潮过后，上海大学被查封，她转入复旦大学，成为复旦第一批女学生中的一个，那是1927年的事。她加入戏剧家洪深主持的复旦剧社，成为第一个话剧女演员。之前的演出皆由男性反串。戏剧家洪深自美国哈佛归来，看不惯反串的不伦不类，到上海大学物色女演员，沉樱被选上了。此时马彦祥从孔德中学毕业来到复旦，具京剧根底，颇得洪深赏识，让他在《咖啡店之一夜》中与沉樱分别扮演男女主角，台上两人才华不相伯仲，台下俊男俏女共坠爱河，正好赶上自由婚姻的时髦，结为夫妇。但马氏从个性到经济皆不具备成家立室的条件，将待产的沉樱放到父母家中。婚姻维系了一年，到女儿马伦出生便告仳离。不吵不闹，好离好散。原因？一说是马氏移情别恋白杨，一说是婆婆从中作梗，她不喜欢作风新派的儿媳，阻止她外出参加社会活动，到青年会所去。新女性的思想碰到根深蒂固的封建意识的墙头上。离婚后沉樱的际遇如何？不知是文艺界无意或忽略了跟踪，直到1934年夏天，才忽然发现她与梁宗岱到了日本叶山。

数年间的行踪空白，直到沉樱逝世后将近十年，才由女作家金秉英填补了。金氏在《天上人间忆沉樱》一文中忆述，三十年代初期一个明媚的春日，沉樱带着一个女婴到西城区，与她同住一个四合院，大家成了邻居，沉住北屋。由于年龄相若志趣相同，两人成了好朋友。那时候她在北京故宫博物馆工作，将娃娃放到幼儿园，早出晚归，正在等候跟马彦祥离婚案的结果。金氏成了他们婚姻破裂的见证人。有一天，沉樱神秘兮兮地把她带到一个大花园里，据说是太监李莲英的后花园，荒芜而树影森森，穿过小径回廊，推门走进一间花厅，见两个戴眼镜的男子坐在沙发上争吵得有声有色，见有客到，同时站起来招呼。沉樱将其中一个身材高大、颇见风度的男子介绍给她："这是梁宗岱。"再介绍另一个："这是朱光潜。"从她柔情的眼神与梁宗岱的目光的接触中，一切皆不言而喻。那里是梁宗岱与朱光潜的住所，慈慧殿三号，是朱光潜主办读诗会的会所。他们热情地安排了午饭，平日不喝酒的沉樱，这次却多喝了，对金氏说："对酒当歌，人生几何！"往后日子她脸上光彩焕发。1934年夏天与梁到日本度蜜月，从她自日本给她的来信，知道他们在日本度过的快意日子。金秉英见证了沉樱与梁宗岱的初恋。

走进婚姻的城堡

东瀛归来，1935年在天津结婚。难得的婚恋自主。论才华，他们有了；论共同的文学兴趣，他们有了；都接触过西方文化，脑子里有的是新思维、新的人生目标。那时候梁宗岱刚从包办婚姻的离婚案中脱身，闹得满城风雨；沉樱也从婚姻噩梦中走出，两人碰到一处，同病相怜，应该有说不完的话题。在她的代表作《喜筵之后》里有这样的文字："在恋爱的狂热中，任何亲近的朋友也无意地疏远起来。"于他们好像不是。梁忙着《一切的峰顶》的译诗集，给瓦莱里写信，沉樱则两度去信巴金催他前来相会。到1940年才追记她的寂寞情怀："异国的乡间，没有朋友，没有熟人，甚至连邻居也没有。"

1937年抗日战争全面爆发，他们的长女思薇出生。战火将他们赶到重庆去蛰居。曾经与巴金、章靳以等居住同一楼房。1939年与赵清阁在重庆北温泉为邻，后在北碚镇合租一幢新楼，邻居两三年，赵清阁成为他们这段生活的见证。

沉樱是从人格独立、婚恋自主、我行我素的路上走过来的新女性。她拥有游戏文字的才能与兴趣，要将私心的爱好继续下去，何况开始得不错。早在1928年，陈望道主编的《大江月刊》刊发了她第一篇小说《归家》，后来在《小说月报》上以《妻》一文得到好评。虽说《归家》是处女作，却引起茅盾的注意，给编辑部写信："'大江'二号上陈因（按：沉樱原名陈锳）女士之'归家'很好，……是诗的风格，……此等风格，文坛上不多见。鄙意甚爱之。忆往昔者，冰心女士有二三篇亦颇具此风味。……犹有一特点，即以家庭琐事透视人心之大变动，以静的背景透视动的人生，手法亦颇新奇。"且不问"透视人心之大变动"指的是什么，作为上海大学的老师和文学批评家，他要起批评家的作用，要栽培社会主义革命的同路人。沉樱有好几篇小说被认为有左倾思想。晚年接受阎纯德教授访问时，承认她曾经相信共产主义。年轻人都曾经相信共产主义。重要的是二十年代末三十年代初，她已经出版了三部短篇小说集：《喜筵之后》《夜阑》《某少女》，之后还有《女性》等，这是她的小说创作的高峰期。

结婚后孩子接二连三来了，日子在奶瓶、尿布等生活琐事中打发。"我的文章都放在瓶瓶罐罐和一些盆钵里了。"原来婚恋自由不等于妇女解放，不等于男女平等。她在中西文化交汇的顺流逆流中，已经走出了中国的古老传统，"女子无才便是德"于她不再得体。她有知识，有才华，有理想，有人生目标，要按照自己的愿望来塑造自己的人生。新女性再次遇上难题，再次陷入精神危机。赵清阁就不得不目睹他们的婚姻城堡之战。沉樱"为了家务之累，她不能常写作，心里不免烦恼，常和宗岱闹脾气。宗岱性情耿直，也不谦让，终于两人吵了几年分开了。宗岱回了广西，沉樱仍留在北碚"。她的小说大多写"结婚是恋爱的坟墓",婚后生活平淡无聊导致爱情的危机。她成了自己笔下的人物,进入到自己创作的婚恋故事中。文字中流露出的暗示,竟成了她自己的命运。你可以从她的人生去了解她的作品。《喜筵之后》如是描述:"彼此也只是板着脸相对,除了必要回答的几句话,很少交谈。"赵清阁对这场夫妇间的纠葛如是评述:"他们的矛盾主要还在于宗岱希望她做贤妻良母,而她偏偏事业心很重。"

夫妻间的争吵,尚有可能在调弦正柱中过去。谁知梁宗岱因其父去世,回百色处理家事,遇上了乡村女伶甘少苏,岂料这位相貌、出身平平的女子,洒了几滴眼泪,诗人即跟着感觉走,"怜卿多飘泊"。为同情这位命途多舛的女伶而仗义救风尘,让她直闯进他们的家庭里。一家子的命运就改变了。孩子因父亲长期离家而失去父爱,妻子为自尊自爱而主动离开他,本人则得了个"强霸人妻"的恶名,命运来了一场大逆转。社会关系、人际关系改变了,不得不对付一群身份悬殊、气势汹汹上门寻事的人,精神浪费在恶人恶事上头。数年冤狱恐怕与此有关。如果他将家事处理完毕返回城里,继续在学校任教,可以避免三年多的牢狱之灾。直至"文革"时期,"强霸人妻"也被旧事重提,成为一条罪状。沉樱外柔内刚,闻梁宗岱出轨,就以新女性的姿态,带着孩子离开复旦宿舍,迁到南岸二塘,以教小学为业。梁宗岱不时地跑到二塘住上几天,两边走,两头家,他要甘少苏,也不放弃沉樱。第三个孩子是在那时期出生的。她的表兄弟田仲济说:"梁认为自己有三妻四妾的权利,当时三妻四妾是合法的。"游学欧洲期间,他以敏感的触觉紧跟欧洲的文学潮流,将最精华的文学作品,以漂亮的译文介绍给中国读者,但对于西方社会的一夫一妻制，却一掌拒于门外。梁虽然饱喝洋水，却依然沉迷在封建意识里，女人必须以贤妻良母的姿态来接受男人的三妻四妾。

"五四运动"既反帝国主义，也反封建主义，口号之一是"立现代观念，做现代人"。但直至1927年，除了教会学校接受女生，连上海这个门窗开向西方的大城市，学校依然实行"女禁"。复旦大学校长李登辉，民国时期著名的教育家，毕业于美国耶鲁大学，也曾经放言："复旦想要男女同校，须等我死了以后！"到1927年形势迫人，反帝反封建的声浪此起彼伏，校方才不得不打开一条门缝，经过严格筛选，录取了十来个女生。住着几个"稀有动物"的女生宿舍，是男生的"禁地"，由一个老头看守，特派两个"母老虎"坐镇，管理出入事宜，门前还竖立着"男宾止步"的警告牌。但无论怎样筛选，怎样门卫森严，所有的瞎折腾，只是捞回面子的工程而已，毕竟挡不住新时代的潮流，收了女学生。沉樱因着《大江》主编陈望道的引荐，也因为一早加入了复旦剧社，成了最先进入复旦的女学生之一，日后成为"不让须眉"中的一个。

采得秋花插小瓶

都说沉樱文静寡言，待人平易。重要的是她听懂自己内心的语言，知道自己要的是什么。她追求自由，要按照自己选择的方式生活；自尊自爱，即使在三妻四妾合法的社会，她对那场三个人的婚姻敢于说"不"。在拒绝奴性和新思维这点上头，她比梁胜了一筹，重庆时期已带着孩子离家。到1949年初，她索性带着三个孩子离开梁宗岱，跟随兄弟移居台湾。日后在中国大陆，只有当人们提起梁宗岱时才提起沉樱。年轻人当中，更没有几个人认得这个名字。当初沈从文在她身上看到"极有希望","与施蛰存笔致有相似之处，明朗细致……在组织文字方面皆十分注意"的女作家，因着八年烽火离乱，也为照顾三个孩子，已辍笔十年。作为小说家的背影越走越远，在大陆基本上走出了文化人的视野。

到台湾后与梁宗岱是隔海如隔世。际遇如斯，再豁达也难免内心的伤痛。她任教于苗栗县头份镇大成中学，后来受聘于台北第一女子中学，经济问题解决了，原来经济独立才是真正的妇女解放。经历过战乱和两次婚姻挫折，她的步伐多了踏实少了梦，一再述说大乐难求，只寻求小欢小乐。她喜欢细小卑微的东西，向往与青山绿树清泉为伴，独处，只听鸟声蛙鸣，采得秋花插小瓶。她的小乐是教书、翻译、写作，独力抚养三个孩子，以自己的努力来充实生活，来抚平内心的创伤。她的伤痛藏得很深。但能够得到心性自由与独立人格，还求什么？她找回了自我。原来只有独立才能充分地生活。

她的文字生涯始于小说和散文，到台湾后主力转移到翻译。她偏爱奥地利的褚威格（即茨威格）、英国的毛姆、俄国的屠格涅夫，先后翻译了二十多部欧美名家的小说和散文。因其文笔流畅自然，深得读者喜爱。林海音说她"每译一书皆成畅销"。褚威格的《一位陌生女子的来信》的翻译，创下了台湾翻译小说销售的奇迹。初版预计一千册，但广告一出，预订已超出此数，再加印，前五版每版一千五百册，随后增至三千册，从第十版起，每版印五千册，直至二十五版。根据有关文章的统计，五十年时间，印行了近一百版，至今畅销不衰。这种纪录，谁敢奢望？成功使她有信心投身到出版业。但成功不会从天而降，她自印自销，与读者直接通信交流，亲自寄书，成功是她的才能与苦功双管齐下的果实。作家靳以的女儿

亦师 亦友

写作翻译丰收时期的沉樱
(20世纪70年代，台湾)
原载林海音《隔着竹帘儿看见她》

章洁思，有一回收到沉樱阿姨寄给她的《女性三部曲》译集，读完后作过如此的检验："我学的是英文专业，从事的是外文编辑，而眼前沉樱的译本，竟是我所读过文笔最优美最流畅，而且感觉也是最切合原文的。"出于好奇，她"就用她的中译文去还原英文，居然很容易做到，再找出英文本对照，禁不住大声惊叹"。她的好友罗兰也说："我佩服她那恰如其分的译笔，能够完全摆脱开一般译作生涩拗口的毛病，而使原作者仍能以其优美潇洒的姿态出现在读者面前。"翻译上她与梁宗岱各据一方，梁主攻诗歌，沉的翻译主要是小说、散文；梁用字冷僻、精炼，是奇山异水；沉的文字是澄澈河水的畅流、精准、剔透。他们俩在翻译上各据高峰，各有千秋，不相伯仲。

最是难忘旧时人

沉樱以单枪匹马的努力，迎来了写作翻译和事业的高峰。"新女性"有了充实的生活内容，可以娴雅自若地面对人生了。她给田仲济写信："最初七年靠近钊弟，在乡村中学教书，环境清幽，生活安定，精神之舒畅前所未有。"又说："我最初留台独力经营自印的几本书，名'蒲公英译丛'，销路奇佳。"她傲骨柔情，有了自己的阵地，首先想起的还是已经分离数十年的"故人"宗岱，给他写信："在这老友无多的晚年，我们总可以称为故人的。"他们一直没有离婚。她把他的《一切的峰顶》《诗与真》纳入出版计划，开放年代给梁写信："你的《一切的峰顶》也印了。……记得你曾把浮士德译出，不知能否寄我给你出版？如另外有译作，也希望能寄来看看。……你以前的译文（指《蒙田试笔》）可否寄来？我的几本译书真想请你过过目，但不知能寄不能寄。"又说："至今在读和写两方面的趣味，还是不脱你当年的藩篱。""我常对孩子们说，在夫妻关系上，我们是怨偶，而在文学方面，你却是影响我最深的老师。"她对丈夫不忘情。谈及他们的孩子，说儿子思明是最受伤害的人，一旦提及破碎的家庭就不胜伤感，掉头走开，"不知他那么需要一个父亲"。她希望做父亲的"给他一点有效的鼓励"。移居美国后，居住环境清幽，又对他说："可惜你不能来此同游。"如怨如诉，一张古琴的低鸣。文字如斯，你眼中有泪。

我们能看到这些感人的信件，来自一个不可思议的故事。上世纪八十年代，我们回到广州外国语学院，跟院长黄建华谈起梁老师，他说老师逝世后不久，来了一位曾经是"胡风分子"的彭燕郊先生，到外院找甘少苏了解梁老师生平，其间住在他家里，逗留了一段时间。最后把一批从甘氏那里得来的文件带走。叙述到此为止，没有下文。我们心里很不以为然，随便将人家的文件带走，恐怕不足为范。2003年我们的《梁宗岱文集》出版，在北京举行发布会，没有邀请他到会。后来在上海见到老师的长女梁思薇，她告我们说，有一天一个陌生人上门，自称彭燕郊，将一摞文件带给她，说是从甘少苏那里取得的有关梁、沉的书信文件，专程带来归还给她。我们才恍然大悟，愧疚莫及。他那回到外院找甘氏，出于对梁宗岱学问的敬仰，他让甘少苏口述，经过黄建华多方面补充整理，作成文集《宗岱和我》。原来彭老先生用心良苦，是一位侠骨铮铮的老一代文人。

后来又从沉樱的好友林海音的文章《最后的沉樱》那里得知，当她为沉樱编的文集《春的声音》出版后，收到彭燕郊寄自湖南长沙的来信，说将要出一本回忆梁宗岱的文集，收集有关梁的纪念文章。他看到《春的声音》的序言，里面提到沉樱与梁宗岱，希望把它收进文集里。林海音马上答应，并寄去数篇相关文字。彭先生复信时，同时寄去数封梁、沉分离数十年后的通信。现在我们从林海音的《隔着竹帘儿看见她》的文集中读到的六封信，五封是沉樱写给梁宗岱的，她以委婉柔和的语调谈儿女、家事、书籍、出版，提到家事上头，心思细密而委曲婉转，还怕梁看了不高兴，说"我这些话不知对不对"。梁写给沉的信只有一封，开头第一句就将带泪的甘少苏放到他与沉樱之间，先为甘说好话，给她安慰，对沉樱的茹苦含辛只字不提，就以一句"聊乘化以归尽"来打发。他的人依然纠缠在美丑和爱恨之间，在现实和大梦的迷宫里走不出来。西哲有谓，"博学并不使人有智慧"，学富五车者也可能生活得不得体。

归去来兮归不成

1949年初，沉樱决定带孩子跟随其弟一起移居台湾，梁闻讯到上海劝阻未果；赵清阁也曾劝她莫赴台，沉表示"她要走得远远的，永世不再见到梁宗岱"。1982年她接受阁纯德教授访问："我只有离开他，才能得到解放，否则我是很难脱身的。我是一个不驯服的太太，决不顺着他！大概这也算山东人的脾气吧……"到台湾后，她自由了，解放了，但必须孤军作战，独力抚养三个孩子，来不及瞻前顾后已全身投到教书、翻译、写作中。日夜就这样循环，人生就这样过着。如果有一天人家发现她果实累累，名利双收，其中的艰辛唯她自知。给梁的信曾经表示希望"一了百了"。隐藏内心深处的话无意间冒出，令人心寒。但另一方面，她私下庆幸："其实我们的分开正是成全，否则我们不会有今天。"事实上她离开了他，才赢得了自由写作的机会。

日轮星月转于天，一眨眼已老之将至。她结束出版事业，退休移居美国。但以这样的年纪去适应新环境，周围都是新派人物，连同儿女们在内，一切都显得隔阂。疾病也跟着来了，血管病，体弱，手发抖，不能执笔。她怀念年轻时代的热闹生活，那些充满美梦和追求、朋友间相互理解且推心置腹的日子。她的文学生涯不就在掌声中开始的吗？乡愁、怀旧一发不可收，给梁宗岱的信说："你最可羡的是晚年归故乡，我现在要回去的地方，只有自建的三间小屋。"三间小屋是用那部畅销书的收入建造的。三个孩子，三间小屋，多么别致！但她还是希望回到真正的家乡去。"是孤独、恐惧、乡情、亲情一起把我赶回祖国的。"

这场隆而重之破釜沉舟的回归，于1982年付诸行动。之前她通过田仲济转达赵清阁和巴金，说是回去看看，实际是将美国的住房及家私物品处理掉，一心一意回国定居。谁知第一站到上海，巴金设宴招待，当年复旦几位老朋友陈子展、孙大雨等，都因年老体弱未能一晤，赵清阁也行动不便，不能多陪伴她。她曾表示"永世不再见"的故人，已经近在眼前，还是永世不想见吗？有谁知道呢？但最终没能见上最后一面，也就不想见了。一切与先前的憧憬大有差别。她失望了。提前到北京，由文联副主席阳翰笙接待，她向阳老表示希望定居北京，有关部门把她安排到开封文联，因她女儿马伦在开封工作。而她希望能落脚京沪，好重温一生中最美好的年代，但心愿难圆。她对过往日子沉湎太深，忘记了时间已去得老远，老朋友们病的病，老的老，走的走，叶落无痕林渐空，鹃声已逝。周围环境与生活方式也不习惯，依旧孤独。人也病倒了。这场隆重的回归先后持续了两个月，就由女婿齐锡生来把私逃的老顽童带回美国归案。不如归去，归去来兮归不成。再次作别山河。回归，作别，来去匆匆空惆怅。以遗嘱表示希望身后归葬北京，经长女通过朋友多方联系，没有下文。一再的幻灭。但她一生喜欢笑颜向人，也就罢了。重要的是在男权盛行的年代，她以优雅沉着的姿态摆脱了封建的羁绊，走出了自己的路；她自尊自爱，自强不息，温婉而不失坚毅地写下了她的人生传奇。

二〇二二年二月

苏雪林：辞章华茂或思维失控

一

初识苏雪林，知道她是五四时期涌现的女作家，一位著述丰富的学者型作家兼教师。"反鲁迅成了我半生的事业。"她说。骂人成了事业，且穷悠悠半生而骂之，不觉得劳累乎？我只想看你的文章，不想看你骂天骂地骂大气。然则，还是平静处事，从网络下载了她的《棘心》《屈赋新探》等研究屈赋的文章。到她高龄一百零三岁，在她的学生陪同下，从台湾返回阔别七十三载的故乡安徽太平岭下苏家村，乡亲们高调地接待她，聚集了近千人，点响了鞭炮，熙熙攘攘迎接这位荣归故里的大学者，苏辙的第三十四代孙，或者第三十八代，都有人说。君不见，一个人一旦有了名堂，总不忘记为自己选择一个显赫的祖先，或者别人送他一个。村民把她抬到一棵老松树下的"海宁学舍"，让她重温旧梦。这是祖上为儿孙设立的私塾，她本人就在那里入学，开始她的启蒙教育。难得的是乡亲们没有本地姜不辣的偏见，使她走过人生千万里路，有机会返回到源头，完成起点终点的接合。

她怎样凶骂鲁迅，或故乡给她无上荣光，于笔者印象可深可浅。

亦师　亦友

唯是当我撰写陆振轩老师的文章时，知道他于1921年作为第一批中法大学的留学生到法国时，队伍中有罗振英、杨润余，还有苏雪林。一百三十人乘同一条船出发，由吴稚晖带领。陆、罗、杨是笔者大学时代的法语老师，跟苏雪林成了朋友，回国后继续有来往。苏老的日记中，不少地方提到杨润余。1948年10月17日："润余家有日本小磁壶，每倾酒出辄作喝声，亦殊有趣。"1949年1月24日，"……杨润余亦到，杨动身赴桂穗，脱离危险地带。"等等。意外发

苏雪林（右三），罗振英（右二）
与里昂中法大学的中国女学生
（1921年，法国里昂，局部）
资料照片

现使你有意深入认识一下这位大作家。

你打开她的代表作之一《棘心》，自传体纪实小说，书中人物只是给亲属们改个名字或称呼，杜老夫人是她的母亲，醒秋是作者本人。开篇献辞颇显音色凌厉："我以我的血和泪，刻骨的疚心，永久的哀慕，写成这本书，纪念我最亲爱的母亲。""血"与"泪"两字使人不得安宁，却想看杜老夫人如何有幸被女儿誉为"一代完人"。据称杜夫人天性仁厚，十六岁嫁入夫家，跨进门槛就遇上自私、猜忌、琐碎、心胸狭窄、时年才三十二三岁的婆婆。那时候，她的长子，即杜夫人的丈夫，作者未来的父亲，顶多也是十六岁吧？这位婆婆年少气盛，年轻的新嫁娘不是她的对手。先给媳妇下马威，再使用长辈的无上权力，将没完没了的劳役加到她头上。早晨服侍她盥洗、梳髻、画眉，跟着被支使缝缝补补，破衣服鞋袜拆不尽缝不尽，不给她片刻自由，遑论休息。午饭后服侍她午睡，为她捶肩捻膝一小时，晚饭后上床，捶捻要到十一二时才罢休。做婆婆的舒筋活络，媳妇则拇指食指变得又紫又黑，充积着瘀血，指甲也给磨掉了。长年累月弯着腰身用力，以致终生腰痛。甚至怀孕期间也难免任何一项差事。不断养下孩子的婆婆，其中一胎凑巧与媳妇的头胎同时生产，婆婆竟要儿媳给小叔子喂奶，乱套如斯，使人恶心不过，儿媳的头生子因此不够奶水，影响了成长发育，留下严重的后遗症。婆婆不爱孙子，只爱从她肚子里出来的人。她把儿媳变成奴隶，意欲将她碾轧成齑粉。虽说苏老的祖父是县太爷，官宦人家，但家庭人口众多，按辈分尊卑分批就桌开饭，她的母亲就不曾吃过几顿饱饭。娘家送来两只鸡，让女儿产后调养，被婆婆充了公，留着母鸡生蛋，做媳妇的仍然不敢发声。

苏雪林说她的母亲是旧礼教的牺牲品，一生受尽痛苦。但一个转身就说，这种痛苦是当时中国大多数女人都承受的，她们是十九世纪的女人，自幼浸淫在传统的礼教观念里，平日习惯了陈腐思想的压制，媳妇受罪并不奇怪。但思维的分裂在于，苏老认为，即使成了宗法制度和礼教的牺牲品，她们的牺牲还是有价值的，因为"德行"就是"牺牲"的代名词，你作出牺牲你就有德行，因为绝对的道德就是"尽其在我"，就是"忠"，因此，服从婆婆就是"忠"。这就跟儒学所倡导的君臣之间的"忠"接通了线路。原来尖酸苛刻、自私、卑劣的婆婆，是苏家的皇帝，皇帝是要绝对服从的。果然是儒学的卫道者。作者还引用了黎东方谈孔子的一段话：

原来一切道德根本是义务，包含有自我的牺牲，这自我牺牲出发于极高级的爱，……其发展到有人无我的境地之时，早已抛却任何利害的计较，忘怀于对方的反应了，这才算得上纯粹的人格，也只有做到这一点才达到仁字的最高峰，这便是"尽其在我"广义的忠字。不仅君臣该如此，五伦都应该如此，孔子说"志士仁人，无求生以害仁，有杀身以成仁"，也只有大家努力做到这点，国家才能够存在，家庭才能够存在，社会才能够存在。

从汉朝以来，历代皇帝皆以尊崇孔子和宣扬儒学作为钳制思想、维持专制统治的手段，清朝统治者也深谙这套治国方略，继续利用儒学作为精巧的愚民手段，"圣贤后裔"在仕途上给予特殊待遇。孔氏庄园不断扩大，到乾隆期间，孔府官赐的祭田达六十万亩，还不包括私置的数量更多的田产在内。可见儒家思想对统治者的贡献有多大，才获得如此回报。从杜夫人的牺牲表现，黎先生那段慷慨激昂的文字，可以看到民众的精神是如何被腐蚀了。这种愚昧的表现来自被弱，被穷，长期受骗。

有趣的是作者同时谈到家中一个相反的例子。她的二叔三叔的元配，因痨病先后过世，后来续弦的都是官宦人家的千金，她们跟长嫂杜夫人不一样，懂得自尊自爱，在家姑面前摆出千金小姐的款儿，对苛求不买账。先是推搪，跟着是反驳、顶嘴、赌气，最后一走了之，收拾行李回娘家去，一年半载不回来，最后还得夫家说尽好话，赔尽小心才肯銮驾回归。这时候，恶家姑还有什么权威、尊严可言？只好轮到她来压下气焰，但求相安无事，日后再不敢触犯她们。同样是十九世纪的人，生活在同样的礼教中，但她们懂得维护做人的尊严，爱惜自己的千金之躯，不肯犯贱。杜夫人在婆婆面前低声下气，战战兢兢赔尽小心，还要流泪长跪乞恕。人善被人欺，马善被人骑。苏雪林却认为母亲的牺牲是盛德懿行，像朝廷的忠君贤相，人格足够伟大，做女儿的给她颁发了"一代完人"的"勋章"。苏老这个从"五四运动"冒出来的作家，口号叫得响亮，但并非真正反封建。作品才是灵魂的最终表现，你从中看到一个出身封建家庭的女性的二元心态。

二

苏雪林著作卷帙浩繁，一百三四十万字旁征博引的《屈赋新探》是代表作。其中包括《楚骚新诂》《屈赋论丛》《屈原与九歌》等数册。你打开《屈原与九歌》，将指头滑到《酒神与山鬼》那章，两个不神不人的酒鬼和山鬼即时来到跟前，酒鬼出自希腊神话，山鬼出自屈赋，两个鬼你都熟悉，也喜欢。苏氏有如下文字："据笔

亦师 亦友

者的观察,山鬼这位神与希腊酒神狄亚仪苏士(Dionysus)有极相类似之点,毫无疑问,他是一位外来的神,而且正是酒神。《山鬼》这首歌,也毫无疑问地是一首和希腊祭酒神相似的'酒神赞颂'(Dithyramd)。"又说"《山鬼》歌主是个美少年,即是酒神"。原来作者认定屈子的山鬼是"美少年",跟希腊神话中的酒鬼相提并论,这就错了!据你所知,楚人祭祀的是一位女神,郭沫若干脆认为是巫山神女;杜甫的"山鬼幽阴雪霜逼",指出山鬼是个幽阴的女鬼,至于"既含睇兮又宜笑",含情而笑是女性动静,文字中找不到男性阳刚气的描写。倘若是男儿,"乘赤豹兮从文狸"就足够,不必"被

中国画家笔下的山鬼
资料照片

薜荔带女萝"。从元朝开始到清朝,中国画家笔下的山鬼都是女性,到近代的傅抱石、张大千、徐悲鸿等画家,笔下都是女性。唯独在苏氏的学术领域中成了男人,为什么?

苏老对酒神也有如是描述:"酒神狄亚仪苏士为仪山之神,长于深山之中,育于山林诸神之手,其师保,其侍从无一非山川林壑之神,他的祭典又举行于高山之上,所以酒神一生与山总算结了不解之缘。"希腊神话好像没有如此这般的描述。苏老继续发话:"则屈原用'山鬼'二字来表示酒神的定义,可谓巧不可阶,题无剩义。"作者眼里,山鬼不但是男性,而且与酒鬼干脆是一码事。更令人失措的是,她认定屈原的作品都是受外来影响的舶来品,内容多来自域外的宗教神话。《天问》干脆来自《旧约·创世记》。

首先,酒神并非生长于深山之中,育于山林诸神之手,祭典于高山之上。他是天神宙斯与佩塞福纳(Perséphone)所生的儿子,天后赫拉(Hera)出于妒忌,将他送给巨人族的一位泰坦(Titan),被撕碎吃掉。雅典娜将婴孩的心捡起来交给宙斯,宙斯把它交给情人塞美勒(Séméle)孕育,酒神就有了第二次出生。他身上带有兽性,有种种超尺度和异乎寻常的秉性,但灵魂保留着神灵的一面。因被赫拉继续迫害,不得不在世界各地流浪,从色雷斯(Thrace)转移到希腊。队伍一直流浪到印度。所到之处总有一群疯狂几至神经错乱的男女追随着他,一路胡来乱摔大饮大喝。到处流浪放浪形骸,也到处宣扬宗教。本身也逐渐形成宗教。苏老知识渊博,学贯中西,对该神话肯定有所知,但她的叙事服从了她既定的研究方向,强调域外文化如何"贯穿了,浸透了"中国文化。

按照尼采的观点,酒神及其队伍的出现,是对抗现行制度的束

酒神追随者的狂舞（油画，1849年）
（瑞士）格莱尔
瑞士洛桑州立美术博物馆藏品

缚，是反理性，强调释放与生俱来的人的本能。法国印象画派兴起时代，在巴黎创立画坊的瑞士画家格莱尔（C. Gleyre），就以酒神为题材画下一幅《酒神追随者的狂舞》（*La danse des Bacchantes*），将人的本能形象化，将非理性人性化。人的放浪形骸，被人体美的浪漫笔触推上了顶峰。

《山鬼》要表达的是什么？诗歌开头就将你带入梦幻似的世界："若有人兮山之阿，被薜荔带女萝"——弯曲的山坳深处，仿佛出现一个人，披着一身的薜荔藤蔓，以菟丝蔓作为腰带，身上散发出杜若的芳香。她生活的地方浮云像水一般流动，乱石堆积，却色深而幽远。她容貌美丽，青春焕发，多情而含蓄。山鬼与环境构成一片洁净、清幽、芬芳的天地。这可是屈子所渴求的理想世界？还有感情的抒放,"岁既晏兮孰华予",当韶华逝去,我还能够像花朵般绽开吗?文句华灿,寓意深蕴于内,若即若离,若有还无,一个虚无淡雅而幽丽的世界。我们经常谈西方的浪漫主义怎样产生,如何似春日骄阳亮于文坛,事实上屈子的充满欣喜、慈悲、灵妙、包容的浪漫主义,早在两千又数百年前已先天下而春。

我们且将酒鬼和山鬼作一番比较。从外表看,一个是放浪形骸,到处流浪,浑身邋里邋遢;另一个则貌如晨曦,如朝露,如花朵。更重要的是本质问题,酒神的核心诉求是释放人的本能,有点乱套的本能和人性;而山鬼则寓意于美好的理想,理想政治、理想社会、理想人生或理想爱情,都可以。两者之间的距离是南极北极。以当代语言来说,酒鬼和山鬼各各拥有自己的DNA,不能混淆的遗存因子,是黑白分明的两码事。

苏雪林认为:"二千年来对屈原的《离骚》《九章》的疏解成绩差强人意,对《九歌》《天问》则不免瞽者猜日、盲人摸象之讥",皆因"屈赋的内容多为域外的宗教神话及其他的文化分子,而这类分子皆蕴藏于《九歌》和《天问》之中"。文化的传播,互相影响是平常事,但一种文化从产生、发展,到成熟,需时甚长,能否传播到国外让人接受,就看它本身的价值。但苏氏认为,域外文化是通过为挣钱的商旅队伍、为避乱的外地移民和"成群结伙"的学者进入中国的,从此域外九洲及大瀛对中国人再不是秘密。但以下里巴人为主的商旅或移民队伍中,可能有"成群结伙"的学者吗?又说:"屈原使齐四五年,必曾与此类外国学者周旋谈论,深相结纳。以屈子天分之高,学殖之深,感受性之敏,对此域外文化知识,全盘接受,并且有甚深之了解,以后如蜂之酿蜜、蚕之吐丝写成《九歌》《天问》

《离骚》《招魂》等充满异域文化色彩之篇章,又何足为异?"

外来文化的影响,经常是取其形式,如乐器、舞蹈、绘画,至于根植于大地的思想、感情、精神层次的最基本因素,不会受外来影响。屈原因何缘故对域外文化特别关切?既然他"学殖深",何来对外来文化一下子"全盘接受"?一种文化,直至一部文学作品的产生,是建立在人与人之间的联系和共同生活的基础上。在错综复杂的日常生活中,关系到人性、感觉、欲望、道德、倾向,甚至利益、信仰、风俗、习惯。还必须具有正面的积极因素,拥有自身的生命力和道德力量。中国数千年文化,就是在这种基础上建立发展起来。即使与域外文化有所接触交流,依然是牛吃草还是牛,马吃草还是马。文化不靠承传,不被渗透,只靠本身在实践中的成败或输赢的探讨来维系与延续。

苏老先后两次留法,除了1921年9月跟陆、罗、杨等三位老师一起,由吴稚晖带领到法国,到1950年,时年五十三,又第二次远渡重洋到法国,计划做两年研究工作。此行目标明确,就为解决屈赋研究中的难题:其一,域外文化是否在战国时代进入中国,其二,屈原作品中出现外来文化因素的原因何在。她把屈赋研究之事告给法国汉学家戴密微(P. Demiéville),后者认为中西文化可能出现偶同、暗合,但不可能有如此这般的贯穿渗透。苏对这位巴黎大学教授的中文程度十分佩服,"但惜其人过于严峻,余之研究在他手中,决无成功之望"。研究课题得不到老师的首肯和指导,颇感前景暗淡,又自觉年龄渐长,身体状况日益疲惫。今回来法只逗留了两年,在"各种恶征一齐呈露"底下匆匆返回台湾。

细看苏老的研究课题，《楚辞》来自西域因素；大舜禅让故事来自印度史诗《摩诃婆罗多》；夏初的历史来自西亚一部创世史诗，我们古老的治水祖先禹鲧，就是从这部史诗的人物演化而来的，云云。又说，汉代以后的小说、笔记，也是根据西方的传说而撰写，不但《西游记》《封神榜》，就连孟姜女哭倒长城、白娘子及其水淹金山寺，都渊源极远，不是中国货色。《红楼梦》呢，可与西域脱钩乎？脱了。幸好贾宝玉不是亚历山大远征期间留下的后人，却被告知，《红楼梦》是一部言情小说。苏老在《上篇〈饮水词〉与〈红楼梦〉》一文中如是说："《红楼梦》虽然是一言情小说，而其魔力非常之大。中国人素来说小说不入流，又说这类书不过是茶余饭后消遣的东西，谈不上文学价值。所以有出息的读书人，以看小说为大戒。但对于《红楼梦》，他们竟另以一种眼光相待，居然当作一部正经书研究起来。百余年来已有谓'红学'也者。"

你从小到老读"红楼"，每一人生阶段都有不同章节的特别关注。风云社会或个人生存的雪泥鸿爪，人性的炎凉狠毒，松风泉韵般的爱恨，内容太丰富了。你也可以把它作为一部史书来读。你读大清的历史，就像看帝王将相影影绰绰的皮影戏，你方唱罢我登场。既远又隔，尽是些刀光剑影碧血残垣。是黄袍加身，也是民不聊生。而曹雪芹则以四年的红楼生活，给我们展示了清朝二百六十多年的历史。黛玉十三岁进入贾府，数年的"花谢花飞飞满天"，到十七岁去世，"随花飞到天尽头"，大观园的故事就闭幕了，清朝也闭幕了。二百多年的清史，就以一个故事，将社会和个人的生死、爱恨、嗔怒、忠奸、邪恶、救赎、形象化地展示到你跟前；人物包罗万有，上有元春娘娘，下有刘姥姥、焦大，总之，一部有血有肉的百科全书。你看红楼比看清史更觉清晰明了。

三

小鸟的鸣唱，是清脆如铃，娇柔稚嫩，或粗鲁嘶哑笨拙，跟它们身上的羽毛很搭配。歌声柔美的黄莺、红喉鸟的羽毛姣美纤细；聒噪的乌鸦、鹈鸟披着一身硬邦邦的黑羽毛。苏雪林出身官宦人家，祖辈曾任县令、知府，家中设有私塾，聘请了一名秀才来教姐妹们读《幼学琼林》等入门读物。但这个家绝非温柔富贵之乡，嗅不出多少书香世家的温良味道。一个怪诞苛刻、乖张吝惜的祖母，足以将这个家变成废墟。苏老说只要想起母亲的饱经忧患，就凄然泪下。婆媳俩都是缠脚娘、文盲，斗大的字认不上一个。苏老四岁时祖母嫌她野，给她缠足，成了终身形残，使她"一辈子不能抬头做人"。祖母抱残守缺男尊女卑，信奉女子无才便是德，不让进入正规学校，认为她们外出是为找姑爷，非为读书。她求学之路极艰难，必须赔上许多眼泪，不吃不睡，与母亲吵架，甚至要拼上一条小命，以跳水自杀威胁来换取读书机会。她矢志不渝的愿望是读书，所有人反对也要读。当时代不能再把她圈在厨房里，会产生积压过久的爆发，她就以百折不回的顽强来摆脱女子传统的命运。她有自己的蓝图，四处打听升学之路，准备继续学业再出国留学。她的求知欲望既受五四思想影响，也出于人的天性。

封建家庭的车轮没能碾碎她对知识的追求，但"过去受的屈辱已不少"，艰苦的斗争历程扭曲了她的个性，使她的思想言行趋于极端。偏激是她的正常状态。读书机会来之不易呀，要好好珍惜，充分利用。她进入文学就像进入宗教，永远留在里面，且为所欲为，将生与死的冲动、亵渎与纯洁、梦想与现实都糅在了一起。爱情的承诺也可以不要，只要文学的承诺。就有她与张宝龄的婚姻故事。张先生1961年逝世，结婚三十六年，共同生活不到四年。对不起啦，宝龄！一个生活在大陆，一个在台湾，一生两处孤影人。"我有文学、学术，何必婚姻？"她说。独来独往可以走得很远，飞得很高。但使你茫然的是，她的鸿篇巨制《屈赋新探》不在你所期待的地方。过度渲染的辞汇，挥笔纵横的杀伐，笔下的轻率、辛辣，都见莽撞、夸张；对鲁迅态度更是川剧变脸，鲁迅生前她崇拜得很，誉为"最早取得成功的乡土文艺家，能与世界名著分庭抗礼"，鲁迅逝世后，就成了"玷辱士林之衣冠败类，十四史儒林传所无之奸恶小人"，"褊狭阴险，多疑，善妒"。从奉承到诋毁，前后大约两年时间。其间发生过什么事？视觉或思维失控，管不了自己的嘴巴？

　　她一面执教，从一学府到另一学府；一面写小说、散文、文学评论，《棘心》《绿天》《归途》；从古典文学谈到二三十年代的作家，费时二十年写下压轴之作《屈赋新探》。学术也好，文学也好，古典也好，现代也好，"骂鲁迅第一人"也好，赞胡适也好，从此有了自己的存在。恣意驰骋，横冲直撞，闹出交通事故也听之任之。探索彼岸需要蛮劲与勇气。她承认自幼有尚武精神，娇柔羞赧不在她分内，不爱女红，梦想也不在花榭前月廊下，而是"身穿盔甲，手持丈八长矛，纵横于敌阵之间"。她挥笔也像挥动长矛，只管诛心戮肺，所谓公允、风度不在她分内。她一生最大的特点是文学欲望，狂热是她的第一天性，远离了一点现实，去到另一道空间，过另一种生活。她心里总有神与鬼的对峙，宣称自己"仰慕异常"。超过半个世纪的上不看天、下不看地的笔耕,她拥有了自己的气候。你不必耿耿于怀她骂鲁迅,把笔泡到脏水里,是糟蹋了自己的笔。将中华文化贬低,本人也明知其纰缪:"无怪人皆以野狐外道目我,以为不足登于庄严的学术殿堂"。

  童年时代开始写诗,整一生在文学与学术世界里恣肆浮沉,不管是故作惊人,或言辞失控,但学术不必求同。法国作家马莱(N. Mailer)有一句刁钻话:"如果不将全世界都惹得怒火中烧,又何必做作家!"苏老破坏成见与共识,成就自己的文章。如此探索勇气和宽广的涉猎前例不多,文学史上自有她的座席,有足够园地来存放她的卷帙浩繁、内容广泛、文笔畅达的作品和日记。日记中有青菜萝卜糯米酒,也不缺少时代的侧影。想来她无意招惹我们,人家自幼言行无忌,快人快语,自认一百岁也长不大的孩子,一挥笔便牵动了东南西北风,又何足为怪。她一辈子跟现实和梦想争吵不休,写尽古代现代,然后在自己经营的茂密如林却有点凌乱杂芜的园地中入梦。

二〇二三年六月

姚雪垠的巴黎留影

1984年10月，姚雪垠先生应邀来法访问，参加马赛玫瑰节其中一个项目：名作家签名售书仪式。他的小说《长夜》的译本，正好在玫瑰节期间出版，难得躬逢好季节。原著第一版时间是1947年，八十年代，李治华先生得作者同意把它译成法文，由弗拉马里翁（Flammarion）出版社出版。今回就由该出版社邀请姚雪垠访法，参加由德费尔（Defferre）夫人主持的玫瑰节以及签名售书仪式。德费尔先生是马赛市长，他的夫人原名埃德蒙德·夏尔-卢（Edmonde Charles-Roux），曾获1966年龚古尔文学奖，2002年成为龚古尔评委会主席。今回姚老虽非个人专访，但得到国内外传媒报道、电视台采访，并由德费尔先生颁发了"马赛市勋章"。访问很成功。接待单位给他延长了公费居留期限，原定五天，改为十四天全程公费。

那回的访法活动，李治华是他的全程陪同。之前他给我们来信，接着来电话，说姚雪垠27日抵巴黎，届时希望和我们一起驱车去接机，招呼客人游巴黎，写一篇访问记。后来原定计划有变，中国大使馆决定派车去接，我们则改为28日到他下榻的酒店见面，接待他游览。前一晚，他入住的是弗拉马里翁预订的二星级酒店。当晚德费尔夫人亲临拜访时，认为酒店条件欠佳，让他即时迁出，入住四星级的皇桥酒店（Hôtel Pont Royal）。那时适逢开放初期，经历过长久冬眠的中国作家，忽闻乳燕初鸣，得到春消息，准备迎接一个正常的写作时代。作家们开始纷纷出国访问，法国文化界也知情着意，以十分的热忱来接待他们。

二十世纪八十年代于笔者而言，执笔是偶然事件，香港与巴黎之间行止无定，在稻粱谋之余，就凭对文学的兴趣，打发一下青少年时代的作家梦。无意修正果。那个年代躬逢中国开放，巴金、徐迟、马烽、刘白羽、吴祖光等作家，先后来访法国，有机会接触到学子时代从课本或书籍上认识的名家的庐山真面目，自有一种效应。今回与姚老是初识，知道他是中国最具知名度的历史小说家，他的长河小说《李自成》尚未最后完成。有文化界朋友自祖家来，自有游子自知的喜乐。适逢志侠刚考取驾驶执照，乘兴载着客人跑铁塔、凯旋门、巴黎圣母院、卢浮宫、拿破仑墓。同样的路线已经跟来自国内的亲朋跑过，今回接待两位文化界的知名人士特别开心。在拿破仑墓前，姚老发了一番议论，说跟拿破仑抱团出生入死的大将们，死后还能够躺在他身边，自有一种不向功臣欺凌的文明。

午饭后两老一起上我们家做客，小女宓宓为他们弹奏《月光曲》，姚老说弹得好，落指轻柔，是月色的味道。他回报我们的是谈他的《李自成》，一部明末农民起事的故事。你触耳触目都是刀光剑影，横刀立马。当时只出版了第二卷，得了茅盾奖。一部计划五大卷、三百多万字的长河小说，任何一个情节皆没完没了。你生怕有所遗漏，打开录音机让他滔滔不绝，我们只管一旁恭听。他首先从自传式小说《长夜》谈起。他的自传式并非假托或影射，而是他少

李治华、姚雪垠、卢岚在巴黎圣母院前面（1984年）
作者藏品

年时代一段亲身经历，他说虚构成分甚少，小说的主角陶菊生就是他本人。故事背景是上世纪二十年代河南农村生活，却非农夫如何早出晚归胼手胝足的活计，而是他家乡的一伙土匪打家劫舍的故事。

像姚老这样的文质彬彬，会跟绿林界扯上关系？你格外留神，唯恐弄错了些什么。没有弄错。"我就是这样进入社会生活的。"那个时代正逢军阀割据，吴佩孚盘踞在河南洛阳，离他的家乡不远，那是北方军阀和政客的活动中心。各路军头为争夺地盘不断混战，失败的队伍到处流窜成为土匪。土匪有机会被收编，又变成士兵，两者互相转化，实际上都是一路人。1924年，他初中二年级，时年十四岁半，在信阳一间由美国人主办的教会学校就读，因时局混乱提早放假回家，中途被土匪逮住，成了一张"肉票"，等家人筹款来赎身，在土匪窝里蹲了三个月。"每夜都看见土匪们杀人放火，他不明白这些人为什么都失掉了人性"。幸好土匪头儿看他浓眉大眼，把他认作干儿子，才得以保命，最后放他回家。《长夜》中主角陶菊生被捉的经过，在土匪窝里的生活和见闻，是作者的亲身经历，他力求写出这段经历的真实面目。

他之所以谈《李自成》之前先谈《长夜》，是因为两者之间有天然的联系。《李自成》所采用的语言是河南土话，是《长夜》中所使用的语言，土匪界一些黑话也被采用了。动笔前他曾经到过多家图书馆——湖北省图书馆、北京图书馆、武汉大学图书馆等——收集明末的历史、社会、风俗、民情等相关资料。但能供参考的文字毕竟有限，详细的生活细节不能依靠资料，就得看作者的感性知识。而《长夜》有他本人的生活经历，写《李自成》就可以从中提取生活细节，省去了虚构。他甚至借用《长夜》中的故事情节和人物，改头换面，重新作艺术加工，将他们变成历史人物和历史故事。从现实生活到付诸笔头，经历过漫长的酝酿，到十九岁开始接触到马列主义，才找到故事落笔的立足点。《李自成》的前言中，引用了马克思的话："随着经济基础的变更，全部庞大的上层建筑也或快或慢地发生变革。"也引用了毛泽东的话："地主阶级对于农民的残酷的经济剥削和政治压迫，迫使农民多次地举行起义，以反抗地主阶级的统治。"他找到了"征服这一重大历史题材"的科学武器，"知道了应该写什么和怎样写。"

于是，李自成这个出身农家、替地主放过羊、当过驿卒、蹲过大牢的人，一出场，什么也不用做已经足够伟大，比起人更像神：

"一个身材魁梧、浓眉大眼、生着连鬓胡子的骑兵，好像龙门古代石刻艺术中的天王或力士像那样，神气庄严，威风凛凛，一动不动地骑在马上，一只手牵着缰绳，一只手紧紧扶着一面红色大旗。……"他胆大如斗，心细如丝，一看就是成大气候的人，终于成了"大顺朝的开国皇帝"。

你从小读史书，不知道有大顺皇朝。这个短命朝代只在1644年至1645年之间，不到一年，在京城称帝只有四十二天。其实"开国皇帝"之说不切事实，自古以来中国就存在，用不着谁去开。梁启超在《论中国旧史学之弊》中指出，中国史学家只"知有朝廷而不知有国家。吾党常言，二十四史非史也，二十四姓之家谱而已"。史学家尚且如此，何况平民。国家者，人民、土地、文化也。中国只有古今之分，有的只是朝代的更替。戴帽的去，打伞的来，江山依旧在。这类农民战争的出现，历史上是千篇一律的。当某朝代发展到某阶段，就出现一个"天降大任"的人，将某皇朝推翻，自己黄袍加身。从秦朝到清朝，所有农民起事的领袖，没有一个不是自己想做皇帝的。崇祯和李自成两人，是为对方度身定做的敌人，他们同时来到世上，碰上了，一个想做皇帝，一个要保自己的帝位，你死我活拼杀一场，最后双方同归于尽，一个煤山自缢，一个遇清军败死湖北，两个都是悲剧人物。折腾了那么些年，最后是导致清兵入关。姚老给我们叙述的，就是这类中国故事。

李自成出场时，手下已有一二百人，如何维持一二百人的日常生活？有一回出征前，他叫妻子高夫人把金银珠宝拿出一部分来，分给几个亲信。一旦部队被打散，生活还有个着落，他想得周到。不过，夫人的金银珠宝从哪里来？一二百个兵丁的粮饷从哪里来？

为了把受伤的"彩号"寄放到某村,又叫高夫人取出一百两银子,交来人散发给村民。银子又从何来?

回过头去看那回"绑票",真是老天爷给姚老的一件礼物,成就了他一辈子的文学生涯。他说吴晗曾亲自过目他的《李自成》,惊呼超过《三国演义》。而他的自我评述则是:《李自成》不同于《三国》,三国的人物没有私生活,而《李自成》除了骑尘呼号,宫廷生活也历历如在目。还有帝王的力图振作,刚毅有为;农民领袖的峥嵘大气。其实李自成只是陈胜、吴广以来一连串的农民领袖的缩影;崇祯帝的煤山结局,也走不出历朝帝王的老路,只是花样有别。每个朝代末期,总离不开贪赃枉法,民不聊生,带来了腥风血雨的改朝换代。数千年历史,就在这条老路、苦路上往复循环,陈陈相因,付出血泪代价的永远是老百姓。一场天翻地覆才过去,岁月安静不了几天,就得等待下一场腥风血雨。一再反复折腾,却不觉得劳累,依旧继续在老路、苦路上撞撞跌跌,在自己的死胡同里走到底。有谓十步之内必有芳草,只要我们肯去求索。但我们的历史始终按照姚老的数百万言行进,永远是这条老路、苦路上的事儿。

姚老甚骄傲于《李自成》的私生活的描写,认为绝对胜于《三国》。学者黄裳如是评述:"作家姚雪垠的《李自成》里有描写崇祯帝在宫里生活的内容。有的读者读了很有兴趣,说写得好;也有人怀疑其真实性,觉得靠不住。"作为历史小说家,只能根据搜索得来的资料进行虚构,姚老能借鉴本人一段生活,已经胜了一筹。他以"深入历史,跳出历史"的原则来建构他的工程。距离今天三百多年的生活,追究其真实性,不见得是合理之举。何况"当时黮暗犹承误,末俗纷纭更乱真",史书记载也不一定是真正的史实。那天姚老只谈宫廷生活的丰富,没有提及其真实性。他一再强调,研究《李自成》首先要从美学角度出发。

难得的是,经过从东到西的长途飞行,频繁的活动,姚老不太显得疲倦,总是脸上带笑,以轻松的语气谈他的作品,谈数十年没有假期的写作生涯。这是以文学为第一性情的人,热情而平易近人,是你喜欢结识的朋友。初来乍到,却觉得眼下的老人是师长。作为历史小说家,有生之年国内外声名鹊起,在中国当代文学史上是独一无二的吧。

从湖北抵京后没有住房,到"四人帮"倒台,才给他妥善安排,连家属也一并调到北京。他工作勤恳,"许多年来我没有假日,没有节日,不分冬夏,每日凌晨三时左右起床,开始工作,每日工作常在十个小时以上。"随着年事渐高,写作的方式方法有所改变,从笔头写作改为口述,以录音机录下,由助手整理,他最后过目定稿。他说落笔前不需要等灵感,随时坐下随时落笔,灵感跟着笔杆的走动而来。当时他告诉我们,说《李自成》大约有五百万字,但付印只有三百余万字,据说没有最后写完。全书写作历时二十多年,一部很踏实的长河小说,却坦诚自认,就连研究它的人也没法啃进去。为什么?篇幅过长?你翻阅了第一卷的上下册,人物众多,结构纷纭繁复,只有高手才能驾御。这类长河作品就像普鲁斯特的《追忆似水年华》,或乔伊斯的《尤利西斯》,这两部名著,谈论的人要比阅读的人更多。而《李自成》的第三卷是1981年文学作品的最畅销书,其成功可见一斑。

他在巴黎逗留了两天,二十九日,由李治华陪同到马赛参加玫瑰节。回程由马赛市长德费尔派出专机,把他与李治华一起送回巴黎。

　　闻说姚先生书法甚棒，是某书法协会会长，遂向他求取一幅字画，他答应马赛归来后写给我们，后因太忙太疲倦，说日后从国内寄来。回国后他给我们写了一封长信，宣纸，行书，直行书写，谈全国作协的活动、社会活动，不久"要飞往新加坡"；还说："从八五年第一季度开始，《李自成》第五卷要分别在几家刊物上发表，我必须在十二月底之前整理出二十万字，不然就影响了刊物发稿。"并寄来《李自成》第一卷上下册以及《长夜》，同时附来一幅"松园"匾额题字，这是我们向他索取的墨宝。准备把它制成木匾，挂在村居的花园里。另一大楷条幅是特别赠送，上头写着：

　　凝眸春日千潮涌，

　　挥笔秋风万马来。

　　下款注明是他的旧作。即时到铺子配了玻璃画框把它框起来，挂在村居客厅的墙壁上。无论条幅大楷，来信中的小楷行书，都顺心畅意给人美感。条幅中的"千潮涌""挥笔秋风""万马来"，每一组文字，都气势峭拔慑人。《李自成》中有不少诗词，是托人物之手写成的，总共大约六十首，中国的诗词歌赋以及民谣，都被糅进作品里。这两句锐意沉雄的诗句，想来是他本人构思状态的表述。"秋""秋风"及其词组，进入诗歌的比率甚高，欧阳修的《秋声赋》，李商隐的"巴山夜雨涨秋池"；李白的"秋风清，秋月明，落叶聚还散，寒鸦栖复惊"。几位诗人的"秋"，给人的语境是沧桑凝重，或平易无间。姚老的"秋"与"万马"相连，则气势磅礴慑人。原来字眼不同的排列组合，可以生出无穷意境；气韵差别之大，无法估量。字眼的选择与搭配，果然是作家的才能所在。

随风而播

　　这个条幅就混在村居客厅亦中亦西的陈设中。挂钟、油画、北极圈携回的鹿角、国内购买的古董铜器、汉白玉观音像、赵墨僧的双管字画，都是从市场上选购回来的。没有故事，没有伸向生活的根。唯有这条幅有一个故事，它与一位知名的中国历史小说家有关。所占地方不大，却提供了一个宽广的精神空间，给你高远开阔的心理感受。"千潮涌""万马来"，最后归结的是"挥笔"两字？你设想《李自成》的三百余万字，就是这样千潮涌动般喷发出来的。

二〇二一年七月

十年乱世逐水流

——我读萧红

有人研究过，不少大作家都有过不幸的童年，父或母早逝，或离异，从小失去亲情呵护；或者是私生子、孤儿，缺乏家庭温暖，遭受过歧视、虐待，经历过贫困挣扎；或死里逃生，如二战时期的犹太儿童、青少年。总之都是些被忽略、被伤害、被抛弃的小可怜，承受过精神和生活的折磨。不一样的人生起步，带来了不一样的人生，内心总比别人藏着更多的痛苦。痛苦是无底深渊，要走出深渊，就必须把痛苦倾诉出来。心不伤智不开。他们就这样拿起了笔，将大悲哀大孤寂直溜溜地倾诉，或隐匿在一个故事、一个寓言当中，或通过娓娓而谈的文字影射，以此来填补空白，来补偿、纾解内心的疼痛。

你读萧红的成名作《生死场》，一页页翻下去，心里不是味道，她的文学怎可以那么极端，那么偏爱罪孽。金枝因为摘了青柿子，不中用，母亲就像老虎般把女儿扑倒在地，把她打得即时流起了鼻血。她将一个柿子看得比女儿的价值要高；村里所有父母都暴虐孩子，他们都在非人生活中九死一生。王婆向邻居讲起自己的故事："……一个孩子三岁了，我把她摔死了，要小孩子我会成了个废物……"金枝的丈夫也亲手摔死才一个月大的女儿。孩子，尤其女孩，不比牲口更有用场。男人的粗暴、兽性令人发怵，患瘫病的月英，向丈夫要点水喝得不到回应，哭泣声连隔壁邻居也听见了，还遭他辱骂，死前身上长了蛆虫。纸背间透出的阴森直教你寒气彻骨。所有人的胸膛都藏着一块冰，外加一块铁。每个人心里都有自己的魔鬼，狗窝要比人的家庭更温暖。你不禁发问，是作者的笔杆沉沦，还是现实本身的沉沦？你掩卷良久，尚未能将好情绪恢复过来。这是你不喜欢看的书。并非为欠缺跌宕起伏的故事情节，没有情侣间的生生死死，而是人性的荒凉使你透不过气来。人与人之间的冷漠、隔阂还在其次，使人难以释怀的是，如果父母亲对孩子的爱，一种天赋的本能也丢失了，我们的世界还剩下些什么？你希望丈夫对妻、女少一点灭绝，但你很失望。生命的意识不存在。人伦关系失去了根基。世界没有了生机。苟活成了最基本的真理。老天，这种文字你不能以一般的美丑尺度来衡量了，作者的视觉使你战栗。是她看到不该看的事情上头去，还是不该有这样的存在？

　　但你不能对这一切说"不"，就像作者没法对命运说"不"，是命运决定了她的视觉和笔杆的走向。她出身于东北小城呼兰县的乡绅之家，家里有多富裕？呼兰县是偏远地区落后的穷壤，气候严寒，耕作只得一年一造收成，农夫粮短衣缺。乡绅之家又如何？萧红谈到大合院时，总使用陈旧、荒凉、破落等字眼，虽然有出租的房舍，入住的都是穷苦人家。当住客交不起房租，贪婪、小气、吝啬直至无情的父亲，就把他的马车赶过来。他对女儿也凶狠歹毒，这是她心中解不开的死结。每当走过他身边，就有被针刺的感觉。幼年丧母，但记忆中的母亲"恶言恶色"，无亲无爱，经常挨她打骂；祖母呢，是她最讨厌的人，体弱多病，却有足够的精力来凶狠专横，对孙女丝毫不容忍；继母更加面目狰狞。一个冰窖似的冷酷世界。她从小迷失在这个寒气透骨的天地中。日后就以笔来道出她的沉重，她的大寒大栗。

她不是甄士隐，将真事隐去，以假语村言来东游西荡，她有的是直面现实的勇气，将所知所见或本人的经历，赤裸裸地扔到你跟前。她笔下的东北农村，有挥动马鞭的声响，有织布的机杼声，串辣椒的快捷动作，节日挂到土屋门前的葫芦、驱蚊的火绳，有麦场上拉石磙的小马，河边高粱地里的野鸳鸯，都是地道的东北农村风情，一幅民俗画，简陋而宁静的本色生活。但更多的是超乎想象震人心弦的画面。北方自然环境冷酷，单造收成，农家食不果腹，衣不暖身，没有过冬的被子，常人的生活已自身难保，每天都得计算着怎样活下去，小孩和病人就成了牵累。每个人都牲畜般来到世界，牲畜般活着，牲畜般死去，生与死都同样冷酷、失败，不足挂齿。村边乱葬岗的恐怖状况可以说明一切。混沌麻木，无知无觉，一代一代按着同样脚本扮演着同样的戏。鲁迅的阿Q、孔乙己，是揭露民族的劣根、病态精神及其奴性。萧红写的是人的愚昧混沌，麻木不仁。鲁迅以艺术手法创造了典型人物，有代表性，具象征意义，有吸引人的故事情节，以及文学性的深层思考。而萧红笔下的人物，不借助艺术或文学手法的掩饰，砖是砖瓦是瓦，将丑恶现实原装原样地抖出。无疑是直率朴素，但如此这般的生与死的苍凉大悲，毕竟令人不忍卒读，使人毛骨悚然。某些诗意的描写，景物的抒情，也掩盖不了从纸页间冒出的大苦大劫。如果说鲁迅先生的杂文是匕首是投枪，萧红的直溜溜、不拐弯，连小小遮掩手法也省去了，直叙得来直叫你想逃避，避开那些血污、呻吟、啜泣，还有乱葬岗……再没有比她笔下的人与事更蒙昧、丑恶、寡情的了。现实被丑恶的人和事堵得水泄不通。若非以当代人惯用的思维去衡量，什么"歪曲事实"，给现实"抹黑"，就是鲁迅先生所言的"力透纸背"吧？鲁迅的匕首、投枪，是带有政治意识的揭露，是对中国人的恨铁不成钢。萧红不大具有政治意识，她以本人的悲苦为依托，给我们描绘了一幅悲喜交集、善恶交织的北方农村风景图，使我们看到另一种形式的萧红本人不自知的揭露。

这是《生死场》上部分的描述。没有希望了吗？总也离不开生与死的重力，都在沉甸甸地下沉了吗？不，善良慈祥的祖父曾经给她温暖，受了父母的打骂，就躲到他的房间里去，对着窗外的景物发呆。在大雪纷飞的黄昏，围炉听他读诗；在后园里祖孙二人形影相随，浇花种菜戏蝶，这就是他童年的欢乐时光，也培育了一个作家萧红，一个求知和上进愿望极强的萧红。从祖父身上她知道世界上除了恨，还有爱。北地的穷壤、寒气还是能够孕育爱心的。这种感情也表现在人与家畜的关系上，老王婆牵着不中用的老马走进屠场那一幕，写尽了人与家畜的相依为命，最后双方的难舍难分。虽然这个王婆就是年轻时将亲生的三岁女孩摔死的那个王婆，但她毕竟为被送进屠场的老马掉下眼泪，可见她还是有血肉、有感情的。如何判断同一个人的杀女悼马的公案？

作品的下半部写的是日本鬼子来了，大敌当前，一切都不一样了。当年睡意昏昏的村民，一夜间都觉醒了，意识到国破家亡的耻辱，主动地行动起来了。赵三逢人便讲亡国、救国、义勇军、革命军;寡妇将儿子送去当义勇军,小伙子们准备集合上前线,都英雄气概地从个人行动转到集体行动,比起之前的奔日子似乎更带劲,更有章法,更讲究形式,行动之前正经八百地举行了一个宣誓仪式:"兄弟们!……就是把我们的脑袋挂满了整个村子所有的树梢也情愿,是不是啊?……"寡妇们回答:"千刀万剐也情愿!"赵三的话也很感人:"……国亡了,我……我也……老了!你们还年轻,你们救国吧!……等着我埋在坟里……也要把中国旗子插在坟顶……我不当亡国奴……"每个人都具有强烈的爱国意识,变得大无畏,视死如归。

长期卑屈低贱,睡眼惺忪,对自身的命运,对生与死的痛苦无知无觉的群体,在一个非常时期,也铿锵响亮地发出宣言。你感到萧红这管笔的大气,但作品上下部分人物精神状态的脱节也明显,脱节来自笔锋的大转折,作者要从被卑微、残酷、痛苦所劫持的人生,转向一场伟大的轰轰烈烈的救国行动。你感到这位才二十三岁的女子的不平凡的胸臆。当年她漫不经心,实际上十分凝重地写出了故土的贫穷落后、愚昧蒙混,但出路在何方?总不能让他们永远颓废败落下去。战争来了,日子不一样过了,萧红本人不就在战乱中漂泊吗?她的目光更不会远离这场乱局,尽管她是个弱女子,贫穷,无依无靠,唯一能够使她强大的,只有一管笔,唯一能够为这场战争尽一点绵力的,也是这管笔。再说,当时乱世如斯,不写战争还写什么?于是她把这群心理患病的人带入抗战中。尽管她不是一个合格的领头羊,年轻,一个弱女子,没有参与过抗战的实际经验,不曾见识过日军的暴行,消息只能来自媒体或道听途说,如果这部分内容不具体,流于表面、口号,是可以原谅的。最感人的笔墨,莫过于二里半去当革命军前,将他唯一的牵挂——老山羊交托给赵三:"这只老羊……替我养着吧,赵三哥,你活一天替我养一天吧……"但萧红到底将抗日这件大事推到读者跟前,日后被公认是抗战文学的创始人之一。她走对了路子,从此得到外界的关注与认同。

你看过萧红这部成名作,再看《呼兰河传》,最成功也是最后一部作品。第一章就写了呼兰东二街的泥坑,交通要塞上的大障碍,下雨时成了个丈来深的烂泥潭,淹过马、猪、猫、鸡、狗、鸭,总也没有人要把它填起来。当地人那种精神状态,你怕把它填了,呼兰就没有故事了。接下来,你看到七月放河灯,让亡魂托着莲花灯去投生,很神秘很独特的风情;秋天在河边举行的野台子戏,为感恩好收成,为求雨,戏连唱三天。难得的娱乐机会,大家穿戴得整齐利落去看戏。亲戚朋友间走动起来了,赶着套马的大车、老牛车,驾着骡子的小车,小毛驴拉着花轮子,都先后来到了;还有四月十八日娘娘庙大会。在那些节日里,母亲与出嫁女相逢了,亲朋拜访时倒茶装烟,都是人世间平常的喜乐。这就对了,多么欢快丰沛的人世风景!哪来那么多的可怕的人间地狱?

那时候萧红离家出走近十年,经历过种种痛苦的折腾后,多少有点悔恨,情不自禁地想起了家乡故土?那里从前住过祖父,现在埋着祖父。想起跟祖父一起在后花园里栽花拔草,吃黄瓜,追蜻蜓。尽管她一再提到院子的破落荒凉,堆着朽木、乱柴、旧砖块、打碎了的缸子坛子,而街上的新洋房不知要好多少倍,但到底是她儿时的乐园。家里有多少间房子?她如数家珍般数着看,除了家庭成员的住屋，还有破草房、碾磨房、养猪房；夜夜敲打的梆子，房客拉起的胡琴，叹五更，大神、二神的一对一答，多么幽渺苍凉；还有跟祖父念《千家诗》，让她在客人跟前念诗，这种稀罕的脸上有光的时刻，都在灰烬中复活起来了。总之，她不无眷恋地回顾了童年的一切。她想家了？想跟家庭和解了？"我早就该和T分开了，可是那时候我还不想回到家里去，现在我要在我父亲面前投降了，惨败了，丢盔卸甲的了，因为我的身体倒下来了，想不到我会有今天。……"

"想不到"出自她的口，令人心酸。悔不当初是最无奈的事。她当真后悔了？很快团圆媳妇出现了，原来一切并不如回忆中的那么美好。一个十二岁的童养媳，因为长得高，说成十四岁。初到婆家时，黝黑的脸上一脸笑呵呵，一根乌黑的长辫垂过腰际，举止大方，坐得直，走得快，一个活跳跳的小妞。但只过了几个月时间，就被婆家折磨死了。她被吊在大梁上，由公公用皮鞭狠抽，昏死过去，就用冷水浇醒，打得满身青肿，血迹斑斑，还要日打夜打。孩子家嘴硬，一打就嚷着要回家，用牙咬婆婆。回家？没门，这里就是你的家！不服服帖帖，用牙咬人，这就是反抗，还得了！反抗就得罪加一等。于是用烧红的烙铁烙她的脚板。为什么？不为什么，只因为做婆婆的有绝对的权力。大权在握，不用白不用，不能分享。为显示和巩固手中权力，先给媳妇一个下马威，压下她的威风，开始管不了，日后更管不了。还无耻地说，不狠打不中用，不狠打出不了好人。不服气更要往死里打。封建家庭是个小朝廷，可以行使自己的法律，手握生死大权。事情闹得越激烈，越能显示手中的大权，以不公道来表现权力，才是绝对的权力。

小媳妇的伤势越来越重，神志越来越不清，张着嘴巴连哭带叫，夜里叫得像猪嚎,婆婆就说她撞了邪,被狐仙抓住了,要变成妖怪了,于是找巫婆来跳大神赶鬼治病。有人建议给她吃连腿的全毛的鸡,有人建议扎谷草人去烧,用纸人作替身,给她划花脸。大神说要用滚水给她洗澡,连洗三次,真魂就会回来附体,病就好了。这场将人下滚水的好戏,无疑就跟传说中地狱的下油锅一样,是对人的极致惩罚。但这场人间闹的"下油锅",没有招来异议,反而招来了喜欢围观的群众,不可多得的热闹呀!围观是我们这个民族的特殊爱好,这种劣根和扭曲心理,鲁迅笔下有过不止一次的描述。病态心理加上空虚无聊,使他们对别人的痛苦无动于衷,更甚者是观赏别人的痛苦,从中获取自己的满足感。这场一而再再而三将人下滚水的声色惨烈的惨剧,大家只当热闹来围观,没有人去打救,没有人说个不字。也不见村长之类来说一句话。见死不救,落难的人就是遇上两次的不得不死。说人性的麻木,说集体无意识,到位了吗?还是集体无意识地选择了强势的一边,成为婆家的同谋?若非集体的良心泯灭,集体的沉沦,还能够是什么?

萧红以率直来面对最残酷的现实,又轻巧又沉重地把不忍卒睹的场面,人的丑恶面目,毫无遮掩地付诸笔头,这种本事超越了鲁迅。但很可怕,你作为人本身,对自己的族类产生了恨。她所反映的不仅是现象,而是一桩精神事件。你想起蒙田的话,人类残忍的一面,有时连动物都不如。如果没有法律的束缚,不知要下流到什么程度。作者的勇气使人发抖,也使人佩服,她所触及的远非只是女性的独立、自主和尊严的问题,她把我们这个古老民族的冷漠、朽败、衰落、残忍,扔回到我们自己的脸上。

祖父去世后这个家已经恋无可恋。加上父亲逼婚，逃到外边世界去，希望过独立自强的生活成了必然的选择。她走出樊笼，再到哈尔滨去，人是自由了，精神独立了，但随着逃婚成功而来的，是经济上的走投无路。挣脱了家庭的桎梏，却落入到外边世界的桎梏；走出家的冷酷无情，进入到外边世界的灰暗无助。比起家庭迫害同样悲苦的日子开始了。那时候，日本侵占东北，国破家亡，离开土地家园的流亡队伍到处流窜；另一方面是抗日救亡运动，是抗日志士的血染山河。同时，图谋私利，酝酿世纪骗局的把戏也开始了。外边的世界好纷乱，也很热闹。萧红很知道自己处身的大环境。在十年乱世的漂泊中，她贫穷潦倒，居无定所，健康状况也每况愈下。一心依靠的男人又逐个将她背叛，落得个孤身为生存挣扎。当她三餐不继，无瓦遮头，让人玩弄了，又弃如敝屣的时候，此中悲苦唯她自知。那个时代未婚女子怀了个"野种"，是犯贱、污秽、邪恶，是轰动闾巷的大事。"我一生最大的痛苦和不幸，都是因为我是一个女人。"换了我们的时代，她可以到一个办公室当个小职员，到工厂做个车衣女工，先养活自己，再做别的打算，不必为一口饭、一片瓦而不得不屈从。但她生于保守落后时代，掌握经济大权的是男性，他们的权威是绝对的，对弱性群体及个人绝对不留情面。无论在父家、夫家，或她离家后的处境，在男性面前，只能屈就、妥协。在走投无路的情况下，碰上谁都轻易靠拢过去，希望得到一个可以依靠的肩膀。最初在哈尔滨与汪姓未婚夫同居，另一说是李姓教师，她希望以屈就换得救助，后来与萧军、端木蕻良的关系也大抵如是。那个时代没有避孕丸，否则女性至少可以减去一半痛苦。萧红在无助的重力下变得渺小、脆弱，生活陷入了乱套状态。绝对的困窘可悲，是她离家出走前不曾预见的。她弟弟先后两次在外地遇上她，劝她回家，被拒绝了。深知在这种状态下回家是自作孽，会有怎样的狰狞面目等待她？家庭既封建又冥顽，对敢于争取女权、争取自由恋爱的新女性，即使对亲生女儿，同样心狠手辣。她知道回家不会有好下场。她的叛逆性格，就有着命运的纹理在内。何况她内心已一早撕裂，不再奢望原来所企盼的人生。在女中就读时，她参加过示威游行，高喊过"打倒日本帝国主义"，散发过传单，目睹过学生与警察冲突，接触过新思想、新观念，憧憬一种新的生活方式。但离家后道路依然崎岖，是先前所不曾预知的。

但她没有一蹶不振，将人生轻易放手任其自行毁灭。在逆境和孤冷中，心里依然充满了对文学的热忱，紧紧抓住一管笔，在风雨飘零中不断写她的回忆世界。她在哈尔滨女中只读了一年初中，第二年暑假回家，父亲就给她包办了婚姻。但她以坚强的意志走自己的路，一心投入写作，亦步亦趋老跟在她脚跟后面的宿命终于让步了，给她打开了文学这道门，她可以从艺术来找回人生的价值。历尽艰辛的动荡日子，跟着战火的蔓延，或求生的需要，从呼兰到哈尔滨，到青岛、上海、武汉，1940 年最后抵达香港；身边的男人也不断更换，从李姓教师或汪姓的未婚夫，到萧军、端木蕻良、骆宾基，她浮萍般逐水漂流。另一面，在行脚匆匆的日子里，不时亮出一点火光，那就是她不断抛出的文学作品：从成名作《生死场》开始，到《商市街》《马伯乐》，直至她逝世后才出版的《呼兰河传》，短篇小说集《小城三月》《旷野的呼唤》，等等。这些作品是她的缺少欢乐的人生唯一能带给她欢乐的成果。是她努力过、燃烧过、发过光的证明。如果她的焰火不被阵风吹熄，照亮了自己也照亮了别人，皆因燃起的不是一根洋烛，而是一个火堆。在不到十年的写作时间中，留下了七八十万字。她在临终前慨叹："半生尽遭白眼冷遇，身先死，不甘，不甘。"她的不甘，更因为"我还有《呼兰河传》的第二部要写……"事实上战乱的流离颠沛，生活的极度困顿，明显地妨碍了她的才能的发挥。即使已经问世的作品，还是可以写得更完美的。胡风就指出她欠缺题材的组织能力，修辞语法句法锤炼不够。但重要的是，她能够以强烈的色彩，写下北方黑土地上的荒凉、死寂，活在其中的人的麻木、混沌，使人大吃一惊的悲剧人生。原来她的心不在云端之上，而是紧贴着故乡的贫瘠土地。一如竖立在呼兰县她祖居门前的萧红坐像，不是屹立在高高的底座之上，而是放置在平地的一块石头上，你不用把她从高处请下来，她就置身于为生存而挣扎的穷苦民众之中。《生死场》1935年12月出版时曾轰动一时。

在三十一岁年纪上头遽然而逝，令人扼腕叹息。但她留给后世的形象别具一格，一如她的身穿旗袍、体态纤瘦的坐像，古雅、沉郁、孤冷、无奈。再仔细看，一脸病容，茫然的目光，无数的问号。"无边落木萧萧下"。但手中握着一本书是画龙点睛，原来求知、上进，在文学领域中开天辟地，才是她追求的人生真谛。她以文学来完成短暂跌宕的生命的飞跃。

二〇二一年四月

巨擘的人生

直向天命

——陀思妥耶夫斯基的人生事故

一

当年游览圣彼得堡城，见天高水回，雕栏玉宇，绝非寻常闾巷，自有一番跌宕自喜。到闭目细思，万象纷纭中，最切心的记忆只有两三个，都与陀思妥耶夫斯基有关，一是屹立在酡红晚霞中的圣彼得-圣保罗城堡，他曾经是里面的囚徒；其次是兰奈大街五号一楼，他搬迁了二十八处地方之后，才找到的最后落脚点。从那里，可以看到教堂的尖顶。还有西米奥诺夫斯基武器广场，他的脑袋几乎留在了那里。真的，圣彼得堡不是陀氏的城，它对他不温情，一再见证了这个落魄人太多太残酷的落魄事。从沼泽手里争回来的"幻影之城"，仿如跟陀氏玩着一场没完没了的魔幻游戏。

现在你去到德国的巴登城（另译巴登巴登），进入赌场，在赌桌上转了两圈，很快，口袋里的"铜钱"都被"拿"了过去，这才酸溜溜地对自己说，不就是耍乐子一下么，有什么呢！然后，转悠到巴特大街，再次"遇上"陀氏。随行司机兼导游指着一座大楼说，陀思妥耶夫斯基当年到巴登城，就在那里租下一个房间。那时候该

巴登城赌场宁静的清晨（2019 年）
卢岚／摄

陀思妥耶夫斯基 1867 年下榻的公寓楼

楼只得一层半，楼下是一间打铁铺，专门生产手镣脚镣的。陀氏和妻子安娜住在半层的阁楼里。眼下楼房已经改建成四层大楼的星级酒店，入口处有一个纪念牌，写着"陀思妥耶夫斯基之家"。原来陀氏与巴登城也有故事。是怎样的一个故事？

陀氏没有写自传，也不写日记。其貌不扬，不会喜欢照镜；尴尬人生，无意为自己立照。而读者呢，关心他的作品的同时，也必然想知道大门后面的故事。如果能够从门缝或锁匙孔偷窥到他的客厅、书房或睡房里去，也不觉得碍事。眼下不就是这么个年代吗？他们没有失望。因为他的妻子也像托尔斯泰的妻子索菲亚，有写日记的习惯。那个时代的俄国人都喜欢写，都写得好。她将生活上一些高雅或不大雅观的细节，连同内心活动，台是台、凳是凳如实记录下来。她是个打字员，因利乘便，留下了一部长河式的日记。陀氏逝世后，就作为一部回忆录供之于世。早在二十世纪三十年代，法国有人选择性地翻译过，但直至 2001 年 7 月，才另有译文在法国出版。其中就有陀氏在巴登城的故事。

巴登城因着地下泉水和热喷泉，两千多年前就拥有一个宏丽的古罗马式浴场，水疗浴自古以来吸引了不少外国游客。到近代，光溜溜的天体浴场，加上赌场成了游客的新宠。游客以俄国人最多。自从俄国亚历山大一世与巴登巴登一位公主结秦晋之好，俄国贵族与富豪趁势涌来建置华屋。作家，艺术家，如普希金、托尔斯泰、果戈理、屠格涅夫等也纷沓而至。托尔斯泰年轻时狂赌成性，脚板一踩进赌场，就无日无夜了。但骰子一掷再掷，总是轮到他一再从口袋掏出银子，直至掏得一干二净。赌品又好，不拖不欠，尽人皆知。像他生葱似的聪明通透，却弄不清人家赌场是怎样发大财的。他曾经向屠格涅夫和其他作家借债，最后连领地上的古堡也输掉，才悔恨不过，返回俄罗斯以努力写作来补偿。

屠格涅夫承继了庞大的庄园物业，1865 年在巴登城置下一座三层的华屋，跟女歌唱家宝莲娜一家数口楼上楼下分别居住。陀思妥耶夫斯基也夹杂在这个队伍中来了，但他与豪华享受无关，跟富豪所追逐的阳光、从黑森林散发出的新鲜空气无关，也跟翻新过的古罗马浴场无关。经过四年苦役回到社会上来，他是个穷光蛋，以写作为生。写作没能解困，又债务缠身了，执达吏要上门了，为躲债来到巴登城，心心念念的是赌场，希望从赌桌上捞回一把，好清还债务。1867 年 4 月，他与妻子安娜离开彼得堡来到巴登城，那时她的手提包里塞着三千卢布，是出版家斯特洛夫斯基给他预支的款项，条件是，无偿地重版他所有已经出版的著作；此外，一年内必须提交一部新作，否则将无偿重版他日后出版的所有作品。

到巴登城后，如上文所述，他在巴特街租下半层包伙食的房子。楼下的打铁铺清早四时就开始活计，铁锤落在铁砧上，闹得震天价响；隔壁的孩子们被惊醒，又哭又闹。这还不算什么，都习惯了。每趟外出走动，因经济拮据，总是在平民区的客栈落脚，饱受包租婆、女仆、马夫、典当铺老板，甚至小商小贩的气。这里锤声虽然震耳欲聋，但从客栈到赌场距离不远，每天可以往返数次，十数次或 N 次。曾经天公作美，赢过几个铜板，喜不自胜，在本子里写下几个字："我在这里赢了一万法郎，更兼耍乐子了呢！"他自欺欺人，事实上是输光了的。好运气从未落过他头上，无论在单数双数，或黑色红色上头下赌注，无论怎样准确地以一千四百五十七步走到赌场，偶或偕同妻子一起去，好借点运气，都不顶事，手头上的钞票总有办法不翼而飞。安娜困在客栈里长吁短叹，日记里写道："现在每个时辰，我都在等着他回来跟我说，他又全部输光了。于是我们就得将裙子、大衣送去典当铺……啊，这一切有多可怕！"何止衣裙、大衣，连结婚戒指、耳坠子、胸口针，都送到当铺去了。最后，将一条花边围巾拿去抵押，人家不要，指他到另一间去，又刚好关了门。有好几回，他相信当天一定会赢，就跪到安娜面前要钱，发誓说这是最后一次。每一次都是最后一次。每次清洗得干干净净，又卷土重来。安娜用手捂着耳朵，不听他信誓旦旦，他就大叫大喊，威胁要从楼上跳下去。她一味摇头。他疯狂地扯自己的衣服。女仆闻声来敲门，见他纽扣掉了，毛发胡须乱如荒草，吓得掉头就跑。房租已经拖欠了四五天，包租婆脸色不好看，要断伙食了。早上安娜向女仆要点热水，回答说，热水要柴烧的啰！为逃离巴登城，她写信向她兄弟求救。他给她汇来一小笔钱，准备买火车票，尽快离开这个可诅咒的地方。离开客栈之前，她嘱丈夫先到典当铺将耳坠子、戒指、胸针等赎回。他接过银子，又跑到赌场去，输了个清光。今回她没有泪，只冷冷地说："我自己一人离开，明天早晨，你要怎样做就怎样做。"她从箱子里掏出他的衣物。他看出她的决心，果然是陌生人的样子。她要走了，房间快要只剩下他孤零零一人了……天花板忽然倒置，他腾云驾雾飞向一片稀奇古怪满天星月颜色搅动得粗鲁杂乱时明时暗的夜空……他直挺挺地倒卧地上，癫痫病又发作了。他向自己伸舌头，扮鬼脸。总是在紧要关头发病。他瞪大双眼盯着安娜，却不知道她是谁。安娜蹲下身子，发力把他拖上床，将脸颊贴到他冰冷冒汗的前额，说："我在这里，费特亚，我跟你一块儿！"像痛苦、无奈，而又温柔的声声长叹。陀氏写信给的兄弟米卡尔勒说："我背负我的十字架，我活该！"

二

记得当年去兰奈大街的故居，看到壁上挂着他数张肖像，想起他一生的诸般苦处，照片越发一张比一张苦。与他同时代的托尔斯泰、屠格涅夫相比，他们是那么英气迫人，神采奕奕，而他像一个欠缺阳光的"地窖人"。他不是写过《地窖手记》吗？原来天主对他另有怀抱，要以特殊程式来把他制造。癫痫病与生俱来，胚胎时代已经遇上一千种不可能，从小头痛、幻觉、重听、重视、忧郁，癫痫不断发作。他时而隐藏在自己的深处，时而从深处蹦出。一辈子潦倒贫困，稿酬也解救不了生活困境，还得自己上门去推销作品；为节省几个钱，抽的是自己卷的烟。债务紧追身后。如此这般的身世，老天还嫌不够，必须给他玩上一个独一无二的花样，要他好好地死上一回！就有1849年12月22日那场假行刑。他时年二十八。

正当热血沸腾的青年时代，他呼吁新闻自由，解放农奴，司法改革，跟当时反沙皇的思想不谋而合。又公开阅读禁书。去读大家都能读到的作品？没啥意思。处处随众、随缘，就不是个人物了。果戈理是个绝对皇权的拥护者，反沙皇的激烈分子贝兰斯基写了一封著名的信，对他严辞斥责。该信被指为"罪恶滔天"，但陀氏公开读了，还承认自己是傅立叶主义者，一个不带仇恨的和谐主义者罢了。1849年4月他被逮捕，囚禁在圣彼得-圣保罗城堡。12月被判处死刑。就在还有几分钟可活的时候，得到皇恩大赦。后来他在书信中写道：

> 我还来得及亲吻身边的普莱切埃和杜罗夫，向他们道别。最后，归营号吹响了，将绑在处决柱上的人撤回，向我们宣读陛下赦免我们一死的诏书。

四年后，他给兄弟米卡尔勒的信中写道：

> 当我被带到西米奥诺夫广场的时候，从大篷车的窗子看到一大群人聚集在那里。消息可能已经传到你那里，你正在为我痛苦。兄弟！我没有失望，我不会任人摆布。生命到处都有，生命在我们里面，而非在外边。我眼前有的是人，现在有，将来也有。你作为众人中的一个，将永远存在下去，不为最大的不幸而失望，这就是生命，这就是生命的目的地。我意识到这点。这种想法已进入到我的血与肉当中。一个活在艺术的崇高里的头，是跟艺术崇高的需要连结在一起的！这个头就是被砍下来的头！

对这场精神上的行刑，可以有两种看法，沙皇以恐惧来摧毁人的精神，是残暴的一面；但皇恩大赦，让人死里逃生，到底是一种慈悲。但于陀氏而言，这种赦免一无用处，没有改变他什么，诏书到达之前，他已经死去。死是一种精神状态，是勘破生死，日后的生存，是以死为生。从此，他站得比天高，高高在上，从容地"回头下望人寰处"，看到了常人看不到的一切。一种突发性的启示骤然而至，一如天启，比宗教还宗教，比真福还真福。他陶醉其中。死里逃生后，是四年的苦役犯生涯，戴着脚镣，在圣诞之夜被流放到西伯利亚奥马斯克城，在一间砖厂里，混在各种犯人当中服役。一百七十名囚犯，类型林林总总。甚至有人仇恨他，只因为他出身军医家庭，比他们稍为贵气。1854年给他兄弟那封著名的、跨时近一个月的长信，谈到严酷的监狱生活，也谈到囚犯中有些人个性极强，极深沉，也极美丽，外表粗犷，内藏金心。说：

> 你是了解我的，我并非落到坟墓里……在苦役犯监狱里的并非野兽，而是人，可能比我更高尚……日后就有东西可写了。

他十八岁时发誓要探索人性，剖析人性，揭示人的灵魂深处的秘密。而眼下正置身于罪犯的世界，人性最裸露最复杂的地方。《死屋手记》中的贵族彼得洛维奇，为杀妻被判十年苦役；小伙子西罗特金，为不想当兵而刺死查哨的人；为信仰受磨难的波兰老头……死亡、灾难、恶意、善意、仇恨、慈悲都纠缠在一起。有的人将内心最痛苦的秘密告诉他，可惜没有写作自由，但可以亲自观察，深入到他们的内心。在这段活埋葬的日子里，他没有死去，而是用手撑开棺盖，从隙缝中吸取空气。苦役期满又在军队里服务六年，1859年返回彼得堡，已是异乡人，一个严酷、惨淡的挥之不去的世界，不离不弃地追随了他一辈子。每当落笔时候，一种半人半魔的明晰或狡狯，为他开辟了一条新的、更为艰巨的文学之路。从一场大灾难回来,他要来一场大造反,内心的大造反。对不起,俺是个穿越过人间地狱、伤透了心的俄国佬,现在俺有话要说。他时而像哲人,时而像一条恶棍,嘟嘟哝哝通过文字来跟自己对话,或争吵;拷问自身的同时,也拷问他人,拷问现实。世界被弄得脏兮兮的,他就以脏兮兮的话语来叙述。不是吗?有些人的确享受到真自由,皆因别人将自己的自由让给了他们,或者说,剥夺了别人的自由。他们可以叫你生,也可以叫你死;可以叫你犯罪,也可以给你赦免,就看需要而定;一个人拥有对另一个人施以惩罚,尤其肉体惩罚的权力,是制止民主的萌芽,是消灭民主的因素,必将导致社会无可救药地堕落下去;人在棍棒的强制下,是可以接受任何非人生活的;只要你的面包被控制着,你的思想意识和行动就被控制了,囚犯在监狱里成了木匠、水泥匠、皮革匠又有什么奇怪的呢?精神贫乏的折磨,比起物质匮乏更使人痛苦;人被剥夺了自由,更甚于受体罚,也不再需要体罚了……但,"当你的生存受到威胁时,你才开始生存",开始觉醒。

他对自由、对民主、对人的处境思考得冷森森,你说他胡言乱语,或冷眼人世都可以,反正将现实转化为文学,将噩梦转化为黎明之前,他以尖刻、智慧、灵敏量度过一切。揭露和造反成为他的作品的中心。当你遇上一堵墙,是后退还是超越?超越了,回头就没有怨悔了。揭露什么?官府的无道,弱者的无能为力。"没有犯罪,因此没有罪行;只有饥饿的人。首先将他们喂饱,再要求他们成为有德行的人。"对于贫弱的群体,未来的面包难道会比眼下的面包更具诱惑力?甜甜蜜蜜的谎言,包装得漂漂亮亮的丑恶,就躲在真理盾牌的后面。我们的生活,我们的世界,那么在情在理,又那么纷乱虚伪。天哪，怎能指望这个脑瓜里塞满了塌台事物的人，给你写下甜美和至福的故事？1862年出版的《死屋手记》如是，《罪与罚》《魔鬼》《地窖手记》也是同一的调调儿。《死屋手记》一出炉，即引起广泛注意，原来作家本人就是苦役犯哩，文学史上还是第一遭呢！

陀氏在巴登城第一次遇见屠格涅夫，是在赌场附近一条小径上。那时屠氏正与女歌唱家宝莲娜一起散步，轻轻侧过头去听夫人说话，陀氏有意识地放慢脚步，向路旁溜走。但太迟了，屠氏已经瞥见了他，停下脚步，礼貌周全地摘下巴拿马白帽，惊喜之色溢于脸上："难得一见呀，亲爱的！"但陀氏有点尴尬，相信他知道自己来这里的目的，并非像他那样来享受泉水浴，呼吸黑森林的清新空气，而是为了赌博，企图赢钱还债。这是全城人都知道的。屠氏操着法语向夫人介绍："这位先生是……"陀氏伸出手去，但夫人的戴着手套的玉手已经收回去了。很快，两人也走远了。只剩下他一人，身穿一套不合季节的旧衣裳，搂着一顶黑毡帽呆站在那里。那时候屠格涅夫的《猎人日记》已经问世，名声如日中天，而他只是初露头角。后来又在偶然碰面中再次联系上。陀氏多么希望他心目中的名家，能够在他兄弟的《时代》杂志上发表文章，好为杂志增光。为最后确定这件事，他终于找到机会到屠氏的豪华酒店去。但在宽阔的铺上红地毯的大理石梯级上，被服务员挡了驾，先敬罗衣后敬人，说屠格涅夫先生不在房间里。他不肯就此放弃，看准时机，绕过服务员再走一趟，在漆金的房号上按开了门："呀，是你！"屠格涅夫身穿一袭长睡袍，个头显得特别威武高大，满脸笑意，把他请进一间堆满了书籍和手稿的宽敞书房里："我听见很多很多人谈论你和你的小说，但我还没有机会拜读。"

　　读了又怎样？他写的书是读者喜欢读的书，他喜欢洁净驯良的灵魂更甚于被摧残的灵魂，而陀氏笔下尽是些被捣碎了的人生，人物被剥减到只剩下精神状态，却远非一个天才作家的天马行空，而是将他的历劫人生推到我们跟前来。如此这般的故事，在大家眼里大抵是犯罪个案，有谁会对犯死罪的人和他的苦役感兴趣？若非能够联系到自身，恐怕难以入目。最了解他的人莫如数十年后的索尔仁尼琴。都说《死屋手记》预示了《古拉格群岛》《伊凡·杰尼索维奇的一天》，陀氏所经历过的现实以另一种面貌来到二十世纪，索尔仁尼琴把它写了下来。两位作家都是因为政治蒙冤受屈，都在俄罗斯的"死屋"里生活过，都有幸活着出来了，但那段日子就像现代人的植牙般植到身上，成为身体的一部分。两位作家都不曾一口否定他们白蒙冤、白受罪，反而带着一种感恩。为什么？因为苦难使他们变得崇高了，从此站在高处来回首红尘，日后就直面人生，写尽俄罗斯的阴暗和悲剧。某些人指陀氏为疯子，尤其《群魔》一书出来后，有人拒绝跟他握手；而索尔仁尼琴呢，太喜欢俄罗斯的悲剧了！这些人不明白，他们写，是作为一种责任。只会唱赞歌的人，肯定远不如他们头脑清晰，对国家对同胞深怀至爱，敢于担当。他们要极力阻止如此这般的悲剧的重演。从灾难中脱身后，两位作家都越发为国家的命运思考，为它设想，为它设计一个理想国。索尔仁尼琴在西方流亡后回国，行囊中就有一部《如何整顿我们的俄罗斯》。他的理想俄罗斯的蓝图是，以东正教加上农夫，作为俄罗斯的主体。

陀氏则认为信念是灵魂的唯一出路，也是俄罗斯的出路。他知道方向，也认得路。他不是先知，但锐利的目光能穿透一切，交出了一把理解世界的万能锁匙。天主、社会、人，都必须各有适当位置。他每一部作品都引述《圣经》，《罪与罚》中的妓女索尼亚，要杀人犯拉斯柯尔尼科夫诵读《圣经》中拉撒路复活的章节，最后在监狱里皈依宗教，以忍受苦役为自己赎罪；卡拉马佐夫家的弑父悲剧撕裂太深，要缝合这个巨大的裂缝，重建美好的意向，只能借助上天之力。尼采说："上帝死了"，不对，上帝没有死，是人违弃了上帝。上帝死了，天下就乱了。陀氏相信上帝的能力，渴望信仰直至成为一种折磨。上帝与真理之间，他宁可选择上帝。接近教堂，或看见教堂的尖顶，是他选择住房的基本条件。他慈悲为怀，刑期结束后在西伯利亚军队服务期间，跟一个带着六岁的孩子、生活无助的寡妇结了婚。她丈夫是苦役犯，死于酗酒。一起返回彼得堡才四五年，妇人就去世了。数年后，安娜成为他第二位妻子。信仰狂、写作狂、赌博狂、欲望狂还有癫痫狂，陀氏自有他的狂人日记。

如果没有遇上这场人生的大灾难，陀氏会走上一条怎样的文学之路？"苦役犯监狱，我感谢你！"他说这句话时肯定是由衷的。唯是，流下的眼泪必须得到回报，他从写作上来索取。往事不堪回首也显然："有时在梦中返回到那些日子里，再没有任何梦使我更感到折磨的了。"世俗与罪犯之间的鸿沟是必然的，手足之间也有一种无言的悲哀："现在我是从你身上削下来的一块肉，我多么想将自己缝合上去，但我无能为力了。"他对兄弟米卡尔勒说。

三

作家都喜欢说，你看我的作品就够了，不必理会我的生平，履历都留在文字里头了。于普鲁斯特也许是，但并非所有作家。于陀氏则刚好相反，人生与作品紧密相连，就像手掌手背的两面。他十七八岁开始写作，相信文学能挣钱，希望挣得盆满钵满。他一辈子缺钱。最初的小说和中篇，写的都是身边的年轻人，写得认真，向壁虚构，精雕细琢。结果只为抽屉而写。转折点来了，人生和写作的转折点。劈头来了两件相关的大事，偶然必然都在里头了。从他的"活埋葬的日子"存活下来，一般人可能从此一蹶不振，于陀氏不一样，灾难没有使他沉沦，反而将他提升到比天高，以高高在上的角度来看待人生、命运、金钱、荣誉。灾难成就了陀思妥耶夫斯基。如米开朗基罗所说："我以死为生，靠着不幸，以及痛苦，甚至死亡而兴旺起来。"

他所经历过的故事，每一个现实的、精神的或疾病的细节，都成了他日后创作的素材。他以一种特别的形式，连回忆录、随笔、小说都不是，只能是俄罗斯的现实所孕育的俄罗斯现实主义，超尺度、非理性，皆因他的经历超尺度、非理性。惯于使用史诗手法的托尔斯泰很不以为然："对这种反文学、不扎实、装腔作势，我无法克服我的厌恶。"事实上两位同时代的大作家，各人以自己的生活经验来反映俄罗斯不同的生活截面。无论生活或艺术，两人都是南极北极各据一端。托尔斯泰出身贵族，一个大庄园的领主，进出克里姆林宫，贵妇的蜂腰，王公贵胄舞会上的疯狂旋转，于他不陌生。而陀氏要写的是："多少漂泊和盗窃的故事，总之使人黯然和悲愁的故事,我要以它们来填满我的书。"而托尔斯泰呢,"我故事中的主角,我全心全意热爱的,努力一再让它重新出现的,无论过去、现在和将来都十全十美的主角,是真理。"他笔下有王公贵胄在自家儿辽阔领的地上的狩猎,失落在绿树丛中的华厦里的莺歌燕舞,也有他们在硝烟弥漫、血肉横飞的战场上的出生入死。但,1881年陀氏逝世时,他还是掩不住对陀氏的钦羡:"当他去世,我才知道自己需要他,他于我非常非常亲近而珍贵。"对他从无敌意:"我从来无意跟他相比,从来没有。"

《死屋手记》中,作者自始至终紧握不放的主旋律:剥夺自由是对人最高的惩罚,不必再加上肉体惩罚了。犯人一进入监狱,就不再姓甚名谁,一组数字就是你的名字。跟以木头塑成、以铁镂成的硬邦邦的数字一个样;你再没有身份,不管之前你是什么人,高层人或低层人,现在你的身份是犯人,一部任由支使的劳役机器;你再没有时间,你的时间就是周而复始地围绕着苦役打转;你的空间就是被铁丝网、围墙圈起来,里面再分成小方块的间隔。外边的世界与你无关。在总数一百七十个囚犯的军事监狱里,陀氏看到一个晃动在眼前、了无生气、干脆是垂死的怪物,像一部冰冷机器的无数齿轮,废置在永远空荡的幽暗里。这个庞大的怪物,就是被剥夺了自由的人群,被剥夺了自由的人的状态。这种状态永远不会出现在自由人的身上。在西米奥诺夫斯基广场上,他勘破生死,从天界回望红尘;在西伯利亚奥玛斯克城,则以一个囚犯的身份来独对天命,告诉世人,自由为何物!

《死屋手记》里有一段文字:"面包不能说明什么;他们吃面包

是为了活命,至于生命,他们并不拥有!他们所欠缺的,都是本质的、真正的、主要的东西,囚犯知道他们永远不会得到这一切……"一旦欠缺本质的东西,莫说你是在监狱里的囚犯,即便是达官贵人被软禁在自己的华屋里,你的一切都不再一样,你不再是自由人,你的命运掌握在别人手里。

试想你建造一座宫殿,里面塞满大理石、名画、黄金、天堂鸟、空中花园,一切应有尽有……你走进去。可能你永远不想出来,也许你永远出不来。觉得里头一切都好!……但忽然间,一切化为乌有,你的宫殿很快被栅栏围起来。人家对你说:"这里一切都属于你,尽管享受吧!唯是你一步不能离开这里!"请相信,就在那时候,你会将天堂留下,翻墙逃走。更甚的是,所有的奢侈、所有的享受只会加重你的痛苦……是的,只因为缺少了一件东西:自由的空气,自由!珍贵的自由!……

所谓黄金宫殿是什么?就眼下的现实来看,是权位、物质、贪欲、色欲以及政治牢笼。光闪闪的黄金形象是圈套,是诱饵,使你兴高采烈向它跑过去,以牺牲自由作为代价。陀氏在《冬天对夏天的印象》中写道:"人家向你保证一切,坚决向你保证将你喂饱,给你喝个够,给你工作,只要求你付出小小一部分个人自由,从总体来看,只不过是小小一部分而已。不,人家不想按照这种方法去活,他们如是傻想:那里正好就是监狱。不如按照自己的方式和意愿来生活更好,既然可以活在完整自由的状态里。""当你的生存被威胁时,你才开始生存。"又何尝不是,当你的自由被剥夺时,才知道自由的价值?

就个人的阅读倾向，陀氏的《死屋手记》之类，且莫说趣味性和可读性，即使从心理卫生、精神卫生角度来看，都不想读。太沉重，太深奥，太劳神。除非你是个哲学家或社会学家。普鲁斯特就说："我所看过的他的小说，皆可称为罪恶的故事。"不宰掉一两个人就不是个故事。莫说《死屋手记》《群魔》之类，就连改编成无数电影的《白痴》，故事冷森森，却见完整，且少有地笔下带有情愫，但也必须以宰掉一个无辜女子来收场。是超尺度、非理性了些。你年轻时候不爱看。独喜屠格涅夫，《贵族之家》《初恋》《罗亭》《前夜》……你喜欢弥漫书页间的玫瑰水味道。他跟托尔斯泰同样出身于大庄园主之家，托氏参加过高加索和克里米亚战争，但屠氏没有，是个从小不识干戈的爷，不会让暴力血腥来污染白纸。《猎人日记》是最贴近庄园主生活的作品了，他有自己化育的一片文学天地。陀氏在巴登城一再向他约稿，对他敬佩有加，巴不得飞升到跟他一般的高度，却懵然不知已经超越了。唯是长期以来，屠格涅夫在欧洲最早广为读者所知，尤其在他寄居了三十八年的法国，就连托尔斯泰这位俄罗斯的空前巨擘，也得由他来向法国读者推荐。然则，随着时间的甄选，陀氏的作品因着对人性的探索，对俄罗斯政局带来的悲剧预示，对未来的思考，反而成为一面越升越高的旗帜。多少读者正在重新认识他。在文学丢失了方向盘、不足以装点文坛的今天，陀氏成为多少作家冀图超越的高度。但必须知道，这是一位在人生的意外事故中崛起的天才作家。首先癫痫病与生俱来，影响身体机能，也影响着他的精神和写作。病症经常出现在他的人物身上，某些时刻也像他那样，白眼向上一翻，躺倒在地。他执笔时，笔杆

巴登城赌场夜夜笙歌
(版画 1865年)

陀思妥耶夫斯基立像
(俄)巴拉罗夫(2014年)
陀氏赌徒造像,鞋子典当输掉,双脚赤裸。雕像位于巴登城公园

会机械地、无意识地在纸头上滑动,回头看,连自己也不禁惊讶,我究竟写了些什么?我们是地上的人,他一半属天一半属地,他必须不时地从地上逃亡,到天庭去溜达溜达,见识到我们没有理由知道的事物,携带些秘密返回人间。他的机遇是天大的不幸事故落到他头上,将他团团围困,里里外外打磨,作成了他与众不同的人生,破败而奇特。赌城巴登正好投合了他的丝丝缕缕的破败,文字成了他的特殊状况的回音。

眼看就要离开巴登城了,这个轮盘上的落魄人,心心念念的还是轮盘。但,今回只想到那里看看,说声再见而已,没有别的。他揣着五个法郎,隆而重之望着来回百十趟的大楼走去,像生命到了某个关键时刻。他选了个"7"字扔下赌注,但工作人员一个漂亮动作,已将他最后的希望拨走了。而安娜这边,包租婆来到房间里,要她额外支付柴火费、仆人的服务费，还有一个坛子砸坏了，要赔偿。她进进出出，大呼小喝，拍着胸口说，钱，咱是不缺的，比你们要多着呢，但额外支出不能赖账！幸好，陀氏去租的车子到了，两人屏声敛气匆忙提着行李下楼，登上了车。包租婆从窗口伸出鼻子，叽叽咕咕说些恫吓话。安娜战战兢兢，唯恐脱不了身。车子摇摇晃晃去到火车站，正想呼一口气，忽然看见客栈的女仆跑着追了上来，她吓出一身冷汗，早就预感到有麻烦事的呢！气喘吁吁的女仆很快跑到跟前，谢天谢地，只是来讨回她忘记交还的房门钥匙。连忙掏出来交了，一并给了小费。

火车终于离站，安娜仿佛在该城待了整整一辈子，从来不曾有过别的生活。陀思妥耶夫斯基呢，今回是彻底破产了，三千大洋白白断送了。更有一件迫在眉睫的事，距离交出一部新作的时间只有一个月了。遂以今回的赌博经历为题材，写了小说《赌徒》。及时完成，交稿。1916年由波哥弗耶夫改编成歌剧，依旧名为《赌徒》。

二〇一九年十二月

边缘人的艺术

你打开齐奥朗（Emil Cioran，1911—1995）的《笔记本》(Cahiers)，随手翻着看，翻到哪里是哪里。你看到一句话，既犯狂，又可恶并可笑：

> 二十岁的时候，我老想把那些老家伙统统宰掉；我坚信这是个紧急任务，但现在，我要将年轻人也加进去。随着年岁的增长，你将事物看得更全面了。

小伙子磨刀霍霍，是掩卷而逃还是继续看下去？

继续往下看。反正这本书没有开始，没有结束，你从头看起，从最后一页溯流而上，或从中间打开，左三页右三页，都一样的，全不妨碍思路。这本千把页的大部头写的不是爱情故事、政要名流的绯闻揭秘或当下时兴的魔幻，它由格言、警句、思想片断、零星的生活切面、没有时序的回忆组成。作者要说的是什么？活着是一件苦差事，是厌倦、忧郁、悲观、颓丧、怨天怨地。他辱骂人生："自从我来到世上，这个'自从'带有如此可怕的意义，以致使你承受不了。"又说："面对死亡，我无休止地在'神秘'和'大空'之间，在金字塔和陈尸所之间游荡着""越活越感到生的无用"。这就说定了，人生在世只是在生死之间的游荡。如何忍受这场生？如何忍受无奈的自己？诸如此类的问题给他带来没完没了的痛苦。他设想别人也一样："如果从前在一个死者跟前我想：'死对他的生有何用处？'而现在，我在任何一个活人跟前，也会提出同样的问题"。在《笔记本》这个私人空间里，几乎每一角地方，都藏着这位忧郁专家、失意大师的反常念头。在当代欧洲中，只有意大利的圭多·塞罗内蒂（Guido Ceronetti）敢于说出这种不相伯仲的反话："最惨淡的精神失误，是不把生作为绝对的灾难。"齐奥朗很欣赏这句话，谈到这位跟他观点相一致的作家，说："所有人当中，那些仇恨人的人使你感到少一点受不了。"这种言辞无忌、肆意纵横，只是毁誉任人，美恶不增。

都说他是怀疑派、虚无主义者，恐怕还未到位；说他属古希腊的犬儒主义者，可能靠谱些，因为他崇拜第欧根尼（Diogènes），犬儒主义的代表人物。原来古代人的放浪形骸、肆意人生，现代社会同样不缺，齐奥朗是他的徒子徒孙之一。第欧根尼是谁？一位古希腊哲学家，他行为偏激性格乖张，在人来人往的雅典神庙的门廊底下，将一个大木桶作为自己的家，在里面起居吃喝。光天化日之下，提着一盏灯上街，因为世界太黑暗了！反常？正常？失序？有序？首先你觉得搞笑、非正常。叛离，也反映了人的某种精神状态。他宣扬简朴的生活，去掉常人的所谓骄傲、尊严，干脆接受"天狗"这个称号，实际上，他是个满身带刺的挑衅者。有一回，亚历山大大帝去拜访他，适逢他在晒太阳，对大帝的来访无动于衷，不爱着眼看王侯，对他说："你可以靠到一边，不要挡住我的阳光！"大帝海涵，不觉得冒犯，反而表示尊敬，说："如果我不是亚历山大，我愿意成为第欧根尼。"

随风而播

齐奥朗在工作间里

分裂 齐奥朗／（俄）阿列钦斯基合作
（版画 1978 年）
比利时皇家美术馆藏品

齐奥朗原籍罗马尼亚，出身牧师家庭，从小生活在一座牧歌式的村庄里，二十岁前后内心充满诗意，有他的手记为证："记得那些夜晚，整整几个小时，我将前额贴到玻璃窗上，看到黑夜中去"。这种做派是为赋新诗强说愁？二十二岁发表第一篇文章，落笔很"正能量"，跟虚无主义沾不上边。但不知怎么一来，就来了一场大逆反，内心的大逆反，怀疑一切，反对一切。历史、知识、进步，直至上帝，连自身在内的万事万物，就以一个"不"字来打发掉。"我一辈子都活在厌倦之中"，如果还写点什么，是为了"辱骂生活，辱骂自己"。他给自己的画像是："我是个大叫大喊的哲人，我的思想，如果还有思想的话，就像狗吠，道不出所以然，但喧天哗地。"

也许必须回到 1933 年去追踪他的心路历程。那时候他作为公费学生到柏林留学，正值德国法西斯闹得风风火火，小伙子一头栽进去，狂热到非理性地步，企图在神秘的纳粹主义中发现一个秘方，比如罗马尼亚式的法西斯，好让经历过古希腊、古罗马、奥匈帝国、德意志、奥斯曼和俄罗斯千年统治的小小罗马尼亚，重新找回应有的尊严，在生活中让大家看得见。地道的爱国主义。但这个设想经不起挑战。1940年来到法国，他的纳粹思想自动消失了："我永远不再与任何事物同谋。"怎样才能使"活着"这场灾难找到一个出口？他找到了犬儒主义。第欧根尼的犬儒主义不限于口头，行动上也到达极致。他要拥有极大的自由，甚至在人来人往的大街中蛰居木桶的自由。但齐奥朗只限于口头，不付诸行动，不要负什么责任："我不用担心一个句子给我带来的后果，面对各种道德范畴，我都感到自由自在。"他与外界接触很少，终其一生住在巴黎的一间阁楼里，一辈子到学生饭堂吃饭，面对闲言碎语置若罔闻。法兰西学院想助他一把，准备给他颁发一个"莫朗奖"，他一口拒绝了。宁可躬身处苦，做一个斤两十足的边缘人。

你说他悲观、颓丧，要将世界一锤子敲碎，但他也说出很有哲理的话："一个人越是拥有天赋，精神越是驻足不前；才华是内心生活的障碍。"也有非常抒情的句子："我把窗帘关闭，我等待，事实上我没有什么可以等待的，只是使自己忘我而已"。

他的本子里名言不少。"人不是住在一个国家里，而是住在它的语言里"，这句话全世界的学人都引用了。他对法语的掌握游刃有余，法国人十分欣赏。属于色雷斯（Thrace）文化的罗马尼亚，公元一世纪和二世纪，先后由希腊和罗马统治，西方古文化的底蕴很深。拿破仑三世时代，罗马尼亚与法国关系密切，王子们都到法国来学习法语，也在本国创办法语学校，采用法国的中学会考制度。

随风而播

齐奥朗到法国之前已经拥有相当的法语水平。他说尽了失序、反常、颠倒、逆向思维的话，以嘲讽、挑衅、挖苦来成就一种风格。流畅优雅的文笔，炉火纯青的法语运用，就来带他上路，还乡，一直抵达他独有的文学家园。说什么"只有一件事情是重要的，那就是学会失败"，齐奥朗失败吗？不，他活得很成功。所谓反常言论、失序行为，只为避开蹈袭他人的成规旧矩，寻找自己的本色和洒脱。失败之说，最精致的反话也只能如此。一个边缘人找到了适合于自己的艺术。

二〇一七年五月

是，或不是，不再是个问题

——访莎士比亚故居

当我从那湮远的古代的纪年
发见那绝代风流人物的写真，
艳色使得古老的歌咏也香艳，
颂赞着多情骑士和绝命佳人。

——莎氏十四行诗第一〇六首[1]

一个冠冕堂皇的戏子，在舞台上大摇大摆，挥动利剑，忽然倒地大叫："一匹马，一匹马，我以我的王国换一匹马！"妒火中烧，理性不再，爱情演变成癫狂的残忍，用床单把妻子窒息死，"我将你先杀死，再来爱你"；走投无路的国王，弥留时刻却叫道："你看，你看！"他在幻觉中看到了洁净的爱战胜了邪恶。为父王复仇，被痛苦、怀疑折腾着："To be or not to be, that is the question"（是，或者不是，这可是个问题）；暗室密谋、煽动、挑衅、决斗、伪善者最后露出穷凶极恶，好心不得好报，谜团终于真相大白……尽是些痴

---

[1] 本文引用的莎士比亚十四行诗为梁宗岱译文。

人说梦。可钟点一到,蜉蝣一瞬的艺术过去,声大声小的呼号沉寂了,头上羽毛抖动不再,镶金绣银的华服消失了,利剑不再星火霍霍……一团团光波暗影消逝了,舞台上空空如也,一切去得无影无踪,都是那个可怜的戏子闹出来的事罢了。

却有人说,如果文学也有一个金字塔,威廉·莎士比亚(William Shakespeare,1564—1616)的位置就在顶尖上。可是,当你把这个处于人与神之间的位置,奉献给这位戏子兼戏剧家之前,这个人是否存在过,也曾经是个问题。四个半世纪以来,前两三百年,莎士比亚是存在的,后来忽然说不存在了。美国作家爱默生(R. Emerson)如是说:"这是一位罕见的作家,作品那么丰厚,他的人却配不起这么厚重的份额。在他的时代,没有人觉得写他一笔是一件值得做的事。这始终使人无法理解。"十八世纪的出版家兼传记作家罗维(N. Rowe),为搜索这个神秘人物的资料,做了大量调查工作,最后丧气地说,一切史料已烟消云散:"他最大的角色莫如在他自己的《哈姆雷特》里演一个鬼魂,除却这个故事,我不知道还有别的什么了。"是他,扮一个从地狱返回人间的鬼魂,要活人听他的话:"认真地来听我的启示!"

要么给他的位置太高,你仰翻了脖子也看他不到;要么是个鬼魂,他看见你你看不见他。那天你刚好身在伦敦,何不趁机到他的出生地走走?刚好白金汉宫对外开放,你还未去到写尽帝王将相、宫殿王府的莎翁故居,先就夹在参观的人流中,肩碰肩地进入白金汉宫,在一座现实中的也是莎翁笔下的辉煌、灿烂、炫目的宫殿中,移动着目光和身体,当了一回女王陛下的宫中客。从王宫出来,让御花园的清新空气一拂,头脑清爽,便意识流起来。想起这位女王,曾经是香港的前二房东,真的很精明。你想见识陛下她的办公地点?可以,但凭票入场,一张入场券,就从你口袋掏去了二十英镑。须知昨天你参观过大英博物馆和塔特画廊,都是免费进场的,白金汉宫就计较这个!一个早晨有多少个二十英镑搬了家,搬到她老人家的口袋里?王宫外边,还有无数二十英镑在排长龙,王宫的入口、加冕大殿、授勋大殿、国宴大厅、议会大厅,这种地方在莎翁笔下,会有被谋杀的国王的阴魂不散,而现在到处人流弯弯绕绕、挤挤碰碰,都是些二十英镑。参观后可以在露台上喝咖啡,吃小甜饼,或吃一客白金汉宫式的午餐,又是多少个二十英镑?虽然每年只有八九月份,当陛下她到私人领地度假时才对外开放,而每年参观人数竟达数百万!开放决定由女王亲自作出,1993年就开始了。从一本小册子里知道,入场券收入用作维修王宫。你多尝一点英国名点酥油饼、巧克力、杏仁软糖,陛下她的宫殿就可以长住长新了。她的精明不只在银钱上头,还兼收了民意测验的好分数。屈就一下,让她的宫苑禁地被千万英国人、外国人的大脚板踩踏一下,国库不就少支出一笔王宫的修葺费了吗?再说,她的禁地与民共享,小民的好奇心得到满足,还有必要将他们一家子赶出宫外才能进去看看?不必了!所以,来呀,来呀,进来看看朕办公的地点,生活的地方,随便看啦!慢慢看啦!真是好客得紧。其实欧洲的王宫你见识得很多,都比不上巴黎歌剧院的白玉为堂。唯是,参观在位帝王的生活、办公、授勋、举行国宴的地方,于你是第一次经验。如果白金汉宫不出这个噱头,你会去走一趟?不会。它每年能招来数百万游客吗?不能。

登上导游叶先生的游览车,先谢谢他为我们预先购买入场券,否则还在二十英镑里排长龙。然后，请他按照原定计划，顺着路线先到牛津，再去莎翁故居。谁知一上路，"To be or not to be"这个话题就没完没了。这句经典的话在上演得最多、最惹人争论的《哈姆雷特》第三幕第三场。哈姆雷特的父亲被弟弟谋杀，王位被篡夺，王后准备再嫁新王，父王阴魂不散，向儿子显灵促其复仇。怀着崇高理想，又快乐又英俊的王子心情极度矛盾，不敢肯定事情的真相，"是，或者不是，这是个问题"。这句名言数百年来被引用得很多。十九世纪中期以来，面对莎翁的存在与否，及其作品的谜团，大家也喜欢说：是，或者不是，这可是个问题。有数百年时间，大家只听到一个出色的"讲古佬"的声音在空中穿过，他的身世呢？所知不多。传说他出身不高，非豪门巨富，非书香世家，甚至非知识家庭，童年时代父亲破产，离开学校转当学徒。如此平庸的遭遇，能造就一个空前的天才？

叶君知识丰富，莎翁长莎翁短，嘴巴跟开车一样快，一眨眼就错过了牛津，参观的先后程序只好改变。两个多小时就到了英伦中部，进入到阿尔当（Arden）以北的瓦尔维克（Warwick）伯爵的领地，汽车沿着埃文河，现名费尔登（Feldon）河的南岸，在宽广的田野之间的公路上走了一段路，莎士比亚的故乡，埃文河畔的斯特拉特福（Stratford-upon-Avon）就到了。小镇的入口竖立着著名的小丑福斯塔夫（Falstaff）的巨型雕像，手舞足蹈，在《亨利四世》等多出戏剧中出现。

你从雕像望向前面，街道宽阔，满眼古老建筑、老去的招牌，都是中世纪风格，而街道上，却是操着各种语言的二十一世纪游客。莎翁距离我们四百五十年，小镇面貌没有改变，街道名称也没

小丑　（英）布特莱（铜像1994年）
雕像底座侧面镌刻莎氏《第十二夜》诗句：
小丑：先生，傻气就像太阳一样环绕
　　　着地球，到处放射它的光辉
卢岚／摄

有变，长期生活在英国的叶君如是说。你有理由相信，如果莎翁要回来走走，会熟门熟路，一眼就认出昂莱大街上的祖居，当年就读的爱德华六世中学，还会记得来自牛津的老师西蒙·亨特（Simon Hunt）和让·科塔姆（Jean Cottam），以拉丁文教他们演戏，念奥维德（Ovide）的诗。打从楼下的窗子，不时地看到巡回表演的艺人队伍经过，这是冥冥中为他安排的时刻。当时他父亲约翰是个成功的时髦皮手套制造商，也从事羊毛买卖，生意成功后成了市政议员，直至市长，还向圣职社团申请绅士头衔和徽号。但风向突然神秘地转了，他负债累累，税务缠身，妻子玛丽带来的丰厚嫁妆也赔光了，最后宣告破产。

1757年，后人为重修祖居，在瓦顶的木条间发现他的六页纸的精神遗嘱，表示坚持天主教信仰，但当时新教才是国教。因为宗教信仰分歧被迫害，从生意上或税务上使他陷入困境？另一种说法是，他私贩羊毛被揭发，导致庞大数字的罚款。小威廉因而辍学，在手套工场当学徒。

位于昂莱大街的故居，是他父母亲的居所。威廉在那里出生，度过童年和青少年时代，直至结婚。跟着离家失踪十年。楼房的面积和布局，是富裕人家的标准，两层楼加上阁楼，面积不小。为保暖，天花板甚低。楼上楼下包括睡房、客厅、饭厅、厨房，制造工场安置在房屋的一端。家庭人口众多，兄弟姐妹五人，婚后同住一屋。为应付家庭人口的增加，屋后面加建了两个小房间。工场内外，据说当时堆满了小山羊皮、绵羊皮、狗皮、斑鹿皮。处理皮革的石灰坑、尿素、狗粪、明矾等安置在后院。还饲养猪、羊、鸡，是活气腾腾奔日子的人家，唯空间的挤迫、气味的呛人可想而知。

这座都铎风格的房子，到十八世纪末还在莎翁旁系家族手中。经历了四百年历史，已经破烂。莎翁的妹妹琼的后人，于1846年准备把它出售，1847年刊登了广告，引起一批著名人士和作家如狄更斯等的注意，他们多方奔走，设法将房子收购，以便建成莎士比亚故居博物馆。狄更斯先后在伦敦、曼彻斯特和伯明翰等地组织演出，著名的文化界人士前来捧场，筹得三千英镑将房子买下，交给国家管理。1847年"莎士比亚出生地信托基金会"正式成立，1891年，英国国会通过法案，成立基金管理委员会，旨在更好地管理莎翁故居，继续收集图书和档案资料，跟重要的莎士比亚博物馆交流，方便学者对莎翁的研究。

> 夜莺在夏天门前彻夜清啭
> 到了盛夏的日子便停止歌唱。
> ……
> 所以,像它,我有时也默默无言,
> 免得我的歌,太繁了,使你烦厌。
>
> ——莎氏十四行诗第一○二首

你从故居出来,在镇上转悠一圈,看到他的长女苏珊娜夫妇建于十七世纪的大宅、次女朱迪夫妇的住宅、外孙女伊丽莎白夫妇的房子。1614年,莎翁在伦敦的"环球剧场"失火,容纳一千五百名观众的剧院瞬息间付诸一炬,莎翁随即返回故乡,入住他发迹后自置的有百多年历史的著名大宅"新场地"。1616年因伤寒病去世,逝世日期刚好是他的出生日期:4月23日。五十二年前,他出生后三个月,镇上闹黑死病,百分之十五人口死于时疫,他母亲及时带着他逃到十公里外的外祖家,奇迹般逃过了死亡。五十二年后没能逃脱另一种时疫,教堂为乡里莎士比亚敲响丧钟,下葬在三圣教堂的祭坛下。现在去到教堂,可以在祭坛下看到莎翁和妻子安娜的墓地,女儿女婿也安葬在一起。但十一岁夭折的双胞胎中的儿子哈姆内特没有安葬在一起,想来是在教堂外面。祭坛的墙壁镶嵌着莎翁一尊半身塑像,慈眉善目,连当年的劲敌也承认他"和蔼可亲"。

眼下所见,都是莎翁存在过的证据,受洗证、结婚证、演员名单上的名字、亲属关系、诉讼案件的原稿、发票、死亡证都在那里了。从十九世纪开始，很多细节都被打捞起来了。他逝世后六十四年，即1680年，英国作家奥布里（J. Aubrey）写过传记《莎士比亚生平》，莎氏的出生地、简略的生平大体有所记载，但依然有人说，《哈姆雷特》的作者不存在。老在"To be or not to be"的人认为，要证实一个人的存在，手迹是最根本的证据。而这个人不曾留下片言只字，遗嘱上的签字，可能是公证人根据手迹代签的。如果这个人不存在，《哈姆雷特》以及一大堆作品是谁写的？回答说，莎士比亚是冒名顶替的，他同时代的著名文人，如培根（F. Bacon）、马洛（C. Marlowe）或牛津（Oxford）伯爵，才是真正的作者。说者易，信者难，能写出如此出色的作品，为什么要找人顶替？数百年来，有谁站出来要求改正，说他才是《国王之夜》或《奥赛罗》，或某剧目的作者？没有，从来没有。

　　四百五十年来，莎翁的戏剧在全世界不断地搬上舞台和银幕，引出没完没了的话题。单是《哈姆雷特》，每天就引出一篇评论文章，每年在各国出现的书籍、评论、专号、出版物，计有五千种，旨在探索莎翁本人，直至每一行诗。作者出身平庸，经历单薄，怎样解释他的作品的宽广度和深度？英国人不在意他存在过与否，不是从来就这样的吗？研究他的德国人、美国人、法国人、日本人，比英国人更多。法国蒙彼利埃大学两位学者马甘夫妇（J-Marie 和 Angela Maguin），以三十年来搜集资料，分析研究，以编年学的方法，为莎翁写了一部传记，以时间顺序为线索，然后，人物、地点、环境，一滴不漏，将他的成长和演进过程写出，以实证来证明他的人生。但谈何容易，数百年后，他的历史身世早已中断，或含混不清，可供参考的证据极少，又没有新资料出现，没有一封信出自他的手。别人写给他保留到现在的，只有一封著名的"昆西书信"（lettre de Quincy），是小女儿朱迪的丈夫托马斯的父亲写给莎氏的。作者的手稿更不用说，付印后印刷品就是成品，手稿被当成没有价值的东西扔掉。1623年，他逝世后七年，两位曾经跟他合作过的老朋友赫明斯（J. Heminges）和康德尔（H. Condell）为他出了全集（*First Folio*），总共三十六部戏剧，其中十八部从未付印，包括《风暴》《安东尼和克娄巴特拉》《恺撒大帝》等，如果没有这个集子，这十八个剧目将永远丢失。当初为他结集的原意，只是觉得"他构思和落笔那么容易，我们几乎从来不曾在他的纸页中发现涂改的杠子"。

难以想象的文献的匮乏，仿如莎翁向后人表示，他的存在只是大家给予他的一种精神。而那个时代，演员被认为道德上不怎么样，只会闹丑闻的可疑之辈，是粪土上的花朵。莎氏当真在国王詹姆斯一世的剧团里演出？剧本当真由他执笔的？如果是，为什么找不到手迹，哪怕半页纸？法国学者付出三十年辛劳，以两年时间把资料组成八百二十页的巨制《威廉·莎士比亚》。莎氏确有其人不容置疑，教堂里可以找到他受洗的证书，以手写体写着："Gulielmus filius Johannes Shakspere"，1564年4月26日，由神父布雷奇吉德尔（John Bretchgirdle）签发。如果传记中有些资料使人争议，出生日期则不可争议。莎士比亚4月23日出生，三天后受洗，在民俗和专家的推理上皆无可置疑。那个时代没有出生证，受洗证等于出生证。经过历代专家的挖掘、研究，到四百多年后的今天，大家才接受莎士比亚的存在，"To be or not to be"不再是个问题。

然则，受洗证、结婚证、诉讼案件证书，都不能说明他艺术上

随风而播

成功的秘密。他的全集在你鼻尖下,且穿越每一个时代,以各种文字的新译本一再出现。但,究竟是怎样的路线将他引向艺术人生?一个经历平凡、来自小镇的穷小子,怎能与不寻常的艺术联系得起来?这些艺术像出自神的手,而非人的手。失踪十年,从默默无闻的乡巴佬变成他的时代,甚至所有时代最伟大的戏剧家,这个事实如何叫人接受?四百多年来搜得的一鳞半爪,从所有角度翻来覆去查看、透视,所有实证皆可立足,甚至翻出半块稀有金属,可以放进档案里作为新成果。但不雄辩,不足以洞穿天才的创造秘密。

> 谁说得最好?哪个说得更圆满
> 比起这丰美的赞词:"只有你是你"?
> 这赞词蕴藏着你的全部资产,
> 谁和争妍,就必须和它比拟。
>
> ——莎氏十四行诗第八十四首

美国的莎士比亚专家、哈佛大学英国文学教授格林布拉特(Stephen Greenblatt),则以另一种方法,来揭示将莎士比亚引向艺术人生的秘密之路。这位哈佛大学的英国文学教师,以新的角度和方法撰写了一部传记《莎士比亚怎样变成莎士比亚》(*Will in the world: How Shakespeare became Shakespeare*),一面世就得到全面好评,2014年9月,法译本 *Will le Magnifique* 由法国弗拉马里翁出版社出版。格林布拉特的立足点是,莎氏留下痕迹不多,资料都干巴巴的,身份证般概括简约。但不可忽略的是,他所处身的伊丽莎白一世时代，是被改革和文艺复兴所标志的时代，充满力度和朝气蓬勃，正从中世纪走向现代。同时，也是宗教分裂、新教和天主教产生尖锐矛盾、在人的精神和社会生活中造成分裂的时代。就像莎氏的父亲，为官职，为谋生，表面信奉新教，内心是天主教。有的人家里收藏着天主教的圣像、圣物，举行天主教仪式。这种现象引起尖锐的矛盾，1581年，天主教教士康皮翁（E. Campion）被当局杀害（1886年梵蒂冈为他举行宣福礼，1970年被封圣）。记载那段历史的资料特别丰富，因为这是一个争讼的时代。根据蛛丝马迹显示，莎氏生前已享盛名，曾经被召进王宫，在伊丽莎白一世跟前朗诵他的《马克白》（Macbeth），后来成为国王詹姆斯一世的演员。这样一个人物，不可能不在大环境中留下痕迹。这种设想，使格林布拉特从大时代，大环境着手，撒下天罗地网，由远到近，由外及里，实行大包围式的搜索，从一些著名人物的轨迹上去寻找他的脚印。

那时候，拉丁文大行其道，教士、医生、外交家、律师、议员皆使用拉丁文，而非英语。拉丁文是文化的同义词，伊丽莎白女王当然使用。她在国际事务上显得明智，被认为是使用拉丁文的结果。女王的导师阿谢姆（R. Ascham）写道："所有人都希望自己的孩子们讲拉丁文。"文盲的水泥匠、布料商、手套制造商、农庄主，都希望儿子操得一口流利的拉丁文，拉丁文就是文化，是礼貌，是社会活动能力的象征。小威廉的父母会没有这种愿望？尽管父亲文化程度平平，但能够阅读、拼写，既然他担任公职。母亲出身富有农庄，拥有二十八公顷地，但不会写自己的名字。镇上唯一的学校是免费的，没有历史课、文学课，也没有地理、化学、物理，只有小小入门算术，主要课程是以拉丁文重复背诵基督教条文，学生的拉丁文水平有限。幸好有一种特殊的学习方法，就是使用拉丁文来演古代戏剧，而非用英文。演戏成了最好的学习拉丁文的机会。拥有戏剧和作家天分的小威廉，颇感兴趣，演得特别好。来自牛津的老师詹金斯（T. Jenkins），总让他担任重要角色。从此，他的灵性得到开启。在没有别的娱乐方式如跳舞、音乐、唱歌的年代，剧院成了最吸引人的娱乐场所。戏剧生活并非全靠职业演员，每逢节日，如丰收节、圣体巡行、耶稣受难节、复活节，及风俗上某些神秘节日，民众会自动组织起来，将自己打扮成国王、王后、神话传说中的角色，或疯疯癫癫的人，结队招摇过市。也有巡回演出的江湖艺人，他们以手推车推着戏服、道具，从乡到乡、从镇到镇巡回演出，小威廉从小耳濡目染。根据当地的档案记载，1569年小威廉的父亲以行政执政官的身份，批准一队艺人在镇上演出，五岁的小威廉像别的孩子一样，跟父亲去看表演，是很自然的事。戏服的鲜艳华美，鼓乐之声，演员的做唱，表演结束时祈祷天佑女王，都会在一个敏感的孩子心里打下印记。小威廉的儿童时代，再不是空白的，且得到某种启发，日后才走上戏剧之路。1575年夏天，小威廉十一岁，小镇附近地区发生了一件闹腾腾的大事，伊丽莎白女王乘坐一列华丽的马车到中部地区巡游，将自己打扮成拜占庭式的人物，露面接受贡品。拥有古堡的主人，接待她住宿，从一座古堡到另一座。堡主为表示殷勤，接待得极尽奢侈浮华，甚至弄得破产。陛下最后停居的是莱塞斯泰伯爵的领地，离小镇只有十八公里。当时小威廉的父亲是市政长官，不够资格获邀参加接待仪式，但可以带着小威廉，跟镇上居民一起去看浩浩荡荡的队伍进入伯爵的古堡。居民也会闹哄哄地谈及这件大事。带有传统色彩的大环境，历史上著名的事件，都会进入小威廉的童年记忆。

1580年,十六岁的威廉从学校出来,希望找一份工作。根据1937年的一份资料透露,曾就读于牛津的老师科唐,把他推荐到兰开夏地区一位具有影响力的富有绅士奥顿(A. Hoghton)家里当家庭教师。奥顿是天主教徒,希望找一个信仰相同的人为自己工作。他表面信奉新教,私下举行天主教仪式,暗中庇护天主教神父,私藏宗教禁书和圣器,不能让外人知道。科唐是天主教徒,可以放心请他介绍可信赖的人。威廉作为家庭教师,主人很快发现他教学以外的才能:善于即兴表演,对音乐特别敏感,魔术似的煽情能力,且具有写作潜质。离家以后,正好在青少年末期,才华显露出来了。脸庞线条精致,棕发,略带忧郁,声音优美而富于旋律,都让人看在眼里。豪门贵族追求文化生活,宽阔的厅堂稍稍搬动即成舞台。在家里演戏,既显摆身份,也表现收容食客的慷慨,这就给了威廉登台表演的机会,尽管他不是被认可的演员,但特殊的天赋得到公侯贵胄的器重。1581年8月,奥顿立下遗嘱,要让威廉成为正式演员,把他推荐给同一阶层的朋友托马斯(Thomas Hesketh):"我恳切地请求托马斯阁下,向在我门下的富尔克·吉洛姆(Fulk Gyllome)和威廉·莎士比亚伸出友谊之手,让他们为他服务,或者把他们推荐给一位好主人。"奥顿逝世后,威廉在托马斯家里只作短暂逗留,因庇护教士,托马斯被捕入狱。威廉再被推荐给伯爵斯坦利(H. Stanley),他是女王最有势力的表亲,对戏剧怀有高度热忱。

照照镜子，告诉你那镜中的脸庞，
说现在这脸庞儿应该另造一副；
……
因为哪里会有女人那么淑贞，
她那处女的胎不愿被你耕种？

——（莎氏十四行诗第三首）

兰开夏地区天主教根深蒂固，宗教纠纷带来的迫害在他身边发生，科唐和奥顿的兄弟被捕，准备随时殉教的教士康皮翁被捕、被杀害，面对噩梦般的深渊，威廉决定尽快离开危险之地。1582年夏天，他返回故乡，顺道为科唐带信到离他家乡三公里的肖特里（Shottery），交给他牛津时代的同学罗贝尔（Robert Debdale）。在那里，十八岁的威廉遇上了二十六岁的安娜（Anne Hathaway），双方的父亲曾经是朋友。她父亲前一年逝世，独自生活。孤男寡女独处一室，一方是活力四射的美少年，一方是早该出嫁的女子。不知是谁想跟谁结婚，安娜怀孕了。同年11月，一双情人匆匆走进教堂。因为时间太仓促，不符合签发结婚证书的手续，按照规定，要事先连续三个星期天在教堂发出通告，然后才能签发。教堂要他们付出四十英镑的巨额押金，以提防有人告上法庭时使用，日后没有发生任何事情才发还。这份奇怪的文件，是十九世纪一位著名的传记作家菲利普（Thomas Phillips）爵士，在伍斯特主教府找到的。这份收到四十英镑的收据，日期是1582年11月28日，注明款项用途是，庆祝"威廉·莎士比亚和斯特拉特福的处女安娜·哈瑟维在伍斯特教区结婚"的费用。六个月后，长女苏珊娜出生，受洗证书的日期是1583年5月28日。威廉父母同意这桩婚事吗？即使不反对，也不会认为是登对的婚姻。当时男性结婚平均年龄是二十八岁，女性一般比男性年轻两岁。十八岁不是法定成年人，二十六岁则是老处女了。

威廉在父亲的工场当学徒，但人在心不在。在哪里？在阿尔当森林，在书本，在戏剧，最感兴趣的是读书和写诗。他熟悉阿尔当森林的传奇故事。小神仙，巫婆，善意的魔鬼，穿着裹尸布的鬼魂，充满了他的脑袋，日后他的戏剧就像阿尔当森林那样丰富。到工场维持不下去，就有莎氏的"十年失踪"之谜。那个年代，二十岁上下的青年，都有离开故土混迹他乡的倾向，志在找一份好工作，遇上更好的命运，以致女王对这些浪人产生顾忌。不少人在贫穷、饥饿或时疫中死去。威廉为经济寻求出路？为夫妻不和顺？为被人发现他在对头人吕西（T. Lucy）的领地上偷猎斑鹿，借宗教问题对他追迫？龙凤双胞胎朱迪和阿莫内特于1585年2月出生，但1584年夏天他已经离家。遇上突然来到的机会？他在兰开夏时候，曾经与斯特兰奇（Strange）勋爵的剧团有过接触，跟它联系上或跟别的剧团闯江湖去了？总之，他将妻子和三个孩子留在家里达十年。威廉去向如何，根据当年的表现，可以猜想他去当演员。当演员必须先学艺，条件是不能已婚，可能性被排除，但藏身伦敦的机会很大，这是流动人口最大的集中地。如果他踪迹难觅，可能出于谨慎。英国跟罗马教廷彻底闹翻了，伦敦成为杀鸡儆猴的屠杀舞台，泰晤士河大桥上就以梭镖竖着一些人头，不是杀人犯、大盗或强奸犯，而是非我教类的贵族和大富人家。告密、酷刑、抄查、官司、死刑像瘟疫，而大家还相信是妖魔在制造噩梦。那是一个相信妖魔鬼怪的年代。

藏身于伦敦的莎氏明白，只有遁迹藏名，才能将脑袋留在肩头上。他在兰开夏生活过，身份暴露了，跟他有过交往的托马、科唐、康皮翁被杀害了，他有必要藏匿起来。如果几个世纪以来，专家找不到他的藏书，是因为他永远不在书上写上名字。作品不谈政治、宗教，十四行诗思考缜密、深沉，将自我遮掩得密不透风。如果同时代的人没有为他留下笔墨，那是当时没有做传记的习惯，不去捡拾别人零星的言行。至于没有发现出自莎氏手笔的信件，可以从他的长女苏姗娜谈起。那个年代，百分之九十的女性是文盲，她是否文盲没有记载，总之，她把从父亲继承得来的信件、手稿之类卖给别人，用作鱼、肉的包装纸，修补破烂的旧书，或干脆用来烧炉子。妻子安娜是个文盲，周围的女人，没有谁能阅读地球上最伟大的戏剧家的作品。他寄给安娜的信，都是邻居念给她听、代她复信的。

> 看，把记忆所不能保留的东西
> 交给这张白纸，在那里面你将
> 看见你精神的产儿受到抚育，
> 使你重新认识你心灵的本相。
>
> ——（莎氏十四行诗第七十七首）

1592年，平地一声雷，从伦敦传来了消息，一本小册子刊登了一篇抨击一位著名演员的文章，指他为"野心家，一只插上羽毛的乌鸦，在演员的外衣下藏着一副老虎心肠"。拿他的姓氏开玩笑，什么"Shakescene"（摇撼舞台者）等。莎士比亚一下子冒出来，此人的名声已经到了招人妒忌的地步。那时候，伦敦的剧院如雨后春笋，大贵族和绅士都拥有或企图拥有一个剧团。以莎氏的才华，应该身在伦敦最著名的"尚贝朗剧团"。至于什么时候进入、怎样进入，依然是个谜。但1581年在兰开夏时期，他跟热心于戏剧的斯坦利伯爵有过接触，他的儿子费迪南德·斯坦利勋爵组织了"斯坦利勋爵剧团"，把最出色的演员罗致门下，这个剧团不久变成伦敦最著名的"尚贝朗剧团"。莎氏是演员，也是剧本作者，他的历史剧大受欢迎，他也成了剧团股份的持有人，按门票收入提成。他青云直上，直至被邀进王宫，在女王面前朗诵《马克白》。《罗密欧与朱丽叶》使从不流泪的女王掉下眼泪。1603年，伊丽莎白逝世，詹姆斯一世登基，剧团就以国王的名义存在，成为很有势力的剧团，演员成为"国王的演员"，在与敌对剧团较量中，处于不败之地。以后十年，是莎翁创造力大爆发的年代，工作也排山倒海而来，成为"环球剧场"七个业主之一，主理剧院复杂事务，应付自如，还找到写作时间，每年推出两部剧本，先后长达十六年。当同行或劲敌贫穷潦倒之时，他发了大财，1597年在故乡的沙佩尔街购置一座建于1490年的大宅"新场地"，在那里写了好几部剧本。1602年，又在旧城区购置了四十三公顷耕地和房地，拥有年金收入，不再演戏，不依靠女儿，也能生活得很体面。他成了故乡的显贵人物。

莎翁的脑袋像塞满了梦的魔术盒，一件小事经它再出来，会变成华彩绚丽、其深无比的帝王贵胄的故事。芸芸小民的故事，既可怕也引人发笑，既充满仇恨也充满哀伤。显然，兰开夏两年生活没有白过，两年生活其中，有足够时间让他观察、分析贵族跟宫廷的密切关系，将他们剥得赤裸裸，就有他笔下的《亨利五世》《查理三世》《李尔王》《哈姆雷特》《裘力斯·恺撒》等帝王的活灵活现。有慷慨好客、挥霍无度的雅典泰蒙，快要老死的爵士福斯塔，将白人妻子用床单窒息死的摩尔人将领，喜气洋洋从战场上凯旋的贵族，机敏、秀美、泼辣的女仆，嫉恨敌意的阴险小人，以机智、果断战胜险诈凶顽的法官："没许给你一滴血！"一切都不是空穴来风。作者还游刃有余，将笔下的人物评述、判决或拯救。

你打开他的作品，像跟一个浪迹天涯的人到处流浪。莎翁一辈子困在伦敦，终其生不曾离开英国一步，但想象不断突围，手中的笔是一支远征军，将你从古老的英国带到欧洲大陆，到维也纳；从古代的特洛伊带到鲁西永时代的法国；从中世纪的苏格兰到泰蒙时代的雅典。安东尼和克娄巴特拉这双历史上的大情人，带引你经过西西里、叙利亚、雅典，一直畅游至罗马。亚克兴角、提尔、塔尔苏斯、安蒂奥什、以弗所，尽入他的版图。他将整个世界放进作品里，日后整个世界就跟着他团团转。想象力的丰富，好像跟生活关系不大，没有从书本承继那回事，一切就从他开始，甚至是英国现代语言的缔造者。这样一个人物，任何理性的解释都会碰上难题。天赋非常的他，却不打算高高在上，他舞台上的戏，文化精英接受，文盲也接受。只要剧院大门打开，每天总会吸引一千五百至两千名观众买票进场。他使他们又哭又笑，又爱又恨又怕。帝王将相、三教九流都让他演活了，内心世界都让他捕了个正着，他的舞台变成最能表现社会和人的面貌的场所，因为他的艺术置身于社会生活，来自社会生活，不与现实脱节。还有本事在社会矛盾中，避开明显的影射，却使你明白，就连帝王、王子，既可以是杀手，也可以是祭品，历史同样可以把他们捣碎；命运也像空中的风信那样飘摇，不可避免的律法也会将他们绊倒。

他的《驯悍记》一出炉，曾使伦敦万人空巷，但法国人不喜欢。不够古典，一味呼天抢地，吵闹得像闹剧。当年伏尔泰就认为莎氏的喜剧是闹剧，很搞笑，胡闹直至蛮不讲理，你不像面对艺术，而是身处世俗生活。法兰西学院名誉教授爱德华（M. Edwards），2014年出版了一部专题研究《英国诗歌天才》，把他跟拉辛和莫里哀相比，一起做专题研究。他认为，拉辛一落笔则见伟大，就像一般人对悲剧的要求，要以伟大崇高来作为悲哀的补偿。那个时代就渴望崇高的作品，语言要高雅、斟酌，但莎翁将高雅、粗俗不加选择地相混，缝合在一起，写到哪里是哪里，无禁区可言。莫里哀提倡的"三一律"，要时间、人物、行动的一致性，嘲笑社会风俗，人的乖戾、怪僻，人物不古板，落笔着重社会功能，但莎翁不着眼这方面，一味形而上，打扮人物的内心，表达深层的道德，将悲剧无限制地向深处挖掘，悲剧人物往往是全能的强人，以致有人说，莎氏的悲剧很深沉，不存在一个"最"字。《李尔王》是超越了"最"字的最阴沉的剧目。但他的悲剧有一个秘密，使人从不幸中感知到快乐，最深的不幸已经被勘探过，没有更为不幸的了。何况，地球上所有灾难，都跟整体的大灾难分不开。司汤达说他是悲剧的创造者，仿佛没有莎氏，世界就没有悲剧了。又有人认为，如果莎翁将某些作品重写，去芜存菁，除去没有价值的东西，让某些粗俗字眼找到适当位置，作品会有更贴切的表达。但，无论褒贬，莎翁从来没有在法国缺席过。雨果把他捧上云霄："莎士比亚的位置是在绝对的精英之中的精英，他光芒万丈地照耀着我们人类。"原来是雨果将他放到文学的金字塔尖上的，他没有将这个位置留给自己。

但这个金字塔尖上的人，没有将自己关闭在形而上的空间，而是把根深入到故乡的泥土。他的作品进入到所有人的生活，因为它来自所有人的生活。奇特事物就隐藏在故乡的泥土里，在日常生活的深处。无论戏剧和十四行诗，都打下故乡的印记。当时小镇人口只有两千左右，步行几分钟就可以走到田野，进入森林，去到牧羊人的茅舍。威廉去跟他们闲聊，日后就以细腻、流畅、准确的笔触，描写乡间的花草、动物，季节的推移，自然界的往复循环，牧童的短笛。在《罗密欧与朱丽叶》中，他写了一百零八种植物，对大自然就有这种亲情。田野的农事他不陌生，牧童成为他的朋友，日后落笔就有现实的一面。牧童对他说，不能对他好客，因为自己"为另一个人工作，不能去剪他所放牧的羊的羊毛"，又说："我主人的脾性可吝啬呢！"他从自身的经验取得灵感，以丰富的想象进入别人的或自己的世界，将生活变成作品，艺术就根植于现实，现实则成为想象不可分割的部分。是想象强加于现实，或将现实加码成为梦想，两者任由来去。你给他一间茅舍，他向四面围墙一推，就可以变成一座宫殿。一个剧目就是宽广无边的世界，你愿意在里面迷路。家庭破产，与妻子安娜的平淡故事，经过他的笔，可以无限地扩大、飞升，就有《谬误的喜剧》，一位锡拉库萨（Syracuse）的商人为寻找丢失的双胞胎，被以弗所的敌人逮捕，罚以重金，几经波折，最后找回孩子和妻子，结局完满。《国王之夜》中的诗句，是个人经验的写照："别害怕／我的好小子／我不抱怨你／当你的情怀和青春到达了收获季节/你的妻子就有运气收获一位英俊的小伙子。"

>脑袋里有什么，笔墨形容得出，
>我这颗真心不已经对你描画？
>还有什么新东西可说可记录，
>以表白我的爱或者你的真价？
>
>——（莎氏十四行诗第一〇八首）

你看莎翁的作品，是被一掌推到伊丽莎白一世的时代，眼花缭乱像爱丽丝进入白兔穴。战争、篡位、好人、坏人、超人、邪恶、崇高、纯良、怪诞，烈火般的生死之爱，爱情之后的背叛，大笑之后的泣啜，顶峰过后的深渊，阴险小人的嫉恨敌意，你忍受不了的极度悲剧……林林总总，涵括了所有情感、行动的频率或波段。一粒沙中的世界有了，一片叶上的人生有了。真理就是：人生是个舞台，不会多，也不会少。作品的包罗万有，内容的丰厚和宽广度，巨大的份额，这一切难道只是天赋？应该还有动机，动机才是行动的马达。冲冠一怒，利剑出鞘，为土地，为荣誉，为红颜，为钱财，为复仇……智慧就来帮一把。莎氏的动机是什么？

他的父亲曾经是议员、市长，当他走进会议室时，大家必须起立，某些场合要为他准备一张特别椅子。后来呢，不管是宗教原因、税务问题，或生意违法，总之，他破产了，从高处直坠深谷。作为长子，他看到事态的严重，屈辱成为压在心头上的重荷。他要为父亲振兴家业，恢复家庭的地位和名声，取得一个可以传给后世的头衔。他不轻易放弃这个梦。朝气蓬勃和野心，使他把羞辱变作一架梯子，一面攀登一面回头看。他对社会的等级观念原来就特别敏感，舞台上他扮演贵族，在现实中也要成为贵族，拥有所扮演的人物的身份，生活中要穿上在戏台上穿的华服，要取得他父亲申请过的绅士身份。他什么都不怕，就怕永远被围困、被监禁在从高处坠下来的位置上。

1596年，二十年前开始的长梦实现了，头衔和徽号终于拿到手，因为威廉成功了，乡人都知道他在国王的剧团里演出，一个大名鼎鼎的演员。那个年代，演员身份不被看重，只看重诗人身份，但他同时是戏剧家和诗人。1593年，伦敦闹黑死病，剧院关闭，他利用这段时间写十四行诗。第一部出版的诗作《维纳斯和阿多尼斯》达一千两百行；《驯悍记》即将上演；《无事生非》将在伊丽莎白一世的宫廷里演出。父亲的绅士头衔，很可能是儿子亲自干预而取得的。人生如戏，世界只是个舞台，但必须像台上演戏一般认真。三年后，莎翁在非正式场合如是说："我以工作和我的想象的成果，来还给我的家庭以尊严，破产之前属于它的原有的尊严。我确认我母亲的名字的荣誉，复兴我父亲的荣誉。我要收回我失去了的遗产。我自己创造的遗产。"他们选择的铭文是"不无权利"，是说，绅士的身份原来就属于他们。日后莎翁可以在任何文件，或遗嘱中写上："埃文河畔的斯特拉特福的威廉·莎士比亚，瓦尔维克领地上的绅士"。

"To be or not to be"不再是个问题，而是挖掘不完的主题。1996年，美国加州大学教师福斯特（Donald Foster）发现了莎翁一篇祭文诗，为死于纵酒作乐的聚会中的朋友彼得（William Peter）撰写的。他是埃克塞得（Exeter）市市长的儿子。莎翁在牛津演出时，他正好在那里。全诗五百七十八行，署名 W. S.，发表于 1612 年，那时候莎翁还在世。由于署名简写，如何证实是莎翁本人？福斯特以 Shaxicon 电脑程序编成一个作家资料库，将要研究的作家所使用的词汇编成目录，他发现，所有作家总有几千字永不使用，有些字眼则脱口而出，一再出现。这首诗的词汇被编成资料库后，他得出结论："我完全相信，除了莎士比亚，没有任何人能够写得出这篇祭文。"还将它与《亨利八世》《理查二世》比较，惊诧于莎氏同样的表达方法。法国学者叙阿米（Henri Suhamy）尽管因名字简写，不能完全坐实是莎翁，还是把这篇祭文诗收入"七星文库"的莎士比亚全集中。同年 6 月，斯托克出版社发行了单行本。"精英中的精英"，就这样参与了二十一世纪人的生活。

> 可是我的诗未来将屹立千古
> 歌颂你的美德，不管它多么残酷！
>
> ——莎氏十四行诗第六十首

"一匹马，一匹马，我以我的王国换一匹马！"这是理查三世最后一句话。他的马在战场上被杀，马死落地行，很快被里士满杀死，里士满成了未来的亨利七世；理查二世被迫让位给他堂兄博林布罗克，最后被谋杀于监狱，博林布罗克成了亨利四世；将国家带入混乱的亨利六世被未来的理查三世所谋杀；哈姆雷特的叔叔克劳迪厄斯把兄长杀死，篡夺了王位；李尔王成了没有国土的国王；……所有这一幕又一幕的互杀、谋杀，投入监狱后再谋杀，所有的冤冤相报、伤天害理，无数清白无辜的人成为夺权的牺牲品，莎翁要诠释些什么？要给我们怎样的启示、教训？只为说出，政治注定要乱七八糟？因为"疯子领导着盲人"？

你嘴巴里嚼着今晨从白金汉宫买来的酥油饼，看到金属饼盒上印着女王的王冠，她当年登基，每年主持国会开幕式所戴的王冠，忽然想起，女王在位多少年了？1952年乔治六世突然去世，女王夫妇以王储身份入主白金汉，1953年加冕成为伊丽莎白二世，到现在已经六十二个年头。按照莎翁戏剧的游戏规则，为王位、为权力打打杀杀，六十二年当中，有多少个亨利、多少个理查被暗杀、谋杀、在狱中被杀？六十二年以来，要赔上多少个王室的头颅，要作践多少无辜的百姓？如果六十二年以来，她无灾无难，正因为她作为国家最高领导人，但手中没有权力，只是象征式的摆设。你闭起双眼，在文件上签上你的大名就够了，有空就站到露台上向群众挥挥手，其余的事你管不着！不能管！让首相和民选的国会议员去管。参观白金汉宫门票的收入，也不能入你老人家的口袋，必须归入国库。这种游戏规则，女王会抱怨、会反对么？英国人会容不下这个女王吗？不，不会。这可是莎翁以打打杀杀来给我们的启示？

四百五十年后，莎翁的戏剧没有过时，是现代舞台和银幕出现最多的剧目，他被誉为所有时代最伟大的戏剧家。演员不能只靠华服，还要以语言打动观众，他知道。莎氏的大众化，既因为剧本上演得多，不断被拍成电影，《亨利五世》《奥赛罗》《马克白》《哈姆雷特》等，先后被改编成三百多部电影剧本；来自生活的语言，时或粗俗放荡，却像标枪，不动声色就能将人命中。一般人写不出的平常语言，构成了他的作品最美丽的一面。上帝创造了人，谁创造了莎士比亚？根据格林布拉特的说法，是莎士比亚创造了莎士比亚。

二〇一五年五月

布拉格的不眠人
——再读卡夫卡

一

卡夫卡（Franz Kafka，1883—1924）1913年的日记中，有两则写道："我不能入睡，只有做梦，完全没有睡意。""我勉强入睡，做着浅梦，但并不荒诞，经常是日间主要活动的重复。但比起熬夜更清醒，更疲倦。"到1922年，情况更加严重了："几乎完全失眠，被梦折腾，好像用针把它们镌刻到我的与生俱来的抗拒的本质上。"长梦短梦，大梦小梦，源源不断地出现在日记、笔记中，也出现在给朋友的书信里。与他先后两次订婚的博埃，和最后的女友米莱娜的通信，无一不谈梦。天花乱坠，离奇怪诞，却非色情梦，尽管昆德拉在《小说的艺术》中，谈到卡夫卡作品中被人忽略的色情一面。被忽略，皆因点到即止，不像当代人火辣的露肉又露骨，大体是"现在……你属于我""我们两人都迷迷懵懵"，或者是安格尔彩笔下的裸女对着镜子搔首弄姿。王尔德有谓："一个大梦人，只在月色底下找到他的路。在其他人之前看到黎明，是对他的惩罚。"

卡夫卡一辈子都在被惩罚。生活与梦紧密相连，更甚于庄周梦蝶的浮生若梦。梦使他严重失眠，糟蹋了他的夜，醒在黎明之前。他神思恍惚，不能忍受任何声音，音乐、歌声也不成。白天黑夜，皆游荡在一个记忆的黑洞里，在一个大概的、近似的、从来没有目睹过的似是而非的世界中。现实和梦是一码事。也许只有当他返回办公室，作为一个法学博士，在"波希米亚王国的工人事故保险公司"里处理繁忙事务的时候，才从大梦中逃脱一刻。夜间，去追逐不为人所知的陌生世界，是他最劳碌、最珍贵的时刻。梦与噩梦只是一线之隔，就有《变形记》中的推销员萨姆沙，经过一夜噩梦折腾，次日早晨，发现自己变成一只大甲虫。

一打开书就见虫，先就不悦。你把它放过一边，打开另一本，那是初版于柏林谢伊德（Die Scheide）出版社的《审判》。当时法国人维亚拉特（A. Vialatte）旅居捷克，第一个把它翻译成法文，再由纪德改编成戏剧，1947年搬上舞台，比利时、瑞士、纽约也跟着上演。你相信这部书会好看些。一开始就切入主题：

> 肯定有人诬告约瑟夫·K，因为他没有做过任何坏事。一天早晨，他被逮捕了。女房东的厨子每天早上八时习惯给她送早餐，但那天早晨没有出现，这是从来没有发生过的事。K又等了一阵子，从深陷着脑瓜的枕头上，望向住在他家对面的老妇人，她正惊奇地观望他。他又饿又惊讶，去按铃召女仆来，就在这时候，有人敲门，一个男人走进来——一个从来没有在屋里见过的人。

约瑟夫·K，一个银行小职员，安分、敬业、独身而生活得井井有条，平日活动只限于办公室和住所之间。现在被当成罪犯，置身于两个穿着制服的人中间。他们自称是由某法院派来执行任务的，通知K要承认自己处于被逮捕状态，行动虽仍然自由，但必须跟负责调查案件的法官合作。个人必须服从一种权力，按照规定准确地行动。他堕入五里云雾，因为从来没有做过坏事。最初还以为是办公室的朋友趁他三十岁生日，给他开个玩笑，耍一下乐子。格鲁巴赫太太也对他说，这么样的逮捕，就像在街头上被坏人袭击，麻烦过去了，就没事了。但眼下只能服从命令，跟法庭合作，希望水落石出，一劳永逸地还自己清白。第一次被传上法庭时，还指望以申诉来使听众明白他是无辜的："我是一大清早从床上被抓的……隔壁就住着两个粗鲁的检察员，如果我曾经是危险的强盗，人家可没有采取更多的防范……我问队长为什么要抓我……他啥也不回答，可能他根本不知道，将我抓起来，于他就足够了。……"在强大、无所不在、权力无限制伸展的国家机器面前，他花了大量时间去寻找可以开脱的门路。通过格鲁巴赫太太找到的人，都不肯帮忙，有的闻声溜走。他需要找一个辩护律师，还要找一个有可能联系上调查案件的大法官的人。所有人都在他眼前晃来晃去，但所有人都离他十万八千里；所有人都在回答他的问题，但所有答话皆答非所问，他的辩护律师跟他说的也是一堆废话。有的朋友劝他不要太顽固，要懂得"认错"，否则在劫难逃。法院一旦控告某人，就得相信这个人有罪。一位律师还向他揭露司法界的黑幕，如何徇私舞弊、藏污纳垢。也有一位谷物商告诉他，为一件案子他被折腾了二十年，倾家荡产，千辛万苦立下的状子，成了一堆无人过目的废纸。

显然，所有敲过的门都关上了。K还说，逮捕他那天，队长"把他的银行里的三位低级职员带到房间里来，……这些职员的出现自然另有目的，就像将女房东和她的女仆引进房间，他们的作用是传播我被逮捕的消息，破坏我的名誉，动摇我在银行里的位置"。他孤独无援，觉得整座城市关起来，变成一个大法庭来审判他。他说的话，在别人眼里都成了废话。在强大的权力机器面前，在被催眠过的芸芸众生面前，他的罪状无真假可言。没有一个被解上法庭的人是无罪的！一年之后，他死在了刽子手的刀下。你作为读者，眼睁睁看着清白无辜的小职员，被法庭判成"罪人"，血淋淋地倒下，比看人变成虫更加不是味道！

你去看卡夫卡，就得把正义、同情、公道、阳光般的仁慈笑脸，统统先存放在衣帽间。他给你讲述的，是一块破烂的抹布的故事。都说卡夫卡患了神经病，这可要医生证明，医生说没有。说他有一种颠覆倾向，就看你怎么说，他是个不眠人，通宵达旦做噩梦，又患上痨病，健康日益恶化，医药物质短缺，听天由命地活着，就以恶毒来向社会施暴，来向生活报复，一落笔就攻击现实，丑化现实，弄得一地的血污！谁对这种破事感兴趣？唯相交二十二年的好友布罗德（M. Brod），他的遗嘱执行人，难得的眼光独到，将他的作品当宝贝，卡夫卡向他朗读《变形记》时，他捧腹大笑。后来接手卡氏的手稿、书信和笔记之后，并没有按照遗嘱付诸一炬，而是保留下来，还花大量时间整理，就像高鹗续"红楼"。须知《审判》《城堡》《美国》都尚未最后完成。还得到处找出版社。为说服出版社，将作品的宗旨解释为宗教意向。必须具有超时代超现实的眼光、殊众的艺术观，敢于全面担当，才会不顾一切捍卫这个神经汉和他的胡言乱语。

卡夫卡生活于十九世纪末至二十世纪上半叶，奥匈帝国末期，经历过第一次世界大战。那个年代，老一辈犹太人尽量融入到帝国的相对宽松的生活当中。年轻一辈则不一样，感觉上依然生活在潜隐的反犹太的气氛里，他们还是"鼠民"。对父辈的"盲目"表示不满，倾向于犹太复国主义的卡夫卡，就生活在这种敌对气氛中，基本是年轻一辈的立场。但并不热衷于政治。1917年得肺病后，他在日记中写道："虚无的号角吹响了"，爱情、婚姻可以一笔删除了，工作松懈了，到乡间去喂羊，去剥马铃薯，将就着晚间与耗子为伍罢了。看着夕阳西下，他在日记中谈杂技，说"他走的绳索不是悬在高空，而是紧贴着地面"，泥土与他更贴近了。一战期间，因病没有上战场，但生活已彻底改变，人手短缺，上班时必须加倍工作，以致精疲力竭。朋友们都上了战场，原来就不喜欢社交生活，交友甚少，现在越发孤独了。在世时无声无息，跟远离社交不无关系吧？

那个年代的欧洲，没有几个人接受卡夫卡；出版界也不例外，只有专门出版批判性作品的出版社，或有可能接受。然则，他的作品一经刊出，马上被眼光独到的人看成是文坛的新品种。原来小说可以这样写。被誉为文学现象的唯一，拥有的空间是全新的。超时代，超现实。经过一段时间的大浪淘沙，又发现卡夫卡是放射性元素，是深海里的迷宫，让你迷路，让你去发挥，去结束他开始了的故事。就有超现实主义者跟他一起做梦，去神经质，去幽默；有哲学的狂热者去寻找象征、隐喻。他们需要他，就像需要弗洛伊德、尼采。每个人都能通向卡夫卡。而这一切，并不因为他的神经病、黑色幽默、大梦般的怪诞，或令人瞠目结舌的逻辑，而是因为他的既可感知又显得陌生的寓言色彩、他的象征意义以及隐晦的暗喻。

你说他荒谬，只要你愿意睁开眼，现实中到处存在着荒谬；你说他超越时空，首先近在眼前。你可以从处身的时代，自身的经验，从不同角度去理解，去哭、去笑自己的命运，去感受人生的谬误。现代人批评旧世界，声嘶力竭，不堪其倦，卡夫卡不叫，不喊，不斥责，不提出忠告，却拥有风倒朽木的能力。

他把文学作为生活的主要活动，唯一他所需要的，又随手可得的活动。孤寂反而成为福气。一夜间或数天时间，就可以完成一篇或长或短的文章，一部作品。一蹴而就，纸页上没有大小交叉，横杠直杠。你说他闭门造车，缺少生活？不错，有些作家需要火辣的生活，要亲身经历战场、屠场、情场，要泡在眼泪里，或弄得浑身弹痕，才能写出伟大作品，于卡夫卡好像不是：

> 没有必要走出家门，就坐在书桌前用耳朵去听。甚至不用听，单是等待就足够。甚至不用等待，就让自己处于绝对的静穆与孤独当中。世界就来将自己呈现在你跟前，并摘掉面具，不做别的事情，就在你面前弯腰，拜倒。

这段文字与老子的感知有异曲同工之妙。咱们的老子于静夜时分，"不窥于牖，以知天道"。凭他的"道"感，来感悟宇宙的无穷尽和神秘，以现代的字眼来说，就是以"超验"来揭秘事物，道出它的所以然。你说他脱离现实，天马行空，提不出物质证据，到了二十世纪，现代天体学的神秘画面，就来给他的"恍兮惚兮，其中有物"等文字作证。卡夫卡这只"寒鸦"，生活在人寰，却像地鼠，老躲在洞穴里，不时地将鼻子伸出洞外，这里拱拱，那里嗅嗅，就来给你讲些怪异的故事、超验的故事，超出人的认识、超出时空律法的故事。你说他患上神经病、梦游症，不能说刻薄；说《城堡》中的K千辛万苦走的长路，为的是抵达天主，也说得通。如果大家一味地以书论书，没有从纸页的迷魂阵中脱身，回到现实世界，将脚丫子牢踩大地，会觉得这个脆弱、胆怯、一本正经，甚至不敢面对婚姻的人有点怪癖，不遗余力地将世事"扭曲"，又有本事使它不可逆转。你奈何不了。其实，他生活的那个年代，只经历过第一次大战，跟着要来的世事，神龙不见首尾。只有到了我们这个时代，经历过二次大战，战后来了一个患病时代——邪恶有理，无善无道——大家才揉揉双眼，不无惊诧地发现：纳粹的屠杀，他预言了；极权制度下的滥捕滥杀，他预言了；古拉格群岛，他预言了；监控技术及摧毁个人及个人世界的能力，也预言了。柏林围墙倒下之后，他的作品走出欧洲，到1994年，各种译本纷纷出现，在世界范围内广为人知，罩着卡夫卡的罩子被揭开，从此被誉为文学界的"先知""文圣"。

二

卡夫卡的风格是不追求风格的风格，他偏离了传统作家的路线，古典主义、浪漫主义被扔出窗外。要比只能跟贝克特相比。语言干巴巴的，但透明清晰，简易畅达，不着重复杂的表意，避免"风格"，只提供画面。文字准确得一板一眼，枯燥无味。写的都是小市民，没有面孔，没有身份，没有幸福生活，但有意识，有心情，有感觉，历尽艰辛追求的，只是最起码的生的需求，但目标永远不可抵达。卡夫卡逝世次年，法国人维亚拉特就把《城堡》翻译成法语。当时他任职于以法语和德语双语出版的、由法国外交部资助的《莱茵杂志》(*Revue Rhénane*)。作为杂志社的编辑，他一头栽进《城堡》

里。测量员K希望在克拉姆伯爵统治的村子里落脚,以便开展测量工作。但必须找到爵爷,得到他的批准。爵爷是个神秘而传奇的人物,住在山丘上的一座城堡里,静静地守着他统治的世界。里面有一大群爷们和公务员,等级分明地组织起来,开动着统治村子的行政机器。城堡近在眼前,却远在天边,散发出神秘的魔力,将村子笼罩着,直抵地平线。K踏着雪路上访,希望亲自见到爵爷。但路上阻碍重重,出乎预料之外。城堡逐渐现身,越来越像充满敌意的魔鬼机关。K听见牧歌和教堂的钟声,向它发出信息,也得到回答,尽管是错误的回答,但通向城堡的道路都是死胡同。他非常顽固,眼睛老盯着城堡,竭尽全力要进入,但没法靠近。村民也不接受他,把他当成非我族类、一个疯子。他们都习惯了当地的法律,没感觉到它的荒谬、反逻辑、非人性。他唯一的功业是在入住的酒店里,勾引上克拉姆的情人弗丽达,企图通过她去到克拉姆跟前。这条路子还是没走通。弗丽达拂袖而去,眼看这盘棋输定了,却偶然进入村子一间酒店,那是爷们到村子的时候习惯落脚的地方。终于有一位公务员愿意帮助他,但他已经精疲力竭,昏睡过去,什么也没听见。故事到此中断。千辛万苦穿过路障重重,只为有一个落脚点而不得,最后赔上了小命。说卡夫卡荒诞,马克·吐温却说:"有时候真实比小说更加荒诞,因为虚构是在一定逻辑下进行的,而现实往往毫无逻辑可言。"卡夫卡以荒诞手法揭去现实的假面具,把它的实质指给我们看。要触及实质,荒诞手法就必须高于现实手法。K的目的地不可抵达,却是另一种抵达:促使我们深入思考。小说预定的结局是:K在弥留之际得到通知,可以在村子里落脚,但不能进入城堡,这个最高的权力机关。

都说卡夫卡有颠覆和反规则倾向,就是这种倾向造成了作品的复杂性和深不可测。你读过《审判》,掩卷细思,竟发现我们就是约瑟夫·K,勤恳、敬业,像小鸟衔泥做窝,一砖一瓦一梁一椽起好房子,一犁一铧一锄,开垦了荒地,正想告诉朋友:"这是我的家园,我与我的亲人就生活在这里。"谁知一场风暴来了,随即墙坍柱塌,瓦片纷飞,你的窝被兜底打翻,人与物俱亡。你循规蹈矩走你的路,忽然从某个转角,或一道大门后面,闪出两个穿制服的人,拦截了去路,让他们捕了个正着,那时候你就是一个罪人。所有被逮的人都是有罪的。从此万劫不复。事先你永远不知道躲在门后的那些事儿。我们都是约瑟夫K的工作单位、住所、咖啡馆、邻里的芸芸众生,被催眠过的人,宁可相信约瑟夫K有罪。目睹了很糟糕的情况,依然感觉良好,日子还过得去。更甚者,如卡夫卡的寓言:"牲口从主人手中夺过鞭子,以鞭打在自己身上来做主人。"

三

布罗德听《变形记》朗读时,捧腹大笑,是卡夫卡日记记载的。哪一个章节使他大笑?他笑什么?《变形记》是卡氏重要作品中的第一部,发表于1916年。作为神秘现象学的作品,有十年时间,在最具特征的德语作品中,占最重要地位。作者将一种怪异的现象与现实缝合起来,表达的诚恳,手法的新颖,想象和现实之间的融合、协调,使那条虫子经历了年月存活下来。萨姆沙一夜噩梦之后,变成一只大甲虫,躺在床上起不来,老滑回到原位。可悲的是脑子依然是人的思维,清醒、明晰,外形的改变没有触及内心的慈悲、对家人依然温情。他首先想起的,是要乘早班火车出差,生怕误了工作时间。又怕公司派人来找他，这副形象如何见得人？他躲在房间里不肯出来。恐慌、焦急无补于事，公司的主任果然上门来了。威胁他说，如果不开门出来见人，就要受开除处分。在极度难堪中，用嘴扭动锁匙开了门。这时，主任惊叫，母亲昏倒在地，父亲怒火中烧，号啕大哭。但，这只虫唯一想到的，还是他的工作，请求主任在公司面前说好话，好保住他的职位。但主任吓得三级并作一级走下楼，逃走了。盛怒的父亲随手拎起主任匆忙中遗留下的手杖，扔到虫儿子身上，导致他大量出血。

为什么变形？噩梦使他变形。从人变成虫，无须达尔文同意。为什么连夜噩梦？为生活的压力，父亲五年前生意倒闭，一家四口的生活担子就落到他肩上。为应付工作，为保住职位，他小心翼翼，从来没有请过一天病假，沉湎在一百种小心眼的忧虑当中，无尽的烦恼重压般落到身上。但对家人有用处，他很珍惜。变成甲虫后，外形惹人厌恶，虫性使它吃垃圾，喜肮脏，怕阳光，自惭形秽而躲避家人的视线，老躲在床底下。他对家人依旧充满柔情，反而招来灾难，逐渐感觉到他们的厌恶，老在回避他。连他准备资助学小提琴的妹妹也不例外。盛怒的父亲还把一只苹果扔到他背上，陷进体内，甲壳一片片脱落，活得很苦。一天晚上，他听见外边传来小提琴声，非常感动，这可是他所渴望的精神养料啊！忍不住偷偷爬出房间，去参与那场聚会，妹妹在房客的要求下表演小提琴。但他的出现使房客惊叫，小提琴声遽然刹住，父亲连忙将房客疏散回房间，他们很生气，耻于跟一只虫生活在一起，很快全部搬走了。妹妹表面仁慈，到某种时刻比谁都冷酷，她发声了："不能这样继续下去……必须把这个东西弄走。"当虫返回房间，听见有人从外边闩起门，上了锁。他陷入静默的沉思，空空如也的沉思。当时钟敲响三时，便孤独地、无声无息地死去，让仆人扔在垃圾堆里处理掉。家人如释重荷，随即乘车到郊外闲逛。

故事与其说可怕，不如说催人泪下。你不禁要问，灾难是自身的懦弱招致的？是荒唐而难以捉摸的现实强加到我们身上的？《审判》经历过二十世纪的风风雨雨，变得容易理解，小民白白得个罪名，白白丢了小命，何罪之有？莫须有。《城堡》也不难理解，小民企图在社会上得到一个落脚点，但在强大的国家机器面前，无能为力。悲剧在于国家机器与小民之间的不协调。《变形记》呢，人变虫？卡夫卡要说的是啥？"可能是对基因的不断研究，在不久的将来，会出现遗传学的天才，像卡夫卡向我们叙述的故事那样，使之产生意外事件。那些新品种的人，里软外硬，在它们的背上种上腐烂的苹果，可以作为跟自然最高的接触点，让人感知到大自然。"小说家迪马耶（P. Dumayet）以科学观点来解读，颇贴近时代。笔者只觉得这是一个人从里到外，从精神到肉体，皆丢失了自我的悲哀，人最可悲的处境。荒唐的变形影射了人的困惑。为适应个人无法改变的环境，抽掉自己的脊梁骨以及所有骨头，变成一条虫。一个永远的当下故事。《变形记》的出版并不一帆风顺，曾经被拒绝过。一旦出版了，却马上引人注目。构思、语言的新颖，整体的高质素，皆不可忽略。但卡夫卡要说的是什么？天晓得！有人惊诧于作者的胆色，他的创新；有人企图把它跟传统文学挂钩，也有人指出作者特立独行，拒绝模仿生活。因此，距离生活很远，望迷了眼。

变形从来不曾停止过对文学、艺术的骚扰。人的身份很脆弱，与其他动物有太多相同的基因。自身的欲望也不会规矩地驻足于"不可能"的观念上。《太平广记》中的《吴堪》篇、《板桥三娘子》等都在人兽之间"变"得不亦乐乎；西方有奥维德的《变形记》，雕塑家皮革马利翁（Pygmalion）爱上自己的作品，美之神阿芙罗狄蒂（Aphrodite）使他如愿以偿；猎神狄安娜，为报复阿克蒂翁（Actéon）偷看她沐浴，把他变成一只鹿，让五十只猎犬将他撕成碎片。变形为的是爱情、惩罚或天意，唯卡夫卡的变形显得深奥。你要进入他家里，他老人家大门紧锁。你敲门，他不应；撬门进去，他在家，但绝非在等你。一双半阴半阳的大眼梦深沉，沉浸在自己当中，迷失在孤寂里。你跟他对话，他的语言你不懂；你听在耳朵里的声音，不是他要表达的意思，你收到的信息是海豚发出的超声波。维亚拉特曾说，普鲁斯特嘛，"他的烦恼是地上的，他勇于叩门的保险箱，只是塞满了大地的时间，茶杯里的茶，掺上杂质的灵魂，尘世的密码。而卡夫卡的保险箱里面塞满了天空"。

  一个塞满了天空的保险箱掉到我们头上来了，就有一股砸保险箱的探索热。一股卡夫卡现象迅速地蔓延全球，醉汉般的逻辑，空穴来风的异象，神经汉般的反思维、超现实的感觉，文学上从未出现过的描画，被无制约地诠释、投射、折射。既然一切都是谜，或处于未完成状态，任你用锤子再敲，也毁坏不到哪里；任你明偷暗窃，也不能说你什么。只要拾取卡夫卡随手扔下的一个人物、一个几乎没有被发现的情节，就可以创造另一个故事。眼下就有不分远近国度的借题发挥：《卡夫卡和少女们》《卡夫卡的埃及》《卡夫卡时代的布拉格》《卡夫卡在布拉格的生活》……改编成的戏剧、电影无数，都吊人胃口，票房纪录都不错。一部厚达两千零四十八页的《卡夫卡传》也出现了,作者斯塔克(R. Stach)赔上二十年时间,将数十年间积累起来却分散在各地的资料收集起来,写成传记,2014年出版了最后一卷。

法文版的重译也变得有必要,读者需要再读。都说维亚拉特的译作不理想,篇幅不长的《变形记》中,可以找出八百个词没有翻译出来,七百个词额外加上去,六十个翻译错误,基本上是改写。译者未能将简单,清晰的文字翻译得准确,太多文学化的手法,破坏了原著的面貌。译文也显得过时、老化了。研究卡夫卡的先驱们,又总是将观点强加到读者身上。

2019年初,从德文翻译成法文的《卡夫卡全集》的第一、二卷(计划共四卷),其中包括通信和日记,由伽利玛出版社的"七星文库"出版。重译的文字比较清晰、通透、准确,去掉文学化和矫饰风格,旧译中大量的注释也去掉了,更方便读者阅读。卡夫卡变得更现代了。

像卡氏这样拥有深广度的作家,他的日记、笔记、通信,都可以作为他的"作品",比作品更能反映真相。他交给布罗德的大量资料,当初存放在特拉维夫。其中也包括布罗德的信件,他跟卡夫卡的通信,跟其他作家和知识人的通信,信件总数在一万五千至两万封之间。1912年前后的布拉格,通讯条件和设施极其有限,联络不方便,拥有座机、手机、手提电话的当代人是难以想象的。想拨个电话,必须先到总邮局挂号,进入等候室,等候时间不会少于三十到四十分钟,最后进入一个小间,通话时间不得超过三分钟。书信来往是主要的联络方式。卡夫卡给女友博埃的信件达四百封,已经结集出版；给米莱娜的书信也不少，亦已出版。这些信件一如作品，是可以深挖的矿藏。经过资料的收集、作品的重译，信件、笔记、手稿的发现、整理和付印，卡夫卡生平及其作品又来了一次更新、演进，一个半逃跑或误解了的世界，被追捕回来了。

四

柏林墙倒下之后，笔者曾经到布拉格"朝圣"，去看大梦人的故居博物馆。抵达后连日滂沱大雨，更煞风景的是，冒雨进入到只能步行的旧城区，看到的只是一间面积很小又极其简陋的单间房子，与其说博物馆，不如说小书店；架子上的书籍寥寥可数，柜面出售的只有几张图片，跟大名鼎鼎的作家名不相符。你一身湿淋淋，一肚子的火。布拉格怠慢了卡夫卡，又搪塞了我们这些远道而来朝拜的人。最后到城外的犹太人墓园去瞻仰他的陵墓，环境倒清静，满眼浓荫，古木被常青藤千缠万绕，藤缠树，树缠藤。时值盛夏，连日暴雨，阴气弥漫，颇有卡夫卡的阴森味道。静寂中，连鬼也不见一个，遑论去瞻仰的人。墓地除了墓碑没有任何饰物，跟别的陵墓大致相同。身后的世界一律平等。看过墓碑上几行字，知道他跟父母家人同一墓地。之后，便逃之夭夭，不再回头看一眼。

时隔多年，博物馆情况有否改变？现在谈起卡夫卡，跟以前大不相同了。当初说他的作品都在逝世后才出版，不对，《变形记》1916年就出版了；说他用德语写作，但德国人对他视而不见，不对，在世时候，马斯扬的杂志《莱茵杂志》的评论文章将他归入到德国的"表现主义"潮流，作为最具代表性的作家之一，德国文学史一早就给了他一个位置；说他当年默默无闻，不对，1924年他逝世，至少有二十份报纸刊登了讣告，最著名的刊物都为他举行了追悼会。法国方面，《变形记》于1928年分三期在《新法兰西杂志》发表，1938年集成书本出版。《审判》《城堡》也先后于1933年和1938年出版了。传说中他社交生活甚丰，经常进出剧院、电影院，到酒吧寻欢作乐，逛窑子，尤其喜欢流连咖啡座，不对，他从来不参与特殊圈子的聚会。来往比较密切的所谓"布拉格圈子"，只有他与布罗德，及另外两位朋友，总共才四人。偶或跟别人到咖啡馆见面，总是早早离席，据作家约翰内斯（U. Johannes）记载："卡夫卡永远不会在咖啡座上长久逗留，离开前他起来向每个人礼貌地躬身致意，告辞后随即迈开长腿远走，消失在越来越深沉的孤独中。"

经过近百年的资料搜索及研究，卡夫卡怎么样了？浮在水面上的船身都看到了，沉在水下的部分依然是个谜。还有不少已收集的书信、日记、手稿尚未整理、刊发。据一位德国裔的美国作家帕维尔（E. Pawel）在作品中透露，卡夫卡最后的伴侣多拉（D. Dora）于1933年被盖世太保没收的财产中，有二十本卡夫卡的笔记和三十五封信件，记载了卡夫卡最后的日子，眼下可能深藏在欧洲某个尘封的档案室里。更重要的是，当年布罗德从卡夫卡手里接过的资料，体积超过十六立方米。想象一下吧，超过十六立方米白纸黑字的资料！估计其中有卡夫卡信件、手稿、亲手绘制的图画。他一辈子没有停止过画画，跟朋友聊天，习惯手不停地在纸页上画。估计还有布罗德的私人日记，可能从中找到传记作家们所欠缺的卡夫卡的童年生活、日常生活，和最后日子的记载。为拥有这批文献，以色列国家图书馆和德国马尔巴克（Marbach）城的文学档案馆之间，曾经长期纠缠在一场官司里。布罗德逝世后,这批文献落到他的女友埃丝特手里,不管是赠送还是继承,都必须有凭据,依法处理。但1988年,她以两百万美元的高价,将《审判》的手稿出售了。她在一百零二岁上逝世后,资料就落到她的女儿埃娃手上。经过三场官司,最后由最高法院将资料判给以色列国家图书馆,埃娃被责令将所有文献交出。但这些宝贝都锁在特拉维夫和苏黎世的保险箱里,埃娃尚未来得及亲自办理这件事,就于2018年夏天逝世。但这批文献目前已经运到以色列国家图书馆。相信只有研究过那批纸头,才能更进一步了解大甲虫、测量员K、约瑟夫·K、《地洞》中的地鼠及其他作品中的异化现象,要跟我们说的究竟是什么。能否帮助我们思考二十一世纪的难题?为什么我们眼下的世界,就像卡夫卡的幻觉付诸实现:邪恶有理,真理破产。英国诗人奥登(W. H. Auden)曾说:"卡夫卡之所以于我们重要,皆因他的困惑即现代人的困惑。"是这样吗?也许不该过早把他固定在一个框里,将他情绪化。已经问世的传记、林林总总的文章,将来也许需要修改。上个世纪促狭文坛的不眠人,逝世几近百年,依然在骚扰着我们。面对谜语般的作品,堆积如山的资料,有多少卡夫卡迷和学者,不得不变成另类的不眠人?

二〇一九年三月